君を夏の日にたとえようか

架矢 恭一郎
KAYA Kyoichiro

文芸社

題字・ソネット　望月　通陽

顗と昂へ

君を夏の日にたとえようか。
いや、君の方がずっと美しく、おだやかだ。

――ウィリアム・シェイクスピア

（戸所宏之 訳）

Shall I compare thee
to a Summer's day?
Thou art more lovely
and more temperate.

Sonnet 18. 1-2
Shakespeare

目次

プロローグ〜紫の君〜

私の最愛の妻、恭子の人となりをひとことで言い表すならば、自分のことで人様に迷惑や面倒をかけることを極端に嫌うということになるだろうか。どんな人にも配慮を忘れず、誰からも好かれる優しく聡明な女性である。一方で、二人の息子たちは厳しく育て、彼らが良識を持ったどこに出しても恥ずかしくない立派な「普通」の青年に育ったのは恭子のお陰である。偏屈な私がなんとか社会性を保って一端の社会人として生きてこられたのも恭子の力によるものである。「私が恋に落ちると定められていた運命の女性、私が生きていることに唯一の意味を与えてくれるためにこの世に生まれてきてくれた、ただ一人の女性」が恭子だった。

私が初めて恭子のことを目にしたのは四国の高校でのことだった。利発で成績優秀、しかも活発な少女だった。けっして目立ちすぎる存在ではないが、恭子の周りには必ず友人がいて、笑顔が溢れていた。恭子の笑顔は少年のようなからっとした素直な笑顔だった。運動が得意で、高校の体育祭では応援団に所属していた記憶がある。ちょっと斜に構えた悪ぶった連中や運動の得意な元気な連中が応援を担当していたように思う。

私のような美術方面を好む生徒の多くは、巨大な看板描きを担当することが多かった。その高校には普通科と商業科があって、学年ごとに普通科一年、商業科三年などのブロックに分かれて、つまり、六つのブロックが、運動会の競技の得点や応援や看板の出来ばえを競い合った。

二階建ての家くらいの高さのある足場を組んで、その背部に趣向を凝らしたブロックごとの看板を立てた。大きなベニア板二、三十枚分くらいあったろうか、巨大な看板だった。学校の中庭にベニア板に紙を張ったものを広げ、構図やら色の具合やらを、美術の得意だった私が校舎の五階の窓から首を突き出して、大声で指示した記憶がある。勉強した記憶しかない無味乾燥な高校時代の唯一の若者らしい記憶が、私にとっては運動会三回での看板描きだった。一年生の時からその看板の評価は高かった。

恭子は合唱部に所属していて、音楽にも早くから魅力を感じていたようだ。ビートルズのロックから、フォークルセダーズや日本の草分けのような古いフォークソングもよく聴いていたらしい。恭子に導かれて、ずっと後に、私もその魅力に気がつくようになるが、遅きに失していた。いや、遅くたって、恭子の音楽の世界観を一時でも共有できたことは喜ばしいことであった。高校のときから、恭子は人生の瑞々しさにすでに触れていたのだ。私など足元にも及ばない豊かな人生がもう始まっていたのだ。それに比べたら、私は高校時代まで死んでいたようなものだ。少なくとも、私の本当の青春や人生は、まだ始まっていなかった。

きちんとした論理的な思考ができて、運動神経にも、素直な性格にも、人好きのする容姿にも恵まれていたから、恭子の大学生活も活発で喜びと希望に満ちていた。笑顔にも。常に友だちに囲まれて、淋しいなんて思ったこともなかったろう。

私と恭子は偶然、同じ大学に進学していたのだった。と、私は信じて疑わなかった、ずっと遠い先の日まで……。恭子は教育学部。私は、事もあろうに歯学部に。私が歯学部などという何人も何を学ぶところか知らぬような学部に進むことになろうとは、誰も予想だにしなかったろう。私自身が、自分がなぜこの学部にいるのかを知らなかった。まあ、私のことは兎も角、大学の合唱団で青春を謳歌し、飛び回って交友を深めながら教職の勉強をした恭子は、難なく大学を卒業して、教員採用試験にも合格し、四月から赴任する小学校まで決まっていたのだ。

その夢は――、あえなく打ち砕かれた。卒業前に、まあ健康診断でもしておこうかと考えた恭子は、昔の病気のことなど一慮だにしていなかった。恭子の両親さえ、すっかり忘れていたのだから。先天性股関節脱臼とその昔呼ばれていた変形性股関節症、股関節の関節窩が極端に浅いために、長時間の立位やそこそこの運動をすると関節が痛んで、人工関節置換術さえ必要になるかもしれない。医者は残酷にも、立ち仕事が多く子どもたちと飛んだり跳ねたりしなくてはならない教職は無理だと、諦めるようにと告げた。四年間教員になるためにだけ学んできたことは、無意味になったのだ。

その当時の自分のつらさや絶望について、恭子は多くを語らなかった。いや、単に私に聞いてあげられるだけの度量がなかっただけなのかもしれないが。恭子が、本当はもっともっと自分のことを聞いてほしかったにもかかわらず、私がその日の出来事や、愚にも付かぬ持論を何かにつけてとうとうとしゃべるばかりに、自分が口を開く暇がなかったというようなことを恭子が言ったことが、何度かあった。それでなくとも子育てに追われ、家事に忙しい恭子は、本当はもっと自身の煩いや想いに耳を傾けてくれる夫を望んでいたに違いない。

恭子が教職を諦め、実家に帰って、しかし恭子本来の優しさから、両親にさえ己が失望を露わにすることはなかったようだ。ただ、両親が夜更けまでひそひそと悩ましい思いや恭子の行く末を案ずる堂々巡りの話し合いをしていたと、恭子は寂しそうに私に語ってくれたことがあった。いずれにしても、子も親も相手を慮って表面を取り繕うという優しさがあった恭子の実家では、物事は淡々と穏やかに過ぎていったようだ。

そうして、何年かの気持ちを落ち着かせるに足る期間を経て、恭子は私の勤務する大学病院の整形外科で、片方の股関節の関節窩を深くして安定させる手術を受ける決断をした。恭子は一生のうちに、二回の腰椎麻酔による手術と、全身麻酔による三回の手術を受けたが、その最初の手術が、この股関節の関節窩形成手術だった。当時は、腰椎麻酔による手術だった。

手術後、私は恭子の病室を足繁く訪ねた。見舞いに持っていった花は、近所の花屋でこれといった理由もなく偶然に紫色をした花束を選び取ることが多かった。私が好きな華美でない草のような花であったのと、手頃な価格で入手できたからだ。紫の花が多かったのは、単なる私の好みに過ぎなかった。こうして私は、恭子の同室のおばさん連中から「紫の君」と呼ばれるようになった。

愛というものの発端が、病気と闘っている者へのいたわりであってはならないだろうか。そんなことはないだろう。愛の始まりが、この人を守りたいという気持ちであって何が悪かろう。思えばそれが私たち夫婦の運命の再会ではあったのだ。恭子にとって幸せな再会であったという自信が私にはないが、少なくとも私にとってはその運命の再会によって恭子という伴侶を得たことで、思ったことを何でもずけずけと論じたり実行したりすることに臆することのない横柄な私が、世間と人並みな付き合いのできるまっとうな人生を送ることができるようになった。

第一章　発病

悪夢のような過酷な現実

それは、二〇一四年九月初旬、暑い夏の日の午前中、診察が始まって一時間半ほどが過ぎて、急患が駆け込んだりトラブルの発生するリスクの一番高い魔の一時間をなんとかやり過ごした頃のことであったと思う。記憶が正しければ、木曜日だった。いや、金曜日だったかもしれない。いつもどおりの時刻に郵便の束が配達されて、私は見慣れない、やや大仰な分厚い封筒に目を留めた。その施設はＰＥＴ－ＣＴを持ち、金持ちの全身がん検診をおこなっていることでも知られた放射線科専門のクリニックで、その院長先生のお名前はよく存じ上げていた。私が、大学病院で口腔がんの治療に携わっていた頃、放射線治療でお世話になったお医者様だったからだ。この街の大学病院を離れ、関東の私立大学の医学部の放射線科で教授をされているとお聞きしていたが、このようなご縁になろうとは、予想もしていなかったことであった。

その施設で、家内の恭子はその週の火曜日に、ＰＥＴ－ＣＴによる全身検査を受けていた。恭子がその施設を受診する際に、私はご挨拶を兼ねた短い紹介状を持たせていた。それに返答をいただくとは期待していなかったので、私はやや怪訝な気持ちで、その持ち重りのする封筒を開封した。


恭子の左側の乳房にしこりがあることはしばらく前から気がついていたが、恭子も私も長年持ち続けている乳腺症のしこりだろうと思っていた。恭子の乳房は乳腺症のためにぼこぼこのしこりが複数あるのが常だった。がんの小さなしこりに気づくには本当に不利な乳房だったのだ。しかし、しこりは乳房全体に硬く広がっているようで、素人の私でもさすがに心配になっていた。

恭子はもう十六年も前に乳がん検診で引っかかり、その道の権威として有名な古木先生に診ていただくようになった。最初の診断は、乳腺症で悪性とは考えられないというものだった。それから半年ごとに古木先生のもとで乳がん検診を受け続けていた。早く古木先生のところに行って診ていただくように恭子を急かせた。

その年の二月の定期検診では乳腺症のほかは問題ないということだった。先生はもう診始めて随分になるから、今後は一年に一回の検診でいいだろうとさえおっしゃられていた。だから恭子は受診を躊躇していたのだ。

八月十九日にやっと古木先生のところを受診してくれた。前回の受診から僅かに半年後。古木先生は診るなり、大きな病院の乳腺外科部長の山崎先生を紹介するから受診するようにと言われた。

五日後の二十四日に私も同行して古木先生の説明を受けた。先生の説明はしどろもどろといった感じでよく理解できなかったが、最悪の事態を覚悟した。乳がんに違いないと。しかし、それは遥かに甘かった。のちに古木先生が、半年であれほど急速に大きくなるとむしろ悪性とは考え難いくらいだったと、驚かれておられたと人づてに聞いた。

翌日、八月二十五日。恭子は紹介された山崎先生のもとを訪れた。

いきなり太い針で細胞診がなされた。麻酔の注射も、組織採取もひどく痛かったと恭子がしょんぼりしていた。巨大な弾性布絆創膏で止血のために左側の乳房が変形するほど圧迫されていて、それを夕方はずすときに、私にはけっして触らせず一人で慎重に格闘していた。恭子はリンパ浮腫を異常に恐れた。昨年甲状腺がんの手術を受けた際に、同じく左側の頸部リンパ節の廓清術を受けて軽いリンパ浮腫を経験してから左腕のことをずっと気にし続けていたからだ。

傍目にはわからないほど軽いものだったが、本人ははっきり違和感を感じていたのだ。細胞診の結果のことよりそちらのほうが気になって仕方ない風だった。

九月二日。私がテナー、恭子がアルトを歌っている十五人に満たない小さなアンサンブルは、外科医の高嶋先生が主宰され、ご自宅で月に一、二回の練習のある合唱団である。この合唱団でともに歌う喜びを共有できることを私たち夫婦は無上の喜びとしていた。その練習をキャンセルして、山崎先生から紹介された、谷本先生の施設でPET－CTと乳房の造影MRI検査を受けた。その結果が届けられたのだ！　封筒を開くと最初のページに、「園田先生。資料に目をとおされたら、すぐわたくしにご連絡をください」と、私あてに印刷ではなく自筆のメモ書きがなされていた。嫌な予感がした。最悪の事態を覚悟した。すぐに、院長室で報告書を開いた。乳房のMRIとPET－CTの結果の報告がなされていた。

「左側乳がん。リンパ節転移。および骨転移の疑い」という文字が目に飛び込んできた。現実味がなかった。文字は読めても、実感が湧かなかった。書かれている意味の実体を理解するのに時間がかかった。覚悟していた最悪を遥かに超える事態が発生していることは、その字面の意味はわかったが……。

「院長、ＰＭＴＣが終わりました。チェックをお願いします」

歯科衛生士の恵美子さんの声に吸い寄せられるように、院長室を出て、マスクとゴム手袋をしながら診療室に歩を進めた。私の中で、何かが大きく変貌するのを自覚していた。何か大切なものが、ガラガラと音をたてて崩れ落ちるのを実感していた。何かが、終わりを告げているのだ。急激な疲労感と虚無感に襲われながら、その日の午前中の診療をどのようにして乗り切ったのかを、私は覚えていない。

電話の向こうの声には聞き覚えがあった。昼食を摂った記憶はある。私は、自分が呑気に昼食の握り飯を、恭子が握ってくれた握り飯を食べてしまった自分が薄情に思われて情けなかった。しかし、すでに習慣的に飯を食ってしまったのだから、仕方がない。私には事の重大さが認識できていなかったに違いない。頭の奥が痺れて、脳は正常に思考していなかった。悪い夢を見ているに違いない、という使い古された言い回しが、ぐるぐると身体中を駆け巡っていた。

「ああ、園田先生ですね。院長の谷本です。今回は、大変なことになってしまって……」

谷本先生の言われていることを、きちんと理解できなかった。聞こえなかったのだ。いや、きちんと聞こえていて、その意味も論理的にきっちり理解していたが、ということは、すなわち、医学的な意味合いもわかっていたが、どうしても、受け入れられなかった。人が物事の意味をきちんと理解するということと、その理解されたことを自分のこととして受け止められるということは、違う。

「白黒、はっきりさせようじゃありませんか」と、谷本先生はおっしゃってくださった。

「今度の日曜日に、我われが開発している従来のPET－CTよりも感度のよい、NaF－PETを予定しました。これは、開発段階のものだから、無償で検査させていただきます。朝食を抜いていただいて、朝まで飲水は可能です。九時にはいらしてください。受付には伝えておきます」

慌ただしくお礼の言葉を述べて、電話を切って、やっと呆然とした。自分がしっかりせねば、と言い聞かせながら、午後の診療を終えた。午後七時に患者が去った診療室が空になって、また名状しがたい疲労感と絶望感が襲ってきた。スタッフに愛想笑いを残して、私は重い足取りで家路についた。恭子が、待っている。

その後の三日間を私は呆然と過ごした。これは何かの悪い冗談か、そうでなければ悪夢を見ているに違いないと幾度も思った。きっと目を覚ませばこれまで同様の穏やかで希望に満ちた毎日が戻ってくるに違いないと……。しかし、夢ではなくてこれはれっきとした、しかも過酷な現実なのだ。もし、恭子がいなくなったら、私は一人で生きていけるだろうか？　これまで自分は何のために頑張ってきたのだろうか？　大学での口腔外科の臨床や研究や、留学や、歯科医院の開業や、やっと軌道に乗って、ライフワークといえそうなものも見えてきたのに……。

私の人生は損なわれてしまったのだ、と思った。

そうして、四日目に私ははたと気がついた。私は自分のつらさや絶望ばかりを気に病んでいるじゃないか、と。もっとつらい思いをして、打ちのめされているのは、恭子自身なのに！　そうなのだ。めそめそと悩んでいる時間などない。恭子を守って、支えて、是が非でもがんに打ち勝って、救い出さなくてはいけない。

九月七日のＮａＦ－ＰＥＴの検査によって、骨転移は決定的となり、しかも、転移の疑わしい部位は、何か所もあった。同じ日の造影ＭＲＩ検査で脳転移は否定された。転移部位が骨にのみ限局していたことが、どんなに幸運なことであったか、不幸中の幸いと言わざるを得なかったかを、そのときの私と恭子には知る由もなかった。

谷本先生は、ご自身の叔母様の乳がんの経過にも触れながら、乳がんが抗がん剤の感受性の高いがんであること、新しい抗がん剤が年々開発されていること、案外長生きできることを、希望をもつべきことを、噛み砕いて説明してくださった。我われ夫婦には力強い励ましの言葉であったが、その本当の意味を理解するための知識を、そのときはやはり持っていなかった。

第二章　一次化学療法

運命の診断結果

翌、八日にはこの地方都市では誰もがその豪腕を認める巨大病院の乳腺外科部長による生検の結果が出た。恭子と私は、二人して診察に臨んだ。

運命の日——。

「左側乳がんT3、リンパ節転移と骨転移がありステージⅣ。her2陰性、エストロゲンレセプター陽性、プロゲステロンレセプター陰性、Ki67の発現が高く、活発に増殖しています」

予測を超える説明ではなかったが、私たち夫婦は息をのんで説明に耳を傾けた。どのような山崎医師とのやり取りの結果、そのような言葉が出てきたのか、覚えていない。山崎医師はおっしゃられた。

「ステージⅣでオペをすれば、わたしが、世間に笑われます」

私たちは耳を疑った。

「イン・オペということですか？」と、私が尋ねると、

「手術をしても、しなくても、結果にあまり違いがないと、現在までのわたくしどもの経験からは、そうなっているのです」

「抗がん剤や放射線治療で、がんがどんなに小さくなっても、手術はしないのですか？」

「現在のガイドラインでは、そうなっています」

「先生、なんとかして手術を受ける方法はないのですか？」

山崎医師は、落ち着き払って説明を続けられた。

「ステージⅣに手術をおこなうことの意義を検証するために、我われは治験をおこなっています。決められたプロトコールの抗がん剤治療の後に、くじ引きをします。それで、手術するというくじを引き当てれば、手術ということになります」

私たちには、信じられなかった。手術をするかしないかを、くじ引きで決める。あり得ない。手術は是非してほしいのだ。手術なしで、こんな大きながんが治るわけがないことを私は知っていたし、恭子とて手術をしてもらえないのは見捨てられるようなものだと思っていた。

「くじ引きだなんて……」

「それ以外に、ステージⅣの症例に手術は許されません」

「許されない……？　それは、法律ですか！」

私は、気色ばんでつい口に出してしまった。

「法律じゃあないけど……」

「では、是非、手術してください。お願いします、先生。なぜ、手術してもらえないのか、理解できません」

「奥さんの乳がんは全身疾患になっているのです。糖尿病のときに薬を飲んだり、インスリンを注射するみたいに、お薬が主体となります」

「もし……、もしも、抗がん剤で家内の転移巣のがんが全部消えてしまっても、手術はしないのですか？」

「しても、しなくても、結果に有意な差が明らかには認められないのです。だから、我われはきっちりとした治験をしているのです」

山崎医師の言葉に私たち夫婦は諦められ、投げ出され、見捨てられた、と感じた。じつは、最後の発言の直前に山崎先生はほかの言葉を、――独白か私に向けてか判然としないような、冷酷な言葉を――吐かれたが、その言葉を、私は自分の胸のうちに封印して、その後も恭子とも話題にすることはなかった。恭子が聞き逃しているようにと、祈るばかりだった。しかし、しばらくして私は山崎先生の乳がんの治療に対する豊富な経験と造詣の深さと、英断に深く感謝することになるから、その言葉が山崎先生の本心というよりは、売り言葉に買い言葉の、実直で嘘のつけない性格から不用意に放たれた言葉だったのだと、信じ込もうとするようになった。事の真偽だけが大切なのではないのだ。

「延命のみが治療なのですか？」と恭子。

「延命とクオリティー・オブ・ライフを保つことです」

「納得できません。家内のがんを絶対に治してほしいのです。だから、手術が必要です。そうでしょ、先生？　家内は十六年間もこの街では随一とされる乳がんの専門医、大御所の先生の診察を受け続けてきたんです。大丈夫だと、太鼓判を押されて。もう、一年おきでいいからって……。それでも、おかしいからと思って、半年前と、今回と、自分たちの判断でその先生のところに伺ったのです。そして、いきなり山崎先生を紹介されたのです。私たちの、どこに落ち度があったって言うんですか？」

「議論が空回りしてきました。治験の説明書を渡しますから、ゆっくり検討してきてください。それから、治療に入ります」

「ゆっくり、だって！　そんな馬鹿な。時間が惜しいじゃないですか。すぐ入院させて、治療してください」

「奥さんの場合、入院の必要はありません。じっくり考えてから治療しても結果に差はありませんから、安心して、しっかり考えてください」

「安心なんて、できる訳がないじゃないですか……」

最後は、言葉にもならなかった。

「手遅れということですか……?」

と、恭子が感情の籠らない平板な言葉を吐いた。

診察室から追い払われるようにして、私たちは放り出された。

この瞬間から恭子と私は二人だけで、現実と途絶した夢遊病者のような時を生きることになった。周りのことは耳には入らないし、目にも見えなかった。私たちは生き残る希望の乏しいステージⅣ乳がんの患者と配偶者として、嵐の海の大きな波に押し流される木の葉のような弱々しいあての知れない人生を送ることになる。天が崩れ落ちたのだ!

私は途方に暮れて、仕方なく藁にもすがる思いで、谷本先生にメールを送って、助けを請うた。「すぐに、来なさい」と言っていただいた。

谷本先生が院長を務める施設は、この街の有名な大通りに面していて、街路樹がうっそうと繁っている。街路樹というよりは、大通りの両サイドに設けられた公園の茂み、いや杜というべきか。その施設の公園に面した側は全面がガラス張りになっていて、谷本先生をお待ちしている我われ夫婦が腰かけている三階からも、目の高さに風にそよぐ樹木の葉が見える。私たち夫婦は会話もなく、そのそよぎを茫然と眺めていた。

「胸にがんがあるということも、考えようですよ」と、谷本先生は静かに言われた。

「お薬が効いていることを、自分たちで触って実感できます。ああ、また、がんが少し元気になってきたな、ということもわかるでしょ？」

「考え方を変えないといけません。山崎先生がおっしゃったように、奥様のがんは全身疾患になったんだ、と。乳がんは、お薬がよく効きます。奥様の場合は、ホルモン剤だって効いてくれるはずです。がんは、なにがなんでも切り取ってしまわないといけない、という発想を変えざるをえないんです」

「先生もおわかりでしょ？　転移したがんを切り取るわけにはいかないじゃないですか。それに、もう、済んでしまったことを後悔しても始まらない」

「乳がんのお薬は、世界中の研究者がしのぎを削って新薬の開発が盛んで、新しく期待できるお薬が日進月歩に登場します」

この言葉は、多くのお医者様から異口同音に告げられた言葉だった。最初は、単なる慰めにしか聞こえなかったが、事実だった。有望な薬が、毎年のように登場していることは、のちに乳がんのことを勉強するようになって実感した。希望はあるのだ。

「山崎先生のところの病院に何かケチをつけるとしたら、患者が多すぎて忙しすぎるということです」と、谷本先生はおっしゃった。

「医者はたくさんの患者を診なくてはいけません。治療も画一的になりがちです。効率が大切ですからね。多くの患者さんの命を助けようとすれば、のんびりぼやぼやしてはおられないから、一人一人のことを事細かには覚えてはおられない」

「患者は自分の病気のことをしっかり勉強して、そこのところを補っていかなくてはいけない。自分の命は自分で守るんだ、くらいの気概でね。医者のちょっと抜かしたところを、自分たちでチェックして……」

「それと、東京の築地にある国立がんセンター中央病院に乳がんの化学療法をご専門にしておられる先生がいらっしゃいます。わたくしの知己の先生で、まだお若く、これからの日本のがん治療を中心になって担っていかれる人物と目されています。その先生にセカンドオピニオンを聞きに行かれるといいと思います。行かれるときおっしゃっていただければ、わたくしからも先生に電話を入れて、よろしくとお願いさせていただきます」

私たちの気持ちは少し落ち着きを取り戻し始めていた。谷本先生には、先々まで適切なタイミングで貴重なアドバイスをいただくことになる。恭子の命を短くしかねない芽を早いうちに摘み取ることも、実際にしていただくことになった。山崎先生の言われたことと、谷本先生が言われたことが、本質的には同じことであることも、のちに勉強をして知ることになる。当時の私たちには、正確な情報と知識があまりにも欠如していた。

「先生のお話をお伺いして、勇気が湧いて、安心いたしました。わたし、一生懸命勉強します。治療だって、積極的に受けます」

これが、恭子のものの言い方だった。この絶望の淵に突き落とされた状況でも、恭子は冷静で、他人に対する礼儀と感謝を忘れない。私など足元にも及ばない、人間としての尊厳を失わない恭子の正しさだった。正しく、控えめに生きる。それが、恭子の生き方だった。

山崎先生から、ステージⅣの乳がんの治療の目的は、延命とクオリティー・オブ・ライフを保つことだと告げられた日の夕刻。何を食べたかもわからないながら、きちんと夕食を済ませて、恭子は取り込んだ洗濯物をたたんで、和室の箪笥の引き出しに仕分けしていた。何気なく私が覗くと、恭子がへたりこんで、引き出しにすがりながら、

「わたし、もう頑張れない」

と言う。頭を、いやいやするように左右に振りながら、

「去年の甲状腺がんの手術は何だったんだろう？　もういや、いや。もう頑張れない」

私は、あわてて駆け寄って、恭子をきつく抱きしめた。

「いいよ、いいよ。頑張らなくったって、いいから」

頭をさすりながら、

「恭子は頑張らなくて、いいんだよ。パパがずっと一緒にいるんだから、何の心配もない。パパがちゃんとするから。恭子は一人じゃないんだよ。パパがいつだっているんだから。頑張らなくていい。頑張らなくていいよ」……

恭子が、自分の病のことを悲観して、取り乱すということは、なかった。泣き叫んだり、大声を出したりなどしたことはない。投げやりになったり、絶望したりすることすらなかった。

恭子は、特別な人間だった。どこか、悟ったような――、違うな、言葉が違う。悟りではなく、何だろう？　路傍の石のように、密やかだった。しかし、けっして厭世的というんじゃない。いつも、子どもたちのことや親たちの心配をして、自分のことは二の次だった。

山崎先生から渡された例のとんでもない治験の書類に必死で目を通した。わかりにくいところを病院に問い合わせてみたが、きちんと説明してくれるには、その病院の医者たちは忙しすぎた。満足な説明は得られなかった。医者が電話口に出てくることは金輪際なかった。取り次

ぐ看護師は、今度の予約の日に説明するからと先生がおっしゃっておられます、と繰り返すばかりだった。

治験の取りまとめ役に名を連ねている国立大学の医師のうちで地理的に比較的近い大学を選んで――なぜ、そうしたかは覚えていない。いざとなったらその大学を訪ねて納得のいく説明を受けに行くつもりがあったのかもしれない――、電話をかけてみた。担当の医者は診療の合間を縫ってわざわざ電話で丁寧に説明してくれたが、その治験が安全で治療を受けるうえで不利になることはないと力説するばかりだった。治験に参加させようと誘導していることが窺われた。なるべくたくさんの症例の参加を得て、きちんとした結果を出したいという、その医者の立場は理解できたが、私たちがその博打に参加したいとはどうしても考えられなかった。どうみたって手術が効果的だと思われる状況になったら、病院を変えてもいいというくらいの一縷の望みしか思い浮かばなかった。

私は猛烈な勢いで乳がんの勉強を始めた。手当たり次第に乳がん、それも再発・転移乳がんを主題とした成書をかき集めた。乳がん診療ガイドラインを取り寄せ、ポイントとなる部分については、根拠となる英語論文を国立国会図書館と私の卒業した大学の医学分館図書館から取り寄せて読み漁った。

恭子と結婚直後に渡米して所属した研究所のラボのヘッドだった米国の科学者にも相談した。そこは歯科とはまったく関係のない細胞増殖因子の研究を柱とする細胞科学研究所だった。彼はボストンにあるハーバード大学医学部の関連医療機関の一つであるDana-Farber Cancer Instituteの乳がんの専門医を紹介してくれた。私はその女性医師とメールのやり取りをおこなった。そうして、こちらの担当医である山崎先生と恭子の治療についての意見交換をしてもいいと言ってくれた。

九月十四日。恭子と「マダム・イン・ニューヨーク」という映画を観る。

私たちは残された時間があまりないかのように、私の仕事のとき以外は一緒に時を過ごした。美味しいものを一緒にたくさん食べて、合唱の練習に積極的に参加した。合唱は二人共通の趣味で、練習が白熱するとすべてを忘れられた。美しいハーモニーが鳴ったときには二人とも恍惚として生きる喜びを実感することができた。常に一緒にいて、苦しみも喜びも二人で分け合う覚悟だった。

「パパがこんなに優しくしてくれるんだったら、わたし、早くがんになればよかった」

と、恭子が冗談まじりに言ったことがあった。

ＦＥＣ療法を開始

その頃の私は、不安な気持ちに駆られて頻繁に恭子の身体を求めた。毎晩のように。恭子が音をあげた。これじゃあ、身体がもたないじゃないの、と。

「大丈夫よ、パパ。わたしそう簡単には死んだりしないから」と、笑いながら恭子が言った。

「わたしね、死なないような気がするのよ」と。

私のなかに恭子の病の予後を不安に思っている気持ちがあって、それを恭子に悟られてしまっている自分が情けなかった。もっと、でんと構えていなくては。恭子になだめられているようではダメだ。

その巨大病院に紹介状を持って最初に訪れたのが八月の末で、九月に入って二度ばかり同じような説明を受け、「ゆっくり考えなさい」と突き放されて、あれやこれやと検査ずくめで困憊しながら、じりじりと待たされ、治験への参加をさんざん迷って、やっと治験には参加しないという結論を夫婦で下し、恭子が九月十六日の診察に行った日、山崎先生は態度を豹変させた。明日から抗がん剤の治療を始めると恭子にいきなり切り出したのだ。きっぱりと。恭子の乳房のがんの進行が急速だから、もうぼやぼやできない。十分に考える時間は与えたのだから。ホルモン療法をのんびりやっている場合ではないと、そんなふうに考えられたのではないかと、私は勝手に推測した。

Dana-Farberの医師との意見交換について、山崎先生は「ご主人のお気持ちは非常によく理解できるが、アメリカと日本では医療保険の環境が違いすぎるのでねえ」とおっしゃられて首を縦には振っていただけなかった。Dana-Farber Cancer Instituteのドクターは自分が女性だからというので議論しにくいのなら、男性医師を紹介してもいいとまで言ってくださったのだが。米国の専門医のメールの文面からは、積極的な治療をするのか？　と疑問を呈するような印象が伝わってきたが、そのことについて深く斟酌する知識も精神的余裕もそのときの私にはなかった。

谷本先生からご紹介を受けた東京の国立がんセンター中央病院の乳がん化学療法で著名な医師の名前を挙げて、セカンドオピニオンを聞いてみたいのだがと山崎先生に相談すると、一も二もなく同意してくださって、資料を作成するからなるべく早くセカンドオピニオンを聞いてきなさいとおっしゃってくださった。

二〇一四年九月の時点で、乳がん診療ガイドラインにおいて、ｈｅｒ２陰性の再発・転移乳がんの一次化学療法として推奨されている抗がん剤は、アンスラサイクリンとタキサンの二つだった。山崎先生はアンスラサイクリンを主とする多剤併用療法のうちでＦＥＣ療法を選択された。そしてフルオロウラシル、エピルビシン、シクロホスファミドの三つの薬剤を三週間ごとに点滴するレジメンを示された。病院から渡された説明書にも「現在、もっとも普及している化学療法の一つであり、副作用も相当強いかわりにその治療効果も強力といわれています」とあった。何百症例もの乳がんの治療に携わってこられた山崎先生が一番効果が期待できると考えられての選択だと思った。アンスラサイクリンの真っ赤な点滴は、私も骨肉腫の患者さんに用いた経験があった。強い吐き気と脱毛が印象に残っていた。恭子にウィッグを買ってあげなくてはならない、と思った。Dana-Farberのドクターは、ＦＥＣは副作用が強すぎるのでアメリカではあまり使われなくなっているという見解を示された。私にはその意味が十分には理解できていなかった。

ＦＥＣと同時にビスホスフォネート剤が点滴投与される。骨粗鬆症にも使われる破骨細胞の働きを抑制する薬剤だ。骨転移している乳がん細胞自身では周囲の骨を溶かすことはできないから、がん細胞は破骨細胞に働きかけて周囲の骨を溶かし、増殖できるスペースを確保して増大していく。その破骨細胞の働きを止めれば、がんは兵糧攻めのようになって、骨内で増殖できなくなるのだ。

二〇一四年九月十七日から十一月二十六日までに四クールのＦＥＣ療法が恭子に施された。外来通院による点滴だった。最大の副作用は嘔吐だった。

ＦＥＣ第一クールが行われた九月十七日、嘔吐は激烈だった。当たり前だが、生まれて初めての抗がん剤の点滴を終えて、その毒の強さを知っている者がこの世にいようはずがない。看護師から吐き気が強い抗がん剤だからという説明は受けていたが、恐ろしさを知らない恭子は、昼食におにぎりを食べて病院から戻ってきた。その日は水曜日で、私が午後二時に診療を終えて、恭子を迎えに行った。恭子が留まることのない嘔吐に襲われた現場を、私は傍で見守るしかなかった。うっ、と言ったかと思うと、心配する私が何か言おうとするのをもどかしげに制しながら、恭子はトイレに駆け込んだ。激しく嘔吐するのを聞きながら、私はトイレのドアの外でなすすべもなく茫然と立ち尽くしていた。

何かを口に入れたらすぐに嘔吐するということを、私たちはすぐに学習した。制吐剤の薬を飲む水ですら嘔吐が誘発されるのだから、どうやって水分を身体に補給すべきか私は考えた。その嘔吐の激しさを、恭子は、唾液すら飲みこむことができない、緑色の胆汁までが吐き出される、と表現した。嘔吐することはある者にとっては大変な苦痛であるが、恭子は吐いたあと冷静で、比較的落ち着いていてくれていたから、それは大きな救いであった。

　飲み薬は三十分くらいしたら身体に吸収されて、嘔吐が起こっても薬は身体に入っているよ、という私の言葉に従って、恭子は嘔気の波の治まった頃合いを捉えて、すばやく最小限の水で薬を飲んだ。それから、じっと嘔気の波に呼吸を合わせるかのように、三十分間を必死に堪えていた。何も口に入れることはできない。薬がやっとだ。点滴をして水分を補給するしかないと私は考えた。そうして、診療所から点滴の準備をして持ち帰り、その夜はブドウ糖液五〇〇ccを点滴した。浅はかにも、普通の翼状針という金属の針を静脈に刺して点滴をし、このくらいの水分を入れれば今日のところは大丈夫だと、ＦＥＣの副作用の経過など何も知らぬ無知な私は**抜針**をした。第一日目に四、五回もどした。

　副作用――主には嘔吐なのだろう――を、抑えるためのステロイド剤と制吐剤のグラニセトロンがどのくらい有効に作用してくれているのかはさっぱりわからない。これで効いているとすれば、不十分としか言いようはない。不幸中の幸いであったことは、どうにか飲んだ精神安定剤と胃薬が効いて、夜は嘔吐せず眠ってくれたことだ。不思議なことだった。神の差配？

　ＦＥＣを水曜日に点滴して、飲まず食わずはきっかり三日間続いた。二日目に四回、三日目には二回ほど嘔吐があった。「少し食べてもどしたあとに薬を飲むとよい」と、工夫や反省をする恭子は闘病記録に書いている。仕事に出る前と、昼休みと、夕飯時の三回で、一五〇〇cc

の生理的食塩水と3号維持液を補液した。恭子の右手の血管の表の皮膚はすぐに刺し傷だらけになった。金属の針を刺したままではトイレに吐きに行くのにも不自由な状況で、馬鹿な私は点滴のたびに抜針を繰り返した。馬鹿だ、馬鹿だ、愚かとしかいいようがない。恭子はすぐに音をあげてしまった。私が緊張のあまり針を刺すのに失敗したりすると、もう点滴は嫌だと言った。無知で愚かな私は、一クールめのＦＥＣで恭子が食べられない間中、翼状針の刺入と抜針を繰り返して点滴を続けたのだ。
抗がん剤投与から四日後の日曜の夕食に近くの蕎麦屋に行くことが恭子へのご褒美、私たちの決まりごとになった。恭子は食べられることの嬉しさを素直に口にした。美味しい美味しいと、有り難いと言いながら蕎麦をすすった。

一クール目の総括を恭子が闘病記録に書き残している。
◆点滴後三日間は飲んでも食べてもすぐにもどしてしまい、吐き気が強い。薬は一度もどしたあと、落ち着いたときに飲む！　五日目くらいから少し固形物が食べられるようになる。五日目、六日目から酷くだるくて腕が上がりにくく倦怠感が強い。七日目に排便があり、少し楽になる。
吐き気が治まってくるとフルーツゼリーやお粥、果物（りんご）などが食べやすそうだった。

一クール目のＦＥＣの点滴の一週間後、病院で血液検査を受けた。恭子の白血球は一〇〇〇になっていた。「もっと下がりますよ」と山崎先生の代診の女医は薄ら笑いを浮かべながら言ったという。骨髄抑制のボトムは二週間後だから、当然のことだ。

風邪などの感染症を警戒しないといけない。生ものはダメ。恭子は当分の間、お刺身や握り寿司はおあずけだ。女医は「点滴をしてもらえる環境にあるのであれば、それでいい」とも言ったという。「食べられるものだけを、食べられるだけ、回数を分けて食べて、水分は摂るように」と、医者も看護師も繰り返した。

三日間飲まず食わずだと患者が訴えても、言葉では理解できても、まさか、本当に薬を飲む水を口にするのがやっとなのだという実態を、医療側の人たちは理解しているのだろうか？　自分の身内がそうだったら、すぐ入院させるのではないだろうか？　外来抗がん剤治療の恐ろしさや苦悩を、医療側は細やかには理解できていないように感じる。もっとも、恭子は入院なんかしたくないと言っていた。入院したって、トイレは遠くなるし、遠慮して、苦しくても我慢してしまうに違いないから、家にいるほうが楽だというのだ。それも実感かもしれない。

私は、少しずつ知恵を捻り出した。私は馬鹿だ。なんでもっと勉強して最初から恭子を苦しませないようにできなかったのか。留置針に血液逆流防止の弁の付いたものがあって、一人でも柔らかいプラスチック製の針を留置できることを、カタログで見つけたのだ。朝、血管に留置しておけば、抜針することなく夜の点滴までゆっくり繋いでおくことができる。恭子は、一日に一回だけ痛い思いをするだけで済むのだ。針を刺す皮膚を、局所麻酔剤のゼリーで表面麻酔しておけば、針を刺すのがずいぶん楽になることも思い出した。留置針が抜けないようにカテーテル被覆・保護シートも準備した。遅すぎる！　愚かとしか言いようのない私。なんでもっと早くに気がつかなかったのか。頭を使えよ！　恭子、許しておくれ、馬鹿なパパを！

輸液も高嶋先生のご意見も伺って、ビタミンB_1・糖・電解質・アミノ酸液一〇〇〇ccと３号維持液五〇〇ccとすることに決めた。

看護師もお医者様も、自分の家族が、薬を服用するための水さえ必死の思いで飲み込んで、一日に例えばゼリーをスプーンに二口とお猪口に数杯の水分しか摂れないとしたら、それでも仕方ないから、我慢しなさい、なんとか凌ぎなさいと言うんだろうか？　そんな状態で三、四日を過ごして、外来通院で抗がん剤の治療をするのが、当たり前の医療なのだろうか？　私は運よく、点滴で恭子に水分を補給してあげることができたけれど、何もできないで、本当に数日を飲まず食わずで過ごされて、我慢されている患者さんたちも多いに違いない。そんなことを何も知らずに、抗がん剤は入院しないで外来通院で対応できる時代なのだと考えられているとしたら、この国の医療の質が本当に高いといえるのだろうか？

私には恭子の乳がんに抗がん剤が効くに違いないという確信があった。それはがん患者の家族なら誰もが信じるという範疇の確信である一方で、薬というものを、たとえそれがサプリメントであっても服用することを極端に嫌う恭子は、どんな薬でもたまに飲むととてもはっきりと効能が表れるという様を傍で見続けてきた夫の確信でもあった。

がん患者も、その家族も、自分や自分たちは特別だと信じている。自分たちは特別に幸運な例外であると信じて疑わない。

転移性乳がんの生存曲線をこっそりと見てみる。惨憺たるものだ。しかし、どの進行がんの生存曲線でもそうであるが、徐々に生存率が低下してほとんど生き残る人はいないと思われる期間が過ぎてもゼロにはならず、地を這うようにほんの数パーセントの生存者が残って、曲線は五年、十年と横ばいを示す。幸運な生存者、ロングテールである。私は恭子がこのロングテールに入っていると信じている。どのがん患者の家族もそう考えるように。

私がそう信じるのには文献的な裏付けもあった。転移性乳がんの中でも遠隔転移が骨に限局している患者は生存期間が長いのだ。素人が考えても骨転移は比較的制御しやすい転移巣だから、骨の中でがんを動けなくさせるビスホスフォネートの役割も大きい。一縷の望みがある。五年といわず、十年生きてほしい！

二〇一四年九月二十七日は私たちの二十七回目の結婚記念日だった。

恭子と「フォーシーズンズ」という映画を観て、夕食は高台にあって夜景の美しいフレンチレストランで摂った。恭子が車を運転してくれるから、私たちは少し離れたところにも夕食を食べに出かけられる。私はお酒をいただくために夕飯を食べるような人間だから、お酒が飲めないのなら食事は無味乾燥なものになってしまう。

ＦＥＣの副作用の二番は、脱毛だ。全身の脱毛が起こるけれど、頭の髪の毛が抜けてしまうのは女性にとっては嫌な副作用だ。私たちはウィッグの店を訪れた。恭子の通っている大病院にほど近いビルの六階にひっそりと人目を避けるようにサロンはあった。なるべくちゃんとしたものを選ぶ。高価でもいいよ、と恭子に言う。ウィッグのほかに、ネットの帽子のすそに髪がついていて、帽子を被って使うものも購入。さっと装着できて便利そうだ。

皮肉にもウィッグをあつらえに行ったその日頃から脱毛が始まる。夜は使い捨ての紙キャップを付けることにする。疲れやすくて、夜眠りにくいというので、二人で睡眠導入剤を服用することにする。

恭子の髪の毛ははらはらと抜けて、頭皮はブヨブヨしていて痛いという。シャンプーも痛いし、ブラシをかけるのはとても無理だという。恭子は「自分でも自分の頭は鏡で見ないことにするから、パパも見ないでね」と言うので、「わかったよ」と約束する。


投薬から二週間後に白血球数がボトムに達する。ほかの副作用もピークになるのだろう。口の中が荒れた感じだという。覗いてみるとカンジダ症が認められたこともあったので、抗真菌剤を持ち帰って、舌で口腔内全体に塗り付けるように説明した。

熱発や胸やけを訴えることもあった。

副作用が酷くなって、十月末の週末に予定している長男の学校の文化祭のための京都行きと十一月二十三日の姪っ子の結婚式出席のための東京行きは大丈夫だろうか？　と心配していた。

ＦＥＣが一クール終了した時点でのエコー検査で、恭子の乳房の原発巣は大きくなっていない。増大が止まったのだ。抗がん剤が効いている。腋窩リンパ節の転移巣は小さくなっている。私の触診の感触と一致する。

白血球の回復三〇〇〇以上を目安にして、ＦＥＣは三週おきに四回以上はやりましょうと山崎先生が言われた。早く国立がんセンターに行って、セカンドオピニオンを聞いてきてほしいとも。のちにその理由がわかる。

私に点滴をしてもらっていると恭子が言うと、山崎先生は、そんなにつらいですか、自分は妻に点滴を刺すことはできないなあ、とおっしゃられたらしい。そんな暢気なことの言える状況ではない。私たちはただただ二人で必死に治療の副作用と闘っているだけだ。選択の余地はない。

朝一番に病院に駆けつけて血液検査を受けて、乳腺外来で延々と待って診察を受け、点滴治療室で実際にＦＥＣの点滴を受けるのは十二時前から一時半くらいまで。過酷なスケジュールだ。元気な者でないと治療さえ受けられないように思う。

制吐剤は腸の動きを止めるので、便秘がちな恭子は三日目まででやめようと考えたらしい。氷と保冷剤、お茶を持って行っていてよかった、と言う。足の爪への抗がん剤のダメージと頭髪の脱毛を少しでも減らしたくて、足や頭皮を冷やし血行を悪くして薬の影響を減らしたいのだ。女性ならではの切実な気持ちだ。

二回目以降のＦＥＣは私たちも要領がよくなった。恭子は少し何かを食べてわざと嘔吐してから薬を飲んだりした。頭痛が酷く、全身が抜けるようにだるいという。ビスホスフォネートの点滴のせいかもしれないと恭子は言う。鎮痛剤の座薬を入れさせて対応。

私には見えていなかった苦悩を恭子は抱えていた。嘔吐しなくなるとFECの副作用が落ち着いてきたと安堵する私は愚かだった。頭が痛くてだるかったり、口の中に違和感を感じてヒリヒリしたりしたそうだ。眠れなくて、入眠剤を飲んでしっかり眠ろうと工夫したり。

二クール目のFECから九日目、私は最低のことを恭子にしてしまった。脳裏に刻まれた後悔の念は一生忘れられない。本当にくだらない取るに足らないことがきっかけで、倦怠感を感じて苦しんでいる恭子と夕食のときに口論になった。久しぶりのケンカだった。ガチャガチャとわざと食器を乱暴に洗う私はどうかしていた。感情の抑制が利かなくなっていた。がんと闘っている恭子を必死で支えている私にも相当のストレスとフラストレーションが溜まっていたのかもしれない。

お風呂に入ろうとしていた恭子は、下着姿で洗面所の洗濯機の前に置いてある椅子にちょこんと腰かけて声を殺して泣いていた。髪が薄くなって、痩せこけて鶏ガラのようになった恭子が泣いているのを見たときの衝撃は忘れられない。これは、いけない！　この人に金輪際このような思いをさせてはいけないと心が震えた。

ごめんよ、恭子。もう、絶対ケンカはしないから、許しておくれ。

その日、愚かしい自分が恭子に詫びの言葉を実際口にして謝ったのかどうか、記憶は定かでない。

私も泣いた。
◆十月十六日。久しぶりにパパとケンカして、久しぶりに泣く。ずっと泣いていなかったのかも。絶望を感じる。抗がん剤が効くとどうなるのか……。効いても仕方ないよ。早く静かに終わりにしたい。
十七日。自分のために生きることを考えよう。

手を合わせて恭子に詫びる。言葉ではなく態度で示すしかない。私のすべてを恭子のためだけに捧げ尽くすしかない。

君が涙のときには　僕はポプラの枝になる
（作詞・作曲　中島みゆき「空と君のあいだに」から）

　のちになって、数年の時が過ぎて、物事を冷静に考えられるようになって考えてみれば、担がん者個人の心の中にだって迷いや葛藤が当然のごとくあるのだ。それを支えるパートナーや家族と担がん者の間に気持ちのずれが生ずることはあるだろう。お互いストレスやフラストレーションが限界に達して、気持ちを爆発させてしまうことだってある。ないほうがいいに決まっているけれど。本気で穏やかに担がん者を支えるためには、支える者も上手な気持ちのガス抜きをしなくてはならないのかもしれない。じゃあ、どうすればいいかと問われて、答えがあるわけではないけれど、支える者を支えてくれる第三者が必要なのかもしれない。二人だけでこっそり頑張るというのは、無理があるのだろう。

　二〇一四年十月二十五日の長男の学園祭のための京都行を目前にして、二クール目のＦＥＣから二週間になるここ数日は熱の出方に神経質になっている恭子。祈りが天に通じて、今回は発熱しない。
　十月二十五日、土曜日。予定どおり京都に出かける。長男の学校の文化祭・作品展示会を訪れた。私も恭子も長男のことはとても気にかけている。最初の大学で数学をやりたかったのに物理学科で合格し、意に沿わない学問にはどうしても興味がもてず、心身ともにずたずたになって、七転八倒した長男。漆や蒔絵や仏像彫刻、金工、陶芸、和紙細工、竹細工などの伝統工芸を勉強する学校に入りなおして、木彫刻を専攻して必死で頑張っている。長男の作風は工芸というよりは芸術のほうに近い？　まだまだ、自分の本当にやりたいことや将来像は見えていないのかもしれないし、精神的な安定感が盤石とは言えない。

楽しい旅行だった。帰りに京都伊勢丹で素敵な帽子を見つけて恭子に買ってあげる。恭子も気に入ってとても喜んでくれた。ウィッグの生活だから、せめて帽子はいいものを選んでお洒落させてあげようと思う。

京都から帰った翌日、二七日の月曜日はぐったりして、身体の芯から疲れているという。熱も七度台前半出て、倦怠感は強そう。やはり、無理はできないのだ。

ＦＥＣは二週間後をボトムにして三週目の前半を過ぎた頃、つまり次のクールのＦＥＣ治療をする前の三日間ほどがましなだけで、また抗がん剤で身体がボロボロになるまで叩かれる。過酷な治療だ。ＦＥＣはDana-Farberの専門家がステージⅣの乳がんにアメリカではもうあまり使われない、と言っていた意味がだんだんわかってきたような気がする。これだけ過酷な治療が、はたして延命とＱＯＬを保つのが治療の目的だというステージⅣ乳がんの治療としてふさわしいのかどうかは、判断の分かれる難しい問題だと思う。

しかし、私は山崎先生のこの厳しい選択に対して感謝こそすれ、疑問を呈したりはしない。

長年のご経験から、一番きついが、一番効果がある治療を最初に選択してくださったのだ。恭子にできるだけのことをしてくださろうというお気持ちの表れだと思う。

三クール目のFEC治療を翌日に控えた日に、恭子は自分の病気のことを、大学入学と同時にコーラス部で一緒になって以来の一番の親友であるさっちゃんに話したそうだ。四十年来の大親友だ。私たちが結婚する十年も前からの親友だ。ホッとしたという。これも奇跡のような奇遇だが、私たちが二十年ほど前に建てたマイホームのある同じ団地にさっちゃんはずっと以前から暮らしているのだ。頻繁にお互いの家を行き来して、弁当持ちでお茶をしながら半日もおしゃべりしたり、電話で何時間も話し込んだりしている。まさに、何でも話せるかけがえのない友達なのだ。

十月二十九日。三クール目のFEC。

◆ジアゼパム、ドンペリドン、吐き気止めのツボ指圧の効果か、吐き気は二日間強かっただけで、前回より楽だった。筋肉痛、倦怠感もまし。初日の点滴治療中が一番ムカムカして気分が最低だった。この対策が必要だ。トラウマかもしれない。アルコールの臭いで吐き気を催す。ジアゼパムが有効だ。デキサメサゾンはこれまで二日しか飲まなかったが、今回は効いた気がする。一～二錠を頓服として三～五日目にも飲んだ。家の点滴も柔らかい留置針で楽だった。パパ、ありがとう!! 食べられると嬉しい。体重は二～二・五キログラム減った。少しずつ戻そう。

しんどくても合唱団に歌いに行く。出かけるまでは気が重いが、歌っているうちにのめり込んで、歌った帰りは二人ともルンルン気分。やっぱり歌わないとダメだ。

国立がんセンター中央病院のセカンドオピニオンを聞きに行く日取りが、来年の一月二十六日、月曜日に決定。山崎先生はこの日取りには不満を漏らされた。もっと早く行って、ＦＥＣを半年続けるべきか、後半の三か月を転移性乳がんの一次化学療法で使うことの推奨されるもう一つの薬剤であるタキサンに変更すべきかの意見を聞いてきてほしかったらしい。つまり、タキサンを使わずに温存しておいたほうがいいかどうかの意見を参考にされたかったようだ。

もう一つ、山崎先生が不服だったこと。十一月二十三日に東京である姪の結婚式にどうしても出席したいといってきかない恭子は、四クール目のＦＥＣの日程を予定の十九日から二十六日に延期してほしいと要望した。先生はしぶしぶ承諾してくださった。「あまり、延ばさないほうがいいんだけど」とおっしゃられたらしい。恭子は頑として譲らなかった。こういうところは恭子は本当に頑固だ。

恭子はこれまでどおり、家事と歯科医院の経理関係の仕事を頑張って続けてくれている。

十一月二十三日。家族四人が久しぶりに集合して、東京での姪っ子の結婚式に参加できた。

◆結婚式に東京に出てきて、くたくた……でも、子どもたちの結婚式までは頑張って生きないとね。勇気をもらったけど、結婚式では涙が止まらなかった。子どもたち二人とも頑張れ!! 私も頑張るよ!

スミレ（中学一年のときに奇跡的に巡り会った大親友）。ドイツから一時帰国して東京にいるから会おうとメール。でも会えず。その元気がないのが悲しい。そのうち必ず会いたい人だ。いろんな人に会うのはいい。別世界に住んでいるから、少し現実社会に戻る感じ。久しぶりのおめかしで嬉しい。子どもたちがウィッグに気がつかなかったようでよかった。年末にはちゃんと話そう。

十一月二十六日。四クール目のFEC。山崎先生から腫瘍マーカーNCC-ST-439が正常になっているが、腫瘍マーカーは目安に過ぎないから判断は慎重にしなくてはいけないというお言葉をいただく。私の触診でも腫瘍がわからないくらい恭子の左側の乳房は柔らかくなっている。腋窩のリンパ節は蝕知不能。FECがよく効いているから十二月十日にPET-CTを撮ってみることになった。「手術も含めて、次に何がよいか、がんセンターで早く聞いてくるように」とまた、セカンドオピニオンの念を押される。Dana-Farberのドクターの意見も聞いてみては、というようなこともおっしゃっていただいたらしいが、私は恭子を迎えに行くだけで、診察には同行していなかったので、先生のおっしゃられる意図が十分には理解できなかった。日本で使える分子標的薬は限られているから、というようなことも言われたらしい。

しかし、山崎先生の中ではもうすでに次の手は決めておられた。ＦＥＣは今回で終了して、次回からはタキサンのうちでドセタキセルのプロトコールを始めると宣言されたのだ。副作用としては、吐き気は強くないが、むくみ、爪の変形、手足のしびれなどがあると看護師さんから説明を受ける。手足の指を冷やしながら点滴をしてもらいたいと申し出てください、とも。それと、アルコールに弱い人は申告すること、と。

腫瘍専門看護師のカウンセリングも受ける。リンパ浮腫が恭子にとっては一番気がかりだったのだ。採血が悪いのではなくて、駆血帯で締め付けるのが悪いのだから、二の腕を縛らないほうがいい。手の先のほうから採血してもらうようにアドバイスを受ける。血流の返りが促されるから肌に何か触れているのがよい。ヒートテックなどもお勧め。風呂上がりに、手足にクリームを塗って抹消から胸管に向かって滑るようにマッサージすること。冷え性も同じだが、抹消まで血液が流れても返りが悪いのだから、それを促すように運動やストレッチもよい、と。

中国整体の中川先生が吐き気予防の経絡にしてくださった施術は明らかに効いたようだ。国立がんセンターなどでは、抗がん剤治療の嘔気など副作用軽減のために積極的に東洋医学を取り入れているらしい。もっと広く普及すれば患者さんにとっての恩恵は大きいと思う。西洋医学だけではなく、東洋医学や民間療法や音楽や瞑想やヨガなどの代替医療で役立つことはなんでも柔軟に取り入れる医療が望まれる。

〈FECの効果判定〉

のちになって考えてみれば、私と恭子は何を目指して、何を目標として、これほどまでにがむしゃらに頑張っていたのだろうか？　子どもたちのため？　親のため？　あるいは、私たち夫婦お互いのため？　私たち自身のため？　それはそれでどれも本当のことではあろうが、得体の知れない生きねばならないという本能や不安と焦燥感に駆られて、長いあいだに飼い慣らされてきた優等生根性で無我夢中で頑張っていたのかもしれないと思うことがある。

治療をしないという選択、苦しい治療は極力避けるという選択――Dana Farber のドクターが示唆したように――を検討する知識も見識も余裕も、その頃の私たち素人にはなかったのだ。命よりも大切なものがあると説く人がある。自分の命よりも、といえばわかりやすい。しかし、とどのつまり、命よりも大切なものは、やはり「他者の」というだけで、命なのだと思う。その命は、子どもの命だったり、家族の命だったり、民族の命だったり、世界中のすべての人々の命だったりするのだけれど。

その大切なものを守るための医学的選択肢はたくさん存在する。厳しいお話にはなるけれど、それを提示して見せていただく医療もまた、重要な医療ではないかと思ったりする。

結果的に振り返ってみれば、恭子に施された山崎先生の治療は、最良のご判断であったと感謝申し上げているというのが、偽らざる私の気持ちではあるが、**積極的に強力な治療はせず、痛みや整容が乱れることを防ぐだけの姑息的な治療で経過をみるという選択肢はあったのではないか**と迷ったりはする。

恭子は最近、夕方になるとムカムカしてきてジアゼパムを服用することが多い。むかつきの少なくとも一部は精神的なものだという自分なりの認識があってのことだと思う。よく考えて、工夫を怠らない。夜中にも眠れないことがあるという。眠ることにかけてはどこでだってすぐ眠れる恭子が……。口に出さない緊張感や不安をいっぱい抱え込んでいるのだろうと思う。支えていかなくては。

二人で歌っている合唱団の練習に極力参加する。音楽に没頭できると現実を忘れてしまう。幸せな気持ちになる。帰りの車の中で、楽しかったね！　と恭子がはしゃぐ。有り難いことだ。私たちの闘病を支えてくださっている、このアンサンブルの音楽とメンバーの方々の優しさが。

私が酷く落ち込んで、食事が喉を通らないことがたまにある。お酒を上手にいただいて、時間をかければきっと食べられる。恭子が「パパ、ごめんね」と言う。恭子のせいじゃないから、心配しなくていいからと言う。一時間ほど、食事とにらめっこして、ゆっくりとソフトランディング。ほら、やっぱり食べられただろう、恭子が心配しなくていいんだよ。

二〇一四年十二月十日。四回のＦＥＣの効果を谷本先生の施設で検証する。乳房の造影ＭＲＩとＰＥＴ－ＣＴ。左側乳房の原発巣は、腫瘍と思われる数ミリの造影効果が残存するばかりで、ほとんどＣＲ（コンプリートレスポンス）といってよいと思われる。ＰＥＴではすべてのリンパ節転移、骨転移の代謝活性は消失している。今の科学の検出限界で捉えれば、転移巣は消えたということだ。恭子があれほどの嘔吐と格闘して勝ち取った結果だ。

「ワインででも乾杯してお祝いしてください」と、谷本先生からねぎらいのお言葉をいただく。恭子、よく我慢して頑張ったね。ありがとう。えらかったよ。

偶然にもこの日に高嶋先生夫妻から手作りの先生たちの大好きな曲が満載のCDを贈っていただいた。恭子へのご褒美だね。「ありがたい‼」と恭子も感激して、さっそく奥様にお礼のメールを送っている。

たくさんの方々に支えていただいて、私たちは運がいい。恭子はやっぱり薬がよく効いて、特別に幸運なロングテールに入っているのだと意を強くする。転移性乳がんで長く生存する症例は、転移が骨に限られていることと一次化学療法の最初の治療がよく効いた症例であったという外国の文献報告があった。恭子に何度も何度も説明する。

神様、ありがとうございます。感謝いたします。

ドセタキセル療法

二人で選挙の投票に行ってから、買い物に行く。口内炎のピークは過ぎたが、次の治療が近づいてきて、どんな副作用が出るのだろうかと考えると怖いと言って少しへこんでいる恭子。

気分的にしんどくてしんどくて、次の治療が不安でたまらないと言う。それは、気分の問題だけではなかったのだが……。

運命のタキサン一クール目の日。どんなつらい副作用が待っているのか‼

記録的な大雪。雪のせいで電車が動かず、二時間も寒い駅で恭子は電車を待った。電車が動き始めて、やっと辿り着いた病院での血液検査の結果、白血球が一七〇〇しかない。抗がん剤投与は一週間延期となる。こんなにも骨髄機能の回復が遅れるほどに、抗がん剤が恭子の身体のすべての臓器にダメージを与えていたのだ。抜けるようにだるくて、何にもする気が起きなかったのは、次の治療が不安だという精神的な理由だけではなくて、身体中の細胞がズタズタにされていたからなのだ。抗がん剤の毒性があまりにも強くて、恭子の大切な正常細胞は十分に回復する余力がなかったのだ。心と身体のすべての細胞に休養が必要だ。

二〇一四年十二月二十四日。クリスマスイヴ。

恭子の白血球は三一〇〇まで回復していたので、一クール目のドセタキセル投与が予定どおりおこなわれる。ドセタキセルにはアルコールが含まれているので、お酒の弱い恭子はゆっくり点滴してもらった。一連の点滴は二時間以上かけておこなわれた。帰りはいつものように私が車で迎えに行く。

その日、恭子は吐き気がないので恐るおそる食事をしてみる。もどさない。この点は楽だ、と恭子がはっきり言う。補液の点滴も必要なさそうで、私もほっと肩の荷がおりる。夜中に、鼻の奥がもやっと痛い、と恭子が言う。


二日目のクリスマスも吐き気はなく、恭子はよく食べることができた。夕飯には最近お得意のポトフを作ってくれた。クリスマスのショートケーキもいただくことができた。感謝!

朝は顔がむくんでいたと言う。倦怠感はほとんどないが、ときどき頭痛がすると言う。むくみをしきりに気にしている。タキサンによるむくみに効果があるという漢方薬も出していただいている。


三日目も依然として嘔気はない。朝、起きがけに顔がむくんでいるけれど、午後にはひいてきたと言ってほっとしている。倦怠感が少し。顔の奥のほうが痛いという。恭子に認められるこの薬特有の副作用のようだ。少し歌の練習もしたそうだ。口腔の乾燥を訴える。

四日目。入眠剤を服用しても、夜ほとんど眠れず、腰が痛いと言う。頭がずっとモヤモヤしていて、点滴中から鼻の奥から頭にかけて重苦しかったと。腰痛あり。

五日目。夜、動けないほどつらくて眠れなかったと言う。朝から頭痛、腰、膝、足の関節の痛みあり。午前中買い物に行って、昼食後ぐっすり寝込み、少し楽になったと言う。歯茎が痛いと言う。「今ごろになって、時々、吐き気がするのよ。ご飯は作れるからね」とも。

六日目、十二月二十九日。夜は久しぶりによく眠れたが、朝から頭痛と関節痛あり。動くのがつらい、と。口の中が荒れていて味がわからないと言う。体重が徐々に減り、ムカムカして食欲がない。便は少しずつでも出ていると言う。何でもご相談に乗っていただいている内科医の川田先生のお勧めで、むくみを気にする恭子に少量の降圧利尿剤を試すことにする。

夜中に次男が帰省してくる。「遅く帰ってくれてよかった」と恭子が言っている。「きのう今日がピークのような気がする」と。

私たちはドセタキセルの副作用がどのように現れてくるか、固唾をのんでピリピリと身を固くして、待ち構えている。初めては、五里霧中の手探り。不安が募る。一般的な情報はもちろん参考にはなるが、恭子にどのように現れてくるかは予測できないことだ。

七日目、三十日。いつの間にか暮れも押し詰まってきていた。長男も帰省してくる。恭子が自分の転移性乳がんのことを子どもたちにきちんと話したいと言っていたので、海の眺めがいいホテルを予約しておいた。

久しぶりに家族四人が勢ぞろいしてホテルの眺望の素晴らしいレストランで夕食を摂ったあと、私たちの部屋で子どもたちに恭子の乳がんの話をする。最初に私がいきなり、心配いらない、ママの乳がんは抗がん剤の治療がよく効いて、九九・六四%が消えて元の大きさの三百分の一になっているんだよ、などと乳がんのサブタイプの話も交えて説明すると、「パパの説明はいきなりすぎてよくわからない。専門的な言葉も説明してくれながらでないと、意味が十分理解できない。順番に状況を説明してくれないと――」と主に次男からブーイング。結局、いつものように恭子自身が順番にきちんと説明することになる。

子どもたちは冷静に、しかも真剣に受け止めてくれた。それがとても嬉しかったと恭子がのちに語った。とても心強かった、と。恭子の乳がんとの闘病チームはこれまでの私と二人の奮闘から四人になったわけで、本当に心強い。家族は有り難い。

夕食のときに飲んだお酒の酔いのまわった私がいびきをかいて眠っている傍で、三人で十二時頃まで話が盛り上がったらしい。お陰で恭子は嬉しくて興奮して、よく眠れなかったと言う。

少し頭痛がして、味がなかったのは悲しかったけれど、なんとか元気になって子どもたちと食事したり話したりできて、セーフだった、と恭子が胸をなでおろしていた。

八日目の大晦日。中学から陸上一筋の次男がその関係で翌日の元旦には学校に戻るというので、夕飯におせち料理を食べて、年越し蕎麦、紅白。毎年と変わりない大晦日だ。子どもたちとわいわい言いながら、今年の紅白は面白いね、と恭子がはしゃいでいる。やっぱり子どもはいいなあ、と。少し昼寝した恭子は、頭痛が残り、味が苦く、吐き気が少し。


ドセタキセル投与から九日目、二〇一五年の元旦は大雪になった。

この年は私たちには大切な年になった。たびたび森に遊び、風薫る中でランチをいただき、午後のやわらかな陽ざしの注ぐ我が家の庭でしばしばお茶を楽しみ、おおいに歌い、おおいに食し、友と語らい、芸術に触れ、映画を楽しみ、子どもたちの活躍に駆けつけ、旅をし、どこに行くのも二人、密やかではあるが幸福に満ちた日々を過ごした。人生の印象はけっして悪いものではなかった。恭子は幸運なロングテールとして生き延びてくれるという私の確信は、さまざまなことが起こっても揺るぎはしなかった。

次男が大学に帰っていった。恭子は昼寝をする。少しだるくて、口が苦く、嘔気があるがだいぶよくなってきたと言っている。口角が切れたと言うので、抗真菌剤を試す。

十日目、一月二日。胃のむかつきは鉄剤のせいかもしれないと考えて、胃薬を一緒に服用することにする。やはり雪が酷く、次の日からの四国への帰省は中止する。体調が十全とはいえない恭子はほっとしたと言っている。

夜はたくさん食べられて、下痢気味だが良いお通じがあった。

十一日目、一月三日。嘔気がだいぶん治まる。味は苦い。恭子はしっかり昼寝をする。

十二日目。かなり太ったと恭子が言っている。吐き気はあるがお好み焼き一枚をぺろりと平らげる。昼ちょっと出かけただけで疲れたと言って、四国に無理をして帰らなくてよかった、と。口角が切れて、口中がネバネバしていると言う。

恭子はぐっすりと昼寝をした。楽しいお正月だったと嬉しそうだ。長男が明日帰る予定。

一月五日。ドセタキセル投与から十三日目。長男が学校に帰っていった。子どもたちはそれぞれのいるべき場所に戻っていったのだ。**恭子が口を酸っぱくして繰り返す**「**自分のなすべきことをしなさい**」という言葉に従って。

買い物、布団干し、洗濯と午前中に動いて疲れた恭子は三十分ばかり昼寝をしたのだと言う。

砂をかむような苦みが薄れてきたらしい。よかった！

　夜、帽子ウィッグを洗いながら、もう一つ必要かもと言うので、何個でも買えばいいよ、いろいろな髪の長さのを使い分けてお洒落をしないと、と私が応える。

　気を緩めている間に左腕のリンパ浮腫が進んでしまって、肘の下まで腫れていると言って、あわててドレナージをしている。見たところではわからない。触ってみればわかるのだろうが、恭子は触らせようとしない。

　次回のドセタキセルの点滴のときには、痛みがかなり長引くので痛み止めを二週間分は出してもらおう。鉄剤には胃薬も付けてもらおう、と工夫に余念がない。


　十八日目。体重が少し下がって、元の体重に落ち着いてきたと嬉しそうだ。
◆吐き気―あまりなし。五日目くらいからムカムカ。十日目からパパがプロトンポンプインヒビター（胃薬）を朝飲ませてくれる―次回は胃薬を病院から出してもらおう。
　痛み―四日から七日目がピーク。頭痛（鼻の奥がとくにもやっと痛い）はずっと。ピークには関節痛と筋肉痛でかなりつらい↓痛み止めの強いのを出してもらおう。鼻の奥…粘膜に作用―疲れると痛い。
　味―五日目くらいから口乾く。十二日目くらいから口角切れて痛い（十五日目くらいまで）。

味が苦い（砂をかむよう）五日目くらいから、二週間目くらいでうすれる。

浮腫―十日目くらいから体重一気に増える。次の日に左腕浮腫あり、ドレナージ。夜、足も少しむくむ。十六日目には落ち着く（一時的なものかも―体重、足の太さをチェックし気をつけること！）。十七日目、夜にはまた浮腫、朝はなし。一週から十日くらいで体重もどる。

全体にピークは四日目から一週目くらいだが、ダラダラと続く痛み、浮腫の心配！↓次回も手・足指を冷やしてもらうこと！


二〇一五年一月十一日と十二日の連休は合唱三昧の二日間。私たちの闘病を支えてくれる頼みの綱なのだ。音楽に浸り、没頭して、その甘美な世界にのめり込んでしまうとすべてが癒やされるようだ。

十一日。正午から一時間は女声コーラスの練習。男声はおっとりのんびりずぼらだから、女声のように頑張って練習しない。一時から四時までが全体の練習。といっても途中の小一時間は楽しいお茶とおしゃべりの時間、高嶋邸での穏やかな時間。四時からはリコーダーの練習を小一時間。恭子はリコーダー演奏には参加していないので、高嶋先生の奥様とおしゃべりしてリコーダーを聴きながら待っていてくれる。しめて五時間に及ぶ音楽三昧の楽しい時間だ。

恭子はさぞ疲れたに違いない。帰りの車中で、楽しかったね、と言ったかと思うと、すぐにすやすやと寝息をたてながら舟を漕いでいる。

　十二日。やはり正午から女声練習。四時までの全体練習。

「これがあるからつらいことも乗り越えられるよね。合唱っていいなあ。メンバーもみなさん優しいし」と恭子が言う。感謝！


　一月十七日、土曜日。恭子の母親が父親と二人で四国から出てくる。

　夕飯の前に恭子の両親に乳がんの話をする。転移があることまで話したかどうかは記憶が定かでない。五センチという大きな乳がんが見つかったがお薬がよく効いていて順調だという話を中心に説明したのだと思う。

「なんでまた、恭子が……」と母親は繰り返した。動揺はみられるが前向きに捉えてくれたので安心したと恭子は言っていた。

「世の中に人はいっぱいいるのに、どうしてよりによって恭子ががんなんかになってしまったんだろう」と母親は繰り返す。「もっと早くに見つけることができなかったのかねえ？　どうにかならなかったのかねえ?」と。乳腺症が混在していたことや、最初に乳がんが疑われて十六年間もきちんと定期検診を受け続けてきたのだ、などと説明をいくらしてもすぐには冷静に受け止められないだろうと思って、言い訳めいたことは言わなかった。両親はその晩眠れなかったらしい。親とすれば当たり前のことだ。

セカンドオピニオン

一月二十五日、日曜日。明日は、いよいよ東京の国立がん研究センター中央病院の藤田先生のセカンドオピニオンを聞きに行く。
「谷本先生がご紹介くださった。偉い先生らしい。不安だけど、頑張る！」と、恭子。

そこはけっして巨大病院という訳ではなかった。何より、病院というよりは駅の雑踏のような騒然とした混み具合だった。これだけ多くのがん患者が予定どおりどう転んでもはけるとは信じられなかった。恭子と私の藤田先生との面談の予定は午後一時から一時間だった。未明に起きて、飛行機で東京に駆けつけて、この混雑だ。私でさえ待ち疲れている。恭子はさぞやつらかろうと思うが、ゆっくり休ませてあげられる場所も見つからなかった。その場を離れずに順番がきて名前を呼ばれるのをじりじりと待つよりなかった。場所を移動してのその繰り返しだった。じっと名前を呼ばれる順番を待つだけ……。恭子は緊張の面持ちながら、辛抱強く、落ち着いて振る舞ってくれた。

セカンドオピニオンを受ける部屋に通され、そこで藤田先生が現れるのを待つだけというところまで漕ぎつけたので、二人ともあまり食欲はなかったが、病院内のコンビニで買った昼食を外の花壇に腰掛けて食べた。外のひんやりとした空気がのぼせた頭には心地よかった。

奥まったところにある面談に充てられた診察室は、表の待合室の騒々しさとは打って変わって、静かでひっそりとしていた。ゆっくりと少人数の患者が待っていて、気持ちが少し落ち着いてきた。

恭子の名前が呼ばれ、通された診察室には誰もいなかった。「こちらでお待ちください。藤田先生は病棟の患者さんの手当ての指示が済み次第、参りますので」と感じのいい看護師さんが告げた。「あの、可能でしたら先生とのご面談を録音いたしたいのですが?」と私が言うと、「録音していいですよとおっしゃられる先生もいらっしゃいます。藤田先生にご希望をお伝えしましょうね」。「ありがとうございます」と恭子がお辞儀をする。

藤田先生はやせ形で温和な顔立ちながら眼光鋭く、トップを走っている学者に特有の自信に満ちた雰囲気を醸しながら現れた。恭子と私が立ち上がって、お決まりの挨拶をすませると、「お座りください。ご連絡は谷本先生からもいただいております。わたしにできることはなんでもしますから、いつでも訪ねてきてください。録音はもちろん大丈夫ですよ」とおっしゃってくださった。

録音が許されたので、先生の言葉を記録せずに拝聴できることになってホッとした。先生のご意見をじっくり聞けるし、聞き逃したりしても何度でも聞き直すことができる。質問は私が時間をかけて考え、恭子に説明して、恭子の意見も取り入れたものを文章に打ち出して用意してきていた。先生にもコピーをお渡しさせていただいた。

(1) 全体的な治療方針について

まず私が恭子の病状とこれまでの一次化学療法の経過と結果をかいつまんでご説明した。つまり、これまで四クールのFECと二クールのドセタキセル療法を受けて、抗がん剤は原発巣にも転移巣にも著効していること、その後ホルモン療法に移行していく予定であるが、この抗がん剤の選択と治療経過について藤田先生のご意見を伺いたいと切り出した。

「初回の治療の選択は非常に大事です。アンスラサイクリン系とタキサン系のドセタキセルの二種類を使っているが、世の中の流れから大きく外れているということはありません。

ただ、一種類だけを使って様子を見ることもあります。骨だけに転移のある人はがんと長く付き合えるタイプの乳がんであることや、身体からがん細胞を全部除去することは難しいというようなことは聞かれましたか？」

「はい」

「ＰＥＴはせいぜい二ミリくらいのがんの塊を見つけられるが、何千、何百という少ないがんの塊は見つけられないので、身体の中にがんはあると思ったほうがよいです。治るのは難しい。転移のある人で治るのは五％以下です。何十年も再発しない人もいるけど、経過を見ないとわからない。骨だけの転移の人は良好なことが多いです」

「家内は今後、長期的にはどのような治療方針とするのがよいと思われますか？」

「長期的には一～二か月ごとに通院して経過をみてもらい、がんと仲良く付き合っていく。一番大事なことは極端な生活をしないこと。極端な食事療法、民間療法はよくない。これまでと同じ生活を続け、前向きに捉えて、明るく考える。病気のことばかり考えないで、余暇や趣味、友人などと積極的に外に出ていく。これまでの生活を変えず、むしろ外向的になることでがんと仲良く付き合っていける。抗がん剤後、ホルモン療法につなげるのも通常のやり方です。病気の勢いが強くないとき、急に大きくならないとき、脳、肺、肝臓などへの転移のないときはホルモン療法で、脳、肺、肝臓などへの転移が起きるときはがんが元気なので、しっかり抗がん剤を使う。骨だけにじっとしている場合は、ホルモン療法でＯＫ。片手以上のホルモン療法の種類があります。最初はかちっと抗がん剤を使い、その後はなるべく抗がん剤を避けて、ホルモン療法が大切で、長く付き合っていくことが大事です」

「ドセタキセルに変更されるときに、山崎先生は先生のセカンドオピニオンを前もって聞きたかったと言われておられました。タキサンを温存すべきかと迷われたのでしょうか？」

「確定的な方法はありません。うちでは、最初一種類を、ＡＣという安いアンスラサイクリン系の療法か、あるいはドセタキセルを使う。どちらも六〜八回やって様子を見ます。二剤をかちっとやっておくのも一つの考えですね」

「抗がん剤がだんだん効きにくくなることはありますか？」と恭子が聞いた。

「抗がん剤がだんだん効きにくくなることはあります。がん細胞が薬剤耐性を獲得する。だから、あまり抗がん剤をだらだら使わず、最初だけかちっと使いうのがよい。多くの抗がん剤を使うと耐性が起こりやすいです」

(2) ステージⅣにおける原発巣切除について

藤田先生は私の質問に一つ一つ丁寧に答えてくださった。

「ステージⅣにおける原発巣切除に関しては議論があると思われますが、家内の場合に限っての先生のご意見は？　原発巣切除のデメリットは？」

「実験的には、原発巣を切除すると転移巣のコントロールが悪くなって、転移巣が元気になるというデータがある一方で、原発巣を取ってしまうと転移巣も縮小してきれいに治っていくというデータもある。どちらとも決着はついていない。そのために、ＪＣＯＧの人間での比較試験が検証中です。今のところ原発巣を取ったほうがいいかどうかの結論は出ていません」

「完治を目指すというのでなくても、転移巣をコントロールすることを目指す場合に、五センチの原発巣を手つかずにして全身療法のみでコントロールするのは不利だと考えるのは合理的でないのでしょうか？　最初の全身療法（ＦＥＣ）が非常によく効いていることを考慮して、最小限の侵襲を伴う方法で原発巣を切除することは無意味なのでしょうか？　初回の抗がん剤がほとんど効かず五センチの原発巣を切除することと、ほとんどＣＲに近い、仮に六ミリ大の原発巣を切除することは、おのずと違った意味をもっているとは考えられませんか？　ホルモン療法を中断するリスクは最小限に留めることも可能と考えられますが……？」

「小さくても薬の効きにくいがんがあります。歴史的には原発巣を取っていた時期もありますが、取っても取らなくてもあまり変わらないというのが、現在の相場感。薬物療法が二〜三十年前とは違って進歩しているので、いい抗がん剤が出てきている。そのように効果のある抗がん剤が増えてくることによって、取る取らないの価値が変わってきているので、ＪＣＯＧの試験が組まれている。身体にメスを入れる負担が大きいので勧められないというのがコンセンサスかな。取っちゃったりしている先生のほうがあまり良い治療をしていないこともある。乳腺外科の先生は転移があれば簡単にメスを入れることは勧められないと思います」

「原発巣を切除した場合、切除したがん組織から得られる情報と初診時の針生検の情報が変わっているということはありますか？　有益な情報が得られる可能性はありませんか？　サブタイプの評価が変わるとか？」

「乳がんの細胞は長い年限で性格が変化します。自分のところの病院でも何回も生検すると二〜三割の症例で、ホルモンレセプターやｈｅｒ２のレセプターの発現の状態が変わりました。一定の期間で、ある薬の効きの悪いときなどは、再度の生検をすべきと思います。原発巣に腫瘍がないときは、肝臓や肺の生検をして見直すこともあります。それは、勧められる場合がある。世界のいろいろなところから、米国や英国からも報告があるから、初診時の針生検からがんのサブタイプは変わってくると思っていたほうがよいです」

「私の場合、乳腺症があってがんがわかりにくかったと聞いています。山崎先生は更年期障害に対するホルモン補充療法をやめても、初めの頃がんが大きくなったので、ホルモン療法は効きにくいかもしれないので、抗がん剤から始めましょうと言われました」と恭子が話すと、

「なるほど……、ホルモン補充療法が発がんを促す方向に働くことはあるかも？」

「論文によれば、初回治療がよく効いていること。主に、内臓でない一つの臓器に転移が限局すること。ホルモンレセプターが陽性であること。そのような症例は予後のよい場合があると書いてありましたが、先生はどう考えられますか？」

「そのためにＪＣＯＧでランダム化しています。ただ、言われた予後のよくなる条件は、多くの医師が概念的には持っている。骨転移のみとか、最初の抗がん剤がよく効いた人は予後がよいという経験的な納得はあります」

「それでも手術がよいとはわからないのですか?」と恭子が質問した。

「そうです。JCOGの結果で変わるかもしれませんが……」

「JCOGの結果が出るまで家内が頑張って生きていれば、手術してもらえるかもしれませんか?」

「そうなるかもしれません。それまでに、もっといい薬が出ていて、手術が不必要になるかもしれませんが……」

(3) 二次化学療法について

「先生、一連の抗がん剤治療が終了して、次に抗がん剤治療を再開しなくてはならないタイミングをいち早く見つける指標は何がよいですか?」

「画像診断が大切です。CTであったり、MRIであったり、PETであったり。腫瘍マーカーは……、NCC-ST-439がわずかに高かったんですね。腫瘍マーカーはあてにならない面もあるので、参考ですね」

「山崎先生もそうおっしゃいました」と恭子。

「抗がん剤はかなり身体に負担になるので、画像診断でちゃんと塊が見つかるというタイミングが大事だと思います」

「次の抗がん剤治療として選択すべき薬剤の候補は何ですか？　国立がん研究センター中央病院でしか受けられない薬剤も含めて、有望な候補をお教えいただきたいのですが」

「乳がんには効く薬はたくさん、さまざまあります。ドセタキセルを後から使えるかというと、半年くらい経っていれば三〜四割の奏効率を期待して、パクリタキセルが使えます。半年以内ならタキサンは効きにくいでしょう。どの時期にがんがむくむくっとでてくるかが大事です。半年以降なら、パクリタキセル。最近のではエリブリン。それが効かなくなったら、飲み薬ですがカペシタビン、それ以外にナベルビン、ジェニザールなどさまざまあります。そのときの身体の状態やサブタイプでも選択が変わるでしょう。カペシタビンは飲み薬でも副作用も強く、点滴と同じように効きます」

(4) その他

「現時点で、乳がんの腫瘍幹細胞に対する治療法の進歩はあるのですか?」

「Stem cellの研究はこれからです。Stem cellに効く薬も五年、十年後には出てくるかも。例えば、エリブリンはstem cellに効くという実験データもあります」

「幹細胞は原発巣にいるのですか?」と恭子。

「どこにいるのかは、わかりません。幹細胞の抗体による可視化がおこなわれていますが、不完全です」


「エヴェロリムスやパルボシクリブという薬が、大変有望だということですが、家内の場合、使用可能なのでしょうか? 最初からホルモン療法に併用したほうがよいのでしょうか?」

「エヴェロリムスは市販されていて使用できますが、欠点として日本人の場合、二割五分ほどの人に間質性肺炎が出ます。結構きつい薬ですし、高価です。幸いイレッサのような間質性肺炎で死亡する例は出ていませんが。昨年のサンアントニオの学会で、ほかの抗がん剤と併用した場合に四％ほどの副作用死が報告されています。高すぎます。せめて一％くらいでないと。パルボシクリブは米国で承認され、日本でも早晩承認されるでしょう。今、うちの病院でも治験中ですが、有望なのは事実で使いやすい薬です。長期的評価はこれからですが。自分のところでは、これらの薬とホルモン療法の併用は間質性肺炎のリスクが高いのでしていません」

「ホルモン療法剤を次のものに変えるのはどのようなタイミングですか？」と恭子が聞いた。

「ホルモン療法の副作用は比較的軽いので、画像診断だけでなく、腫瘍マーカーががっと上がったり、触診や見た目の診断で変えてもよいでしょう。ホルモン療法にも、関節痛や鬱、顔のほてり、手のこわばり、高コレステロール血症などの副作用がありますから、自覚症状のつらいときには、すぐにしっかりと山崎先生にお伝えして、ホルモン療法剤を変えてもらってもいいと思います」

「家内は甲状腺がんと乳がんの重複がんですが、必要な時に治験薬などを積極的に使っていただくために準備したり、登録の手続きをしておけることがありますか？」

「甲状腺がんの手術から五年経って活動性の重複がんがない、――これをどう評価するかは難しいけど――、ということが治験には必要なので、パルボの治験も難しいかもしれません。

——最後に、極端なことはしないこと、高いものには手を出さないこと、と常々言っています。よく笑って、寝て、しっかり美味しいものを食べることです。自然が大切です」
「山崎先生からも『糖尿病のように付き合ってください』と言われています」と恭子。
「そのとおり、そのとおりです。今の病院の先生方が言われたことと同じようなことを私もお話ししているのです」

セカンドオピニオンを拝聴することは四十五分で終わった。私はいろいろ考えてお聞きしたいことをまとめていたので、だいたいこれでいいかと思ったが、恭子はせっかく一時間という時間をもらっていたのだからもう少し何か聞きたかったらしい。だが、その時点ではお聞きしたいことが思い当たらなかったので、丁寧にお礼を述べてその場を辞した。恭子は疲れ果てていた。私は、骨転移しか見つかっていなくて、一次化学療法の著効した恭子は、やはり特別で幸運なロングテールなのだという意を強くした。恭子が頑張ってくれたお陰だ。

その日のうちに飛行機で東京を往復して、恭子はさぞ疲れたに違いない。夕食後小一時間爆睡していた。時間があったから藤田先生にもっと聞けたのに残念だと恭子は繰り返した。新たな疑問が浮かんできたらしい。原発巣は変わらなくて、転移巣だけ元気になることがあるんだろうか、と言っている。口角が切れてきたので、二人で相談して抗真菌剤ではなくてステロイド軟膏を塗ることにしてみる。

三日後の二十八日から恭子、発熱あり。経口抗菌剤の服用を開始した。夜は三十八度まで上がる。風邪気味と言っている。東京行きの疲れか？　夜中には六度六分にまで下がる。私は心配で眠れない。東京行きがきつかったか。義理の父が一泊してゆっくりスケジュールを組めばよかったのにと言っている、と恭子。そうだよな、と私も反省しきり。頭が固くて柔軟に物事を考える余裕がない。やはり年配の人の話は聞くものだ。

翌朝は六度四分でほっとするが、昼には七度九分まで上がる。夕方から楽になって七度くらい。要注意だ。

三十日。朝のむくみが酷いと恭子が言う。体重も増えたと。確かに顔がむくんでいる。朝から八度五分の発熱あり。病院に電話してその日に診てもらえるようになった。私は急で休めないので、自分で運転してはダメと言ってタクシーを使わせた。

血液検査の結果を見て、山崎先生が白血球（一一〇〇）、赤血球も低いが、炎症の数値は高くないので大丈夫だと言ってくださる。抗生物質の点滴と白血球増殖因子の皮下注射をしていただいた。「東京に行ったり帰ったりしたら、誰だって疲れるよ」と言っておられたらしい。お陰で翌日からは発熱は治まって、自覚的にも恭子も次第に楽になると言っている。よく寝ている。夜眠れなかったら、昼寝で補いながら。相変わらず浮腫を気にしているが、食事もよく食べている。

二月三日。二人で恵方巻を食べる。珍しく私の父親が恭子に手紙をくれたらしい。字が下手だから、ものを書くのを嫌う人なのだが。「頑張るよ！」と恭子が言っている。

二月四日水曜日。テープを聞きながら国立がん研究センター中央病院の藤田先生のセカンドオピニオンを書き起こしたものをもって、二人で山崎先生との面談をお願いする。

細かく説明しようと私は勇んでいたが、書き起こしたものにさっと目を通された山崎先生が、「ご主人は腫瘍内科医になれますね」と嫌みを言われながら、書類を返される。この病院に記録として残しておいてもらいたかったのだが、そんな仕組みはないのだ。すべてのデータはコンピュータの中だから、置いておく場所もない。

「手術はいつでもできますが、今あえてする必要はないでしょう。お薬がとてもよく効いているのだから。大きくなり始めて、取らないとあとが大変というＱＯＬにかかわるときに、相談して決めればいいでしょう。エリブリンは幹細胞にも有効だと思うから、どこかの時点では使いたいお薬だと私も考えています。ドセタキセルはｍａｘの量を使っています。三回目くらいから浮腫が出る人が多いです。六回以上使うときは量を減らしますが、四回でやめたいと考える人が多いです」と説明される。ちゃんとセカンドオピニオンに目を通されているのだ。必要なところは漏らさず読んでおられる。さすがは専門家だ。

恭子はドセタキセル三クール目を明日に控えて、中川先生の施術を受けに行った。前回のＦＥＣよりもドセタキセルのほうが身体にダメージがあるみたいだと中川先生も言われたらしい。恭子自身も身体の奥のほうをやられているという感じがするそうだ。

そういえば、私がドセタキセルはＦＥＣよりはまだましなように見えるんだけどみたいなことを言ったときに、「パパにはわからないよ、わたしは今回のほうがきつくて嫌いなんだよ」と即座に否定されたことがある。とにかく浮腫を気にしている。不快な痛みや発熱などがだらだらと続くのもつらそうだ。

アメリカではＦＥＣがきつすぎるので使われなくなってきていると言っていた専門医に、このような感想を漏らす恭子のような患者もいることを知ってほしい。抗がん剤治療のつらさには個人差が非常に大きい。一般論は通用しない。

二月六日。ドセタキセル三クール目。白血球は三八〇〇に回復していた。点滴に三時間もかかったらしい。やはり元気な人でないと治療もできない。

長男の学校では卒業制作の作品展が毎年この時期に付属の美術館で催される。そのとき、卒業生ばかりではなく在校生も課題の練習作品とは別に一年に一つの作品を自由に制作して仕上げたものが展示される。私たちは毎年その作品展を観に行くのを楽しみにしてきた。その小旅行に行くとなると五日後に四クール目という日程になるので、恭子の疲れを考慮して一週間先延ばしして四クール目をお願いしようと私たちは話し合っていた。しかし、三週おきのほうが効果があると先生が断言されたので、恭子自身が判断して予定どおり三週間後に予約を取った。点滴中に薬剤師さんと腫瘍専門看護師の方が来てくださって、自分の気持ちを優先させてもいいんですよと言ってくださったらしいが。

高嶋先生ご夫妻からお気に入りの音楽を集められた手作りの二枚目のCDを送っていただいた。恭子は大喜びして、奥様とメールのやり取りをしている。有り難いことだ。勇気をいただく。

これまでと同じような副作用に見舞われながらも、恭子は食事、洗濯、掃除、病院の経理関係の仕事などを淡々とこなしてくれている。恭子の闘病記録にはその日の食事の内容や服用したお薬などが克明に記録されている。

ドセタキセル投与から六日目の合唱団の練習は私だけ参加して恭子はお休み。私も休もうか、恭子も一緒に行ってしんどくなったら中座しようか、とあれこれ話し合っての結論。

朝から動きづらく身体中が痛い。今日からがピークだと言っている。

七日目あたりから全身が抜けるようにだるい。味が悪くて食べにくい。布団を干し、掃除をして疲れて横になる。……

二月十五日。二人ともよっこらしょといった感じで自分たちを励ましながら合唱の練習に参加した。行きは気が重いが、歌っているうちに曲にのめり込んで、ハーモニーに陶然となって、帰りは二人ともああ楽しかった、やっぱり来てよかった。けれど、恭子は歌っているあいだ中、頭痛と灼熱感と倦怠感に悩まされていたのだと言う。本当に疲れた、と。口角は切れ、口中が乾いてネバネバ。

ごめんよ恭子、無理はダメだね。それでも、メンバー一人一人の成熟した大人の思い遣りが私たちを励ましてくれる。歌うことは生きること。生きることは歌うこと。ちょっとやかましいアンサンブルだが、本当に歌い切って想いを歌に込めたい、歌い切りたい、というこの合唱団のメンバー一人一人の歌に込めた魂はほかに替えがたいものがある。控えめな恭子が、この合唱団と巡り合って初めて、上手に歌いたい、歌が上手になりたいと言い出した。歌っているときに生きているという実感がもらえる合唱団なのだ。

新幹線で長男の「卒展」を観に行く。木彫刻を専攻している長男は、昨年度精神的に不安定で思うように作品作りに集中できなくて不甲斐ない出来だったのでと、今回は頑張っていた。渾身の作品は、「再生命のテーマ」。伸びやかなバレリーナの少女を彫っていた。生きる喜びを全身で表現するバレリーナ、跳ね上げた片足、頑丈そうな太ももが力強かった。

「良かった‼ 頑張った！」と恭子も嬉しそうだった。二人でぺちゃくちゃおしゃべりしていた。うちの子どもたちは本当によく恭子とおしゃべりしてくれる。有り難い。恭子には、何よりの励ましになる。

日帰りして、夜、最近原発の乳房が少し張って、大きくなってきたような気がすると言って心配している。ドセタキセルは効いていないいんだろうか、と。私が触ってみる。「全然大丈夫！柔らかくなったままだよ。ちっとも変わっていないから、心配いらないよ。リンパ節だって触れないいままだもの」

明日はいよいよ、四クール目のドセタキセル。一次化学療法が一区切りとなるか！　この時期、やはり浮腫が一番心配なようだ。体重とおしっこの量をしきりに気にしている。利尿剤の服用量と服用期間を恭子なりにいろいろ考えて決めたそうだ。浮腫には運動も大切というので、どこからか調べてトランポリンがいいというので買ってあげたけれど、倦怠感や疲れやすさからなかなか定期的には跳べないようだ。手足の先が痛み、とくに爪が赤紫色に変色してブヨブヨした感じがするという。それと、やっぱり左乳房が張ったり大きくなったりするような気がすると繰り返す。明日、閉経後にも乳腺症で張ったりすることがあるのか山崎先生に聞いてみようと言っている。

二月二十七日、白血球は五八〇〇。予定どおり四クール目のドセタキセルを投与することとなる。浮腫の話も左側乳房が大きくなったり張ったりする感じがあるという話も、軽くいなされただけだったらしい。三月十八日にＰＥＴとＭＲＩ検査をして、結果が良ければホルモン療法に切り替えましょうと山崎先生がおっしゃられたらしい。やっとここまで漕ぎつけた感じだ。よく頑張ったね、恭子。偉いよ！

腎機能が少し低下しているといわれたらしくて、その日も尿がなかなか出ないことをしきりに気にしながら、ドセタキセルの点滴。午後二時から四時くらいまで。朝出てから尿がなかなか出ないと気にしていたけれど、夕方からは普通に出るようになったらしい。浮腫もＰＥＴ、ＭＲＩの結果も心配している。

長男と次男から励ましのメールをもらったと喜んでいる。「嬉しい!! 子どもと親友は本当に有り難い」と。感謝。

二十八日、恭子の親しい友人、永井さんのお父様が亡くなられたらしい。

恭子はドセタキセルの副作用を本当に気にしている。FECは数日は死んだようになってもあとはまあすっきりしているけれど、ドセタキセルはじわじわと副作用が続いて真綿で首を絞められるような嫌なダメージがある、と。

治療が終わって一か月くらいから本格的に浮腫が出たという人もあるらしいとネットで調べている。爪が剝がれるのは二か月後とか。足の爪が痛くて心配で、ラッピングを始める。

まったく味がわからなくて、何を食べても不味い。食欲も体重も落ちる、料理に困ると嘆いている。顔のシミが酷くなった。腰が痛くてだるい、と。

今回の副作用が、今までで一番キツイ! と言っている。浮腫で顔が酷くむくんだり、足の爪が剝がれたりしたら、女性としては本当に心配なことなのだ。ネットでいろいろ調べて、要らぬ情報が入ってくるから精神的にもきついのだろう。ここが胸突き八丁、恭子、頑張れ!

三月七日の土曜の夜、歯科医院の開業記念日の食事会。恭子は胃薬を飲んで備えて出席。完食できたと言って喜んでいる。美味しくって、嬉しかった、と言ってくれている。よかったよかった。初つけまつげ！　で臨んだのよ。自分でもびっくりよ、とおどけている。

恭子が手足の指がしびれて痛い、不吉だと言っている。温めるのがよいらしい、とも。浮腫で太ももが腫れて正座ができないらしい。運動が浮腫にいいというので買ってあげたトランポリンも頑張って断続的に続けている。

十四日の土曜日に運転免許の筆記試験を受けに長男が帰ってくる。長男の住民票はこちらにあるからだ。久しぶりに長男のお布団を干したらしい。副作用で苦しみながらも、日常の家事をきちんとこなしてくれている。ありがとう、恭子。

◆足が張って、疲れやすい。浮腫は怖い！　ドセタキセルは嫌いだ!!

一次化学療法の治療効果判定

私が恭子にしてあげられることの一つ。我が家の庭仕事は私の役割だ。と言ってもだんだんルーズになってきて、最近は庭の自然な成り行きに任せっぱなしだけれど。恭子はうっそうとしているのは鬱陶しくてあまり好きではないらしいが、私は草花や木が繁茂して森みたいになっているのが好きだ。その庭に咲いてくる花を恭子が一日の大半を過ごす居間に活けてあげよう。さっそく淡いピンク色の白梅を切ってきて食卓の上に飾る。恭子が「いい香りだね」。

二〇一五年、三月十八日。運命の日。一次化学療法の治療効果判定を谷本先生の施設で受ける。PET‐CTおよび造影MRI検査。

朝から恭子は浮腫がどんどんひどくなって怖い、スリッパでうまく歩けず、ものをよく落としてしまう、と悲観的で元気がない。

谷本先生から検査結果の説明を二人で伺う。結果が出るまで、ホテルのロビーのような待合室で外の木々を眺めながら待機していた時間の長かったこと。緑を見ても何も感じられない。硬い表情の二人。

PET‐CTの結果。左乳腺内の原発巣の代謝活性は消失している。左腋窩、鎖骨上および胸骨傍領域にリンパ節転移を疑う集積像は認められない。肺、肝、骨に転移を疑う集積像は認められない。初回に認めたC5椎体転移への集積は消失したまま。

代謝活性消失！

造影MRIの結果。左乳腺にびまん性に認めた病変の造影効果は消失した。撮影範囲に有意なリンパ節腫大は認められない。

効果判定ＣＲ。**完全寛解！**

骨破壊を止めるビスフォスフォネートも良く効いていて、骨に転移していたがんが溶かしていた骨に置き換わって新たな骨が増生されている。

つまり、**現在の画像診断で捉えられる範囲で、がんは完全に消失したということだ！**

息をのみながら食い入るように、心地よい達成感を感じながら、谷本先生の説明に耳を傾けていた。タキサンは効いていないのではないかと心配していた恭子もほっとしたような表情で説明に聞き入っている。よく頑張ったね、恭子。偉かったよ。

こみ上げてくる安堵感と喜びを二人して噛みしめていた。

先が見えてきた。これでつらい一次化学療法は一区切りとなって、ホルモン療法への切替えが行われるだろう。点滴治療を終われる。それが何より恭子の負担を軽くしてくれる。

これからは、三～六か月ごとに画像診断でチェックしましょう。念のために次回の検査のときに脳の造影ＭＲＩ検査をしていいか、山崎先生に確認しておいてください、と谷本先生がおっしゃられる。晴れやかな気持ちで何度もお礼を言って谷本先生の施設を後にした。

「**ぱぱ、ありがとう‼**」と恭子が言ってくれる。

子どもたち、両親、高嶋先生、川田先生、アメリカでの上司など事情を知る人たちにさっそく吉報を送る。みんな喜んでくれる。

気持ちの面では二人ともとてもほっとしている。一次化学療法が完璧に効いたのだから。だが、国立がん研究センター中央病院の藤田先生が言われたように、がんが現在の医学的検査の範囲では認められなくなったということで、腫瘍幹細胞や抗がん剤抵抗性の腫瘍細胞は恭子の身体にひそんでいるのだろう。それでも、一次化学療法が完璧に効いたということは、がん細胞数が激減したということで、幸運なロングテールとして生き延びるための一つの条件をクリアしたことに間違いはないのだから、とても大切なことだ。喜ばしいことなのだ。

しかし、それと恭子がドセタキセルの副作用で苦しんでいるということは別の話だ。十八日の谷本先生の検査から一週間ばかりのあいだに、二人で久しぶりに四国に帰省したり、自治会の総会に出席したりしたが、恭子はずっと浮腫に苦しんでいた。おしっこの出を気にして利尿剤の量を加減したり、服用のタイミングを工夫したりした。足がパンパンに腫れていると嘆いたり、疲れやすかったり、手足のしびれが出たり……。

第三章　ホルモン療法

レトロゾール、ホルモン療法

食卓には藪椿を活ける。

家の近くの住宅地の奥まったところで、おばさんが趣味を生かしてひっそりとコーヒーのお店をやっている。二人で初めて訪れた。ほかの客はいなくて二人でのんびりと手作りのケーキとコーヒーをいただく。店内には手作りの小物も売っていて、いじりながらその素朴な贅沢さを楽しむ。木張りの床に恭子と私だけの移動する足音がする。窓辺の小川の眺められる席で穏やかに喫茶する。景色に春の気配が感じられる。小さなカフェを二人だけで独り占めして、夕刻の時が慈しむようにゆっくりと過ぎていく。

やっと恭子の闘病記録に前向きな言葉が出てくるのは三月二十六日辺りからだ。

◆ようやく疲れが取れてくる。朝快調で動いたからか、夕方から疲れてくる。無理はできない。浮腫、手足、舌のしびれ、痛み、なんとなくの不調と、ドセタキセルは結構きつかった。明日、山崎先生の診察。半年、よく頑張った！　無理をするとしんどい（浮腫、だるさなど）。身体と相談しながらゆっくり体調を整える。疲れたら休む↓回復

三月二十七日。山崎先生の診察日。

谷本先生のところでの好結果を受けて今後の治療方針などを示していただいた。

破骨細胞の働きを抑えるビスホスフォネートの点滴は二か月に一度でもよい。浮腫の改善には半年ほど、しびれの回復には数年かかる、と言われてどっと疲れたらしい。MRI、PET－CTは三～六か月ごとに。

脳の造影MRI検査は自分のところで四月三十日に実施しましょうとおっしゃられる。

血液検査で閉経が確認されたら副腎皮質のアンドロゲンから女性ホルモンのエストロゲンを作るときに働くアロマターゼの働きを阻害するレトロゾールを服用するホルモン療法をおこなう予定だと説明された。結果は三十日にわかるらしい。

「もうなま物を食べてもいいですよ」と先生がおっしゃられたらしい。

お寿司が食べられるね！

腫瘍が再び大きくなってきたら、そのときの状況で別のホルモン剤か抗がん剤の使用を決めるとのこと。再増殖は折り込み済みなのだろう。触診やエコーは次からおこなうと言われて実施されなかった。夜そのことで私が不満を言って怒る。今の状態を確認するために触るくらいしてくれてもいいのに、と。

浮腫がひどくて、検査もあり、待ち時間も長くてとても疲れた、と恭子が言っている。ホルモン療法に変更することはあらかじめ予想された当然の成り行きだから、嬉しいというより疲れたらしい。恭子の闘病記録には「パパとケンカした。私の現実を見てほしい。イライラする」とある。「パパはあなたとケンカはしない、と言ったでしょ」と言っても、ケンカはケンカだったらしい。ケンカの詳しいいきさつを覚えていない。

午前中ぐっすり眠った恭子は元気を取り戻して合唱団の練習に行く。生き抜く元気をもらいに行くのだ。長丁場でこたえたろう。

三月三十日。閉経が確認され、山崎先生がレトロゾールを処方される。副作用は関節痛など骨に出るという。だんだん強くなって、数か月後くらいでピークになる、と。

今後は三か月ごとにCTと全身の骨シンチをおこない、原発部のMRIは何か異変があってから撮影すればよいとおっしゃられたらしい。転移巣のコントロールのほうが大切だから、と。

急ぎの時のみ谷本先生のところで検査をお願いするということになるらしい。

レトロゾールでは骨、関節の痛み、朝のこわばり、ほてり、吐き気などの副作用が出ることがあるらしい。骨密度の減少も認められるので、一年か半年ごとに骨密度を検査する。

家に帰って、恭子は浮腫や関節痛に運動がよいからと、買ってあげたトランポリンを再開する。十分ほど跳ぶとよいらしいが、今のところ二分くらいが精一杯だと言っている。「それでいいよ!」


食卓に水仙を活ける。

夜、久しぶりに握り寿司を食べに行く! 美味しい美味しいと言って食べてくれる。我慢してよく頑張ったね、恭子。 偉かったよ!

中川先生が身体中凝っていると言われたらしい。恭子から、運動も取り入れて体力づくりをしなくてはいけないと、前向きな言葉が出てきた。

二日はわたくしの五十六歳の誕生日。

恭子は所属している音訳のボランテイア団体の総会に行ってみたが、疲れて途中で帰ってきたらしい。いつもと少し雰囲気が違うね、と誰かに言われて悲しいと言っている。浮腫のせいだと思っているのだろう。可哀想に。なんだか音訳が遠くなったと言っている。「次はいつ行くだろうか……。本当に疲れた！」と。

目の不自由な方の力になりたいという想いがずっとあるのだろうに。学生の頃は合唱団とは別に、点字サークルに所属していたのだから。それが思うように積極的に参加できないのはつらかろうね。ＱＯＬの一端は切り捨てられようとしているではないか！

恭子の悩ましさは浮腫に集中している。足がパンパンだ。足が曲がらない。曲げると痛い。顔も腫れている。足が重い。尿は出ている？　と。女性にとって浮腫というものがいかに嫌なものなのか、ということを思い知らされる。

二人で合唱団の練習に参加しても顔が腫れて丸いと気にしている。確かにやや丸く腫れている。練習になかなか集中できなくて大変そうだ。顔には出さないし、一生懸命歌っているが。

帰りの車の中で、「メンバーはうすうす気がついているよね」と言っている。「いいじゃない。みんな大人なんだから、万事心得てくれているよ」

「それに、演奏会の会場取りを免除されて、協力できないのもつらいな……」とも言う。人気の会場を予約するには、一週間くらい前から会場に座ってじっと待っていなくてはいけない。それを、メンバーが分担して交代で繋いでいくのだ。恭子にはもちろんできない。人に迷惑をかけるのが本当に嫌いな性格だから、自分の役割を果たせないのは相当につらかろうな、とかける言葉もない。

食卓にローズマリーを活ける。

恭子は気の置けないランチ友達と久しぶりのランチに出かけた。デパートの入った商業施設の家電コーナーや食品売り場を相当歩いたらしい。友人からは髪型が変わったねということと、歩き方が痛そう、と指摘されたけど、膝が痛いことにしたらしい。顔の腫れは気づかれなかったのかな？　なんだか、こわごわ！　と言っている。歩いたつらさの訴えがなく、私は内心ほっとしている。

トランポリンは一分間で百回ほど跳べるから、五分間、五百回が目標なんだそうだ。勇ましいことだ！

恭子の闘病記録から浮腫を嘆く言葉が減ってくる。

食卓に雪柳を活ける。

十二時から五時までの合唱団の練習に二人で参加した。生き甲斐を感じながら歌う。練習が一日あったわりには元気だった、という前向きな発言が恭子の口から漏れる。嬉しい。歌があるから私たちは頑張れるのだから、それを恭子が前向きに捉えてくれるとこれ以上のことはない。合唱団のすべてのメンバーに感謝するのみ。私たちの異変を何も詮索することもなく、普段と変わりなく接してくださるのが本当に有り難い。大人の合唱団なのだ。

ぐっすり昼寝をした恭子は、確実に元気になってきている、良かった、と言ってくれる。顔のむくみはあるが足は少し良くなってきたようだ、とも。舌のしびれ、味覚は悪く、これはキツイ！　まつ毛はほぼ全滅！　でも眉毛が少し青っぽい、生え始めるのかな？　と期待を込めている。

食卓にはレンギョウを活ける。

恭子はお弁当持ちで合唱団の女声の練習に参加。帰宅後、町内会費を集めに回ったらしい。元気になってきた！　と言っている。

食べ物の味、においは悪いけど、ふくらはぎもほとんどむくんでいないし、何より、嬉しいニュースがあるのよ、とにこやかに言う。

「眉毛がうっすら生え始めたの!!」

食卓にエビネを活ける。

「よく見ると鼻毛が生えてきた‼」と嬉しそう。

「まつ毛も生えてきたよ‼」

「うぶ毛が生えてきたぞ‼　久しぶりの毛ぞり！」


四月二十九日、恭子のために庭に植えた花海棠、とシラーを活ける。ちなみに、私の花木は雪柳。長男が山茶花で次男が小紫式部だ。

私たちの所属する合唱団の演奏会当日。
◆二十九日、演奏会！　午前八時に家を出発。九時に会場に集合。午前中、ゲネプロ。午後一時から三時三十分まで本番。そののち後片付け、着替え。五時から打ち上げ！
心配だったが難なく切り抜ける。とても楽しい演奏会だった。思い切り楽しんだ。

こういう楽しいことに、心残りないようにたくさん挑戦したい。

もっと歌もうまくなりたいよ！

人の役に立てることを、もっと探さなくては。思いのほか元気で自分でもびっくり！

演奏会の翌日。食卓に紫のオダマキを活ける。
◆パパお休み。朝疲れて二度寝。午後四時から脳の造影ＭＲＩ検査に行く。

のんびり。くたびれた〜！　まつ毛も（とくに左）かなり生えてきた。顔のうぶ毛もいっぱい。身体はどんどん回復している!!　命を感じて嬉しい!!

ご褒美、静岡への旅行

食卓にウツギを活ける。

五月二日から二泊三日で静岡に恭子と旅行に出かける。「静岡国際」と呼ばれる陸上の国際試合に出場する次男の応援を兼ねて、恭子の一次化学療法での頑張りをねぎらうための旅行だ。出発の日、旅行が楽しみだね、二人でのんびりしたいね、と恭子が言う。次男にも「頑張れー!!」とエールを送っている。

化学療法による副作用の苦しみのいまだに続いている恭子ではあったが、治療によって完全寛解を勝ち取ることができたことで、私たちの気持ちは前向きになり、希望の光は確かに見えていたのだ。心は晴れやかだった。

静岡県に足を踏み入れるのは恭子も私も初めての経験だ。試合会場にほど近い焼津にホテルをとった。太平洋を望む崖っぷちにへばりつくようなロケーションにあるホテル。夕食のバイキングを「精力的に」食べた恭子、食べすぎたー！　と。

恭子がほかの人たちと一緒のお風呂には入りたくないというので、たまたまオプションで付いていたプライベートバスを予約しておいた。「太平洋を眺めながらの一人だけのお風呂を満喫して、「ああー、気持ちよかった」と恭子が喜んでくれる。


三日の日の朝食は太平洋と富士山を臨む雄大な眺めの中での朝食となった。やはり、バイキング。恭子はまたしても「調子に乗って食べすぎた」と嬉しげな反省を口にしている。

食後、富士山を眺める絶好の展望台がホテルの一角にあると聞いて訪れた。ほかの客は誰もいなかったから、二人だけで絶景を満喫しながら富士山をバックに記念写真を撮った。富士は遠すぎて、ちょっと小さいのが残念だった。肉眼では絶景だが、写真にしてしまうと富士山は小さな遠景だ。それでも恭子は展望台からの眺めは二重丸だったよ、と喜んでくれた。

次男の試合会場へ。小さな田舎街に大きな会場があった。次男の成績はあまり振るわなかったが、生の大きな試合はやっぱりいいね、おもしろいね、と二人で感動。ここに私たちを導いてくれた次男に感謝せねば！

夕間暮れ、ホテルの一角にあるせせらぎを有する森で森林浴をする。大きなソファーにゆったりと寝転んで、紅茶を飲みながら、穏やかで身体が自然と伸びをする二人だけの至福の時間が過ぎていく。冬が去って、夏の厳しい暑さを予感させる陽ざしの午後もあるこの頃の、夕暮れ時の涼やかさは癒やされるような喜びがある。このままずっとこの場で二人だけで永遠に座り込んでいることができればいいのに、と思った。

四日には三保の松原に足を延ばした。雨天で冴えなかった。富士山も見えない。松林は立派だったが、砂に足をとられて松原近くの波打ち際に近寄るのでさえ一苦労だった。

それでも、二人で初めての地に旅することができた幸せを私たちは感じていた。恭子の一次化学療法に翻弄されてきた私たちは、いわば非日常を生きてきたのだ。やっと人並みに夫婦でのんびりと旅することができたのは本当にありがたいことだ。

くたびれた恭子は新幹線の中でぐっすりと眠っていた。うちに辿り着いて、「家に帰るとほっとするね」と恭子が言っている。楽しい旅ができたことに感謝と安堵。

食卓にジャスミンを活ける。

私たちはよく森に出かけた。車で山道を小一時間ほど走ると、渓流沿いにぞれぞれに趣向を凝らした珈琲のお店や食事のできるお店が点在している。

その森にドライブに出かけた。風は香しく、和やかな若葉の山々は優しい。渓流のせせらぎは陽の光をキラキラと散乱させ、木漏れ日は風にそよぎながら眩しい。

二人のお気に入りのお店はアーリーアメリカン風のややくたびれた白い木の壁の小さなお店。大きなコッペパンの形をしたバタープレッドが人気だ。地元で採れた葉物野菜がたくさん安価で売られているのも嬉しい。

この頃、私たちは葉物野菜を中心にしたサラダにはまっていた。丼ほどもある大きな私用の緑と恭子用のピンクのサラダボールいっぱいに、レタスやサニーレタスやチシャやサラダ菜やパセリやブロッコリー、スナップエンドウ、トマトなどを盛り付けて、ムシャムシャと食べた。いろいろなドレッシングを試すのも楽しかった。

立派な家庭菜園で熱心に野菜を作っている恭子の親友のさっちゃんがこの季節に採れるお野菜をたくさんくれて、私たちのサラダはますます充実したものになった。


そのお店の中のやや油っぽい空気と人混みを避けて、私たちはお店の外にある木製のデッキでの食事を好んだ。たいていほかの客はいなくて、私たちはその気持ちの良いデッキを独り占めできた。木立のなかにあるデッキは風が爽やかに頬をなぶり、渓流のせせらぎの音、木々の葉の擦れ合う音を心地よく聞きながら、贅沢な自然の中でのランチを満喫できた。自然と伸びをしたくなるような森の癒し。私たちは確かに生きていて、幸福という言葉以外では言い表しようがなかった。人生の豊かな幸福を私たちは自然からいただいていた。

おなかのいっぱいになった幸せを感じながら、恭子は帰りの車の助手席で深い眠りに落ちていった。口を半開きにして。この時間がずっと長く続きますようにと祈らずにはおられなかった。

食卓のジャスミンにラベンダーも加える。

想いはアメリカ、ニューヨーク州の北部、米国で最も古い国定公園であるアディロンダックの山岳地帯の森に飛んでいた。私と恭子が新婚生活を始めた二十七年前の湖沼地帯の豊かな森に……。

レークプラシッドは二度の冬季オリンピックが開催されたニューヨーク州北部の街で、ニューヨーカーのお金持ちの別荘やゴルフ場もあって、夏の気候の爽やかな避暑地だった。夏の冷涼な気候ゆえにそこでは車にはクーラーが付いていなかった。小高い丘からは、湖の周りに点在するおもちゃのように綺麗な家並みが一望できた。遠くまで続く山並み。広い空。そう、私は渡米するまでこんなにも頻繁に空を眺めたことはなかった。山岳地帯で、遮るものがないのだから、視野の先にはいつも空があった。

燃えるような真っ赤な紅葉。アパートメントの窓からは庭を訪れる愛らしいリスが見える。

鏡のように澄んだ湖。湖は無数にあって、冬は凍り付いた。トボガンと呼ばれる滑り台をソリで滑り降りて、凍り付いた湖面を疾走する。子どもたちの歓声。

燃える暖炉の炎。私と恭子は時に暖炉に火を入れて、飽かず眺めた。

奥手の二人のぎごちないセックス。それでも、二人は徐々にその喜びを覚えていった。セックスに耽る喜び。生の喜び。青春を謳歌する若い夫婦の前途には希望ばかりが広がっていた。


夏。カヌーで湖沼の水路に二人して漕ぎだした。水底に生い茂る草がはっきりと見える澄み切った水。恐ろしいくらいに。爽やかな水面に煌めく太陽の陽射し。涼やかな風。居心地の良さそうな小島を見つけて、ランチ。健康な食欲。幸せな二人。地の果てのように遠い国にいる不安をかき消して余りある至福に満ちた新婚生活。若い二人は祝福されていた。

その頃の恭子は、私の望みも入れて肩を越えるストレートのロングヘアーだった。微笑むとあどけなさの残る無垢な少女のような楚々とした愛らしい恭子。その女性を独り占めしている幸運の大きさを私は愚かにもまだまだ理解し足りてはいなかった。

緯度の高いその街の夏の夕暮れは遅く、午後九時頃まで辺りはまだ薄明るかった。戸外での友人とのバーベキュー。それも休日というのではなく、ごく当たり前にウイークデーのとある夕刻。

燃えるような赤や黄色の紅葉。緑一色のゴルフコース。どこまでもまっすぐに伸びるインターステイト。モントリオール、ケベック、オタワでの休日。二人は臆病で、二人だけの旅はケベックへの泊まりがけのドライブだけだった。だからいっそうケベックの想い出は忘れられない。

かぼちゃをくり抜いて、手作りのジャックオーランタンに蠟燭を灯すハロウィンの頃には、街はすでに初冬の冷たさ。魔女やお化けに変装して私たちのアパートメントを訪れた子どもたちは五十人ばかりもいた。「トリック・オア・トリート?」と尋ねられながらお菓子の包みを手渡した。

第四章　放射線治療

脳転移―定位手術的放射線治療

五月八日。食卓にラベンダーを活ける。

先日の脳の造影ＭＲＩの結果を聞きに、恭子は自分で車を運転して病院へ行った。恭子が私に電話してきたときの口調をはっきりと覚えている。恭子はなんだか照れくさそうに「脳に転移があったのよ」と言った。切迫しても、酷く落ち込んでもいないような、淡々とした口調だった。私のほうが狼狽した。あえて、落ち着いている風を装って応えた。「それで、放射線科の先生はどうおっしゃっているの？」

この街だと二つの施設のうちのどちらかで放射線治療を受けてくださいと言われたという。ガンマーナイフのあるＴ病院か、谷本先生の施設だ。谷本先生と相談するから待っていて、どちらで治療するかを決めるから、と言って電話を切った。手が震えていた。

ガンマーナイフだと入院も必要だし、頭蓋骨に釘のような金属ネジを刺して固定することになる、と谷本先生が説明してくださった。自分のところの施設のサイバーナイフだと着脱式の固定方法のため非侵襲で治療できて、しかも外来通院の治療になる、と。

私は、「もし、先生の奥様を同じような状態で治療なさるとしたら、どちらで治療されますか？」と、尋ねた。先生がご自分のところの治療を否定されることはあるはずもないとはわかりながら。

「ガンマーナイフは可哀想ですし、サイバーナイフでやります」とおっしゃってくださった。

「わかりました。それで充分です。先生のところに紹介状を書いていただきますので、よろしくお願いいたします」と言って、電話を切った。


放射線科の先生も積極的に賛成していただいて谷本先生のところに紹介してもらった。恭子はその足で谷本先生のところに向かい、私も合流した。

脳には小脳虫部と右小脳半球に長径十四ミリと九ミリの二個の転移巣が認められた。抗がん剤が届かない脳転移巣にたいしては、乳がんのガイドラインでも定位外科的照射が推奨される治療であることを私も心得ていた。

谷本先生は、「念のための検査で小さいうちに見つかったことをラッキーだと考えることにすればどうですか」となだめてくださった。「この程度の大きさだと高精度に限局した放射線治療で十分コントロールできます」ともおっしゃられた。心強かった。なんと、治療は、各転移巣に二二・〇Gyという高線量を一回で照射するため、二日で終わるという。恭子の負担も軽くてすむだろう。治療は五月十八日と二十一日に決まった。

恭子曰く、脳転移が見つかって、暢気だった山崎先生も少し気合が入ったように感じた、と。夕方、十日の恭子の誕生日プレゼントをもって、さっちゃんが来てくれたそうだ。お陰で愚痴れてよかった、と喜んでいた。さっちゃんにはなんでも話せて、恭子の精神安定剤なのだ。

十日。恭子五十六歳の誕生日。母の日。子どもたちから両方をお祝いしてくれるメールが届いたと喜んでいる。

恭子がモールのような商業施設で時計を探して買いたいというので出かけた。可愛いけど案の定安いのを選ぼうとするので、もっと高いしっかりしたのを買いなさいというのに、これが可愛いからいいのと言ってきかない。細い白いバンドの可愛い腕時計だけど、すぐ壊れそう。それと、リネンシャツが欲しいというので買ってあげた。これも安いもの。私もそうだから、仕方ない。安上がりの夫婦なのだ。

　夜は誕生日のお祝いに魚料理専門の日本料理屋で食事をする。おめでとう、恭子。来年も、その次も、何度も何度も誕生日をお祝いできますように。

　恭子が脳転移について思い煩っている風ではないのが何よりの救いだ。ガイドラインでも定位外科的照射の効果は評価されているので、これに懸けるしかない。うまくいくと信じよう。


　食卓に黄色いバラを活ける。

　やはり浮腫が一番気になるらしくて、外出が多くてバタバタした日は利尿剤を二錠、家でゴロゴロしている日は一錠にするのだと言っている。水分はしっかり摂ること！　運動もいいから、トランポリンを頑張る、といろいろ恭子なりに決めて工夫している。


　十四日。脳転移に対する放射線治療のために頭蓋を固定する「お面」作りに谷本先生のところに恭子が行った。ガンマーナイフだと頭蓋骨に金属のネジを刺して固定するが、谷本先生の施設では顔面頭蓋に網目状の樹脂のぴったりした「お面」を作って固定するようだ。歯科でもよく使う「レジン」とよばれるプラスチックの樹脂の素材ではないかと推測する。固まる（重合する）ときに熱を発生するので、「それを冷やすのにどうしたと思う?」と恭子が悪戯っぽく言う。「みんなでね、団扇で扇ぐのよ！」と言って笑っている。「たいへんだったけど、面白かった！」とまでのたまう！

脳転移と聞いただけで落ち込んで、絶望的になる人も多かろうに、面白かったと言い放ってしまえるところが、恭子の恭子たる所以である。ただ者ではない。ひょっとしたら人間ではないのかもしれない、と真剣に思ってしまう。

翌日、恭子は、合唱団の女性陣が集合しての女子会に参加した。合唱団のメンバーのお一人が車で走ること一時間半くらいの郊外で、一日一組をもてなす日本料理のお店を不定期になさっているところに出かけたのだ。メンバーの方の誕生日のお祝いの歌をみんなで歌ったり、超美味しいおもてなしの料理に舌鼓を打ったりで、楽しいー!!　だと。暢気なことこの上ない。人生を謳歌しているとしか言いようがない。よろしい！

食卓にはスズランを活けた。

◆熱中症予防には水分を少しずつたびたび飲むほうが身体に吸収される。一気にたくさん飲むと尿になってしまい、そのとき身体のほかの水分も引っ張って出てしまうから、脱水になりやすいらしい。それならば、浮腫には一気にたくさん飲んで一気に尿として出すのも手か？　状況によって～。

浮腫のことが頭から離れないようだ。女性にとっては本当にデリケートで大切な問題なのだと痛感する。

十七日、日曜日。午前中、明日からの放射線治療について谷本先生から詳細に説明をしていただく。「丁寧な面談で説明をしていただいた」と恭子も安心して感謝している。

谷本先生の施設の近くの川の土手でサンドウィッチを食べながら日向ぼっこして、その足で合唱の練習に向かった。よくハモって恍惚となったよね、帰りの車の中で二人で話した。楽しかったと恭子が言ってくれる。だけど、「スケジュールがいっぱいで疲れた～」。

食卓兼居間の窓いっぱいに、庭を覆いつくさんばかりのエゴノキの白い花が満開だ。枝垂れるように下向きに咲く中心に黄色の入った白い小さな花を何とか活けようとするのだけれど、どのような花器に入れてもうな垂れたようにだらしなくて、もったいないけれど食卓に活けるのを断念する。森のようにうっそうと木々や草が生い茂る庭が私は大好きだけれど、恭子の好みではない。恭子はこざっぱりしてすっきりした庭がいいのだ。「だけどね、このエゴノキの眺めは森のなかに暮らしているようで癒やされるよ、恭子しっかり満喫しなさい！」

五月十八日。第一回目の脳転移に対する定位手術的放射線治療の日。

◆今朝は風邪気味で葛根湯を飲んで、朝ぐっすり。治療一回目、早めに着いたので、先生の説明のあと同意書にサインする。緊張した!! 脳の腫れと吐き気止めのために、ステロイド剤と利尿剤の点滴を二十分。その後治療。22グレイを六回に分けて、六方向から当てる。約十五分。CTを先に撮って、頭蓋骨で合わせるらしい。それほどしんどくはないが、終わったあと目がぼんやり。点滴のあともステロイドらしいもやっと感あり。すぐ帰れたのが少し不安。もう少し休んで目がしっかりしてから帰ればよかった。マスクで顔を押さえつけていたからだろう。

家に帰って一時間強横になってトロリ。頭に少し圧迫感あり。一回で治療したのだから、何かあって当然かも。明日は甲状腺がんの手術後の経過観察に行かなくては……。だるい!

頭の浮腫のせいか頭がモヤモヤと重い、と言っていた。

食卓に源平ウツギを活ける。見頃があっという間に過ぎてしまうので、玄関にもトイレにもそこら中に活けた。白と紫、薄紫の花がなんともゆかしい。

翌日には頭痛がずいぶん楽になってきたと言っている。食欲が今一つで体重が減少していることを気にしているが、医院の月に一度のミーティングに恭子はケーキと紅茶を持って来てくれて、ケーキをぺろりと食べてくれた。

五月二十一日。二つ目の脳転移巣に対する放射線治療の日。

今回の治療はしんどかったらしい。マスクが今一つピッタリフィットしていなかったようで、きちんとつけてもらうべきだったと反省している。途中で息苦しくなって少し動いたかもしれない、とも。

治療を担当してくださった青木先生の説明。

「一か月後に脳のＭＲＩを撮る。そのときに三割ほど小さくなっていると期待される。半年くらいで小さいほうは消えるだろうが、大きいほうは『のう胞』があるので形が残るかもしれないが、大きさが変わらなければ良しとしてよい」

ＱＯＬには大きさの変化なし、症状がないことが大事なようだ、と微妙な発言をしている。

◆ネットによると脳転移すると余命半年が平均らしい。乳がんの場合は脳に転移して十年経っても大丈夫な人もいるので諦めない、とあった。なかなかシビアだが仕方ない。うまくいくよう祈ろう！

インターネットは中途半端な要らない情報が簡単に手に入るから怖い。闘病中、恭子は夜よく眠れないことがたびたびあった。眠りの質は私なんかよりはよっぽどいい人だったのに、顔にはっきり出さなくても眠れぬ悩ましい夜を過ごしていたのだ。可哀想に。私が心身両面からできるだけ支えてあげるくらいのことしかできない。そういう私も恭子の乳がんの診断が下ってから入眠剤なしでは眠れない毎日だ。

「なかなかシビアだが、**仕方ない**」と言い放つところが恭子らしいところだ。凡人を超えた諦念？　達観？　心の強い人だ。澄んだ泉の水面のような安定感のある心をもった人だ。私などとうてい及ばない大きな人間だ。

二十三日、土曜日。夕方、恭子と一緒にスタッフの誕生日のプレゼントを買いに出かけた。買い物のあと、首から肩にかけて凝って吐き気がしてきたといって恭子は横になった。甘く見ていたけどやはり結構ダメージがある、今日が一番つらい、と言っている。**がんに楽な治療はない。**夜はお弁当にする。

しばらく楽しませてもらった源平ウツギに替えて、食卓にドクダミを活ける。嫌がる人も多いけれど、私はドクダミのあの爽やかな香りが嫌いではない。白い花の楚々として可憐なこと。

音訳のボランティアグループの中で当時仲のよかったお友だちとイタリアンのランチに出かけたらしい。一人前全部を平らげられたと喜んでいる。楽しかったよ〜！　と。その友人の頑張りに励まされたそうだ。食べすぎで夜は胃がもたれると言っている。

二十九日。大親友のさっちゃんのおうちでお昼ご飯をご馳走になったそうだ。久しぶりだった！　と嬉しそう。少しずつだけど体重ももどってきているという。

土曜日の午前中をゆったりゴロゴロして過ごしたという恭子。水屋の食器を片付けて、使わないものを捨ててスッキリした、**少しずつ片付けよう**、と言っている。体重も少しずつ増加してほっとしているようだ。

夕飯は寿司屋のカウンターで食べた。美味しい美味しいと言ってくれる。若い職人が恭子にいやに親切で、帰りには名刺まで渡していたのを見て、私が「あの若いやつが、恭子に色目を使っていた」と冗談交じりで言うと、恭子はやきもちを焼かれるのもまんざらでもないような嬉しそうな口調で、「そんなことないよ」と言う。


放射線治療で気が紛れていたせいか、いつのまにかホルモン剤による関節のこわばりが軽くなっていると嬉しそうだ。「気にせず、身体を動かしたり、外出して気分を変えるのは大切みたい」と言っている。この一週間は本当にあちこち出歩いて、楽しそうだった。

森のお店にランチを食べに行く。命の洗濯。風が香しく、木々の葉擦れの音が心地よい。「たった百円で葉物野菜をたくさんゲットした」と喜んでいる。

タウン誌などで美味しい珈琲店というと必ずその名の挙がる、街でも有名な知る人ぞ知る珈琲店、このお店も私と恭子のお気に入りの場所。なんとなくブルーという恭子を誘って珈琲を飲みに行く。十人ばかりが入ればいっぱいになる小さなお店だ。マスターは一徹な感じのごく普通に見える小父さんだけれど、コーヒーを淹れているときの顔は真剣そのもの。カップの選択、保温、湯の温度、注ぐ湯の細さ、時間、すべてを計算して秒針を見つめながら、湯を注ぐ。カウンターに陣取ってマスターの無駄のない美しいお点前を眺めるのが私たちの至上の喜びなのだ。

小さな小さな、優雅なカップに、これっぽっちですかとつい言いたくなるような量が出てくる。それもちょうどよい、頃合いなのだ。「なるべくブラックで飲んでみてください」とマスターが言う。不思議と、ここのお店の濃い珈琲は胃にこたえない。

◆少し関節がきしむ、こわばり、……。ほかに気になるところがないから？　久しぶりに本屋に行く。ガンに打ち勝つ食事とやらの本を買う。野菜ジュースもいいらしい——青汁を頼んでみた。少しブルーで食べたいものを食べようと思っていたが、だめ！　自分でできる努力をして、免疫を上げたり、身体にいいものを食べようと思った。少し前向きだゾ！　あしたは検診。少しげんきになってきたか？

これぞ恭子の真骨頂！　折れない心と前向きな勇気。正しい人だ！

食卓に紫と淡いピンクの花が咲く紫陽花を活ける。私たちはまだ色がきつくならない緑色にちらほらと色づき始めた頃の野菜のような紫陽花の花が好きだ。これからしばらくは紫陽花が食卓や玄関やトイレなどあちこちを彩ってくれる。花の時期が長い。

山崎先生の検診。触診上問題なし。何か異常が見つかればエコーを継続的にするとおっしゃられたらしい。

帰りがけにデパートに寄って、先日購入した時計の白いベルトに問題があったのでピンクのものに交換してもらったらしい。だから、もっといいのを買いなさいと言ったのに……。私たちは二人して慎ましい。貧乏性なのだ。

土曜日。合唱団のメンバーのうちの幾人かが参加する「小さな音楽会」を聴きに行く。

◆本山さん、とても素敵だった。心がこもっていて。歌はこんなふうに歌うんだなあと思いましたよ。私のようにうまくない人は、せめて一生懸命心をこめて笑顔で歌うようにしよう。井上さんのピアノも素敵。高嶋先生ご夫妻に出会って一緒に聴いた。奥さんが私のことを心配してくれてありがたい。ご自分も放射線治療の経験があるらしい。

帰りにこの店もこの街では古株で知る人ぞ知る、茶懐石のお料理をカウンターに並べて食べさせてくれるお店に寄った。ビルの中だが数寄屋風にあつらえたお店の照明は暗く、箸置きは季節の木を手折ったものと決まっている。この店のお粥は、注文を受けてから一時間ほどかけて炊き上げる絶品。最初に注文しておくのがコツだ。二人でたくさん食べて、だいたいがお酒の肴のお店だからちょっとお代は高くなって、恭子がびっくりしていた。いいんだよ、たまにしかしない贅沢なんだから。

若い頃、股関節の手術を受けた恭子は年に一回だけ手術をしてくださった先生の検診に行っている。乳がんのことを話したところ、乳がんは予後がいいから心配しなくていいと言ってくださったらしい。一年後の次の検診でいい話ができるといいなあ、と言っている。

「パパは自分の思いどおりになる時だけ優しいし機嫌もいいんだから、疲れるのよ」と珍しく恭子が私への不満を口にする。私に対する不満があっても当然だ。そこをごまかさず時々吐き出しながらでないと、がんに対する二人三脚はうまくいかないのかもしれない。

土曜日の夕方、合唱団の練習に二人で参加する。

「朝は身体がだるかったけど、出かけると元気になるね。鬱っぽい！」

翌日も昼から、合唱団の練習。

「とても疲れて、練習もつまらなかった」と言う。恭子にしては珍しいネガティブな発言が続いている。気をつけてあげないといけない。何ができるのか？

最近、口が開けにくく喉の奥にずっと違和感を感じているというので口の中を診てみると、両側の口底後方に扁平苔癬が認められた。降圧利尿剤の副作用の可能性が高いと判断して、川田先生とも相談のうえで、利尿剤をしばらく休薬することにしようと話した。「浮腫が出るかもね」と恭子が心配している。

紫陽花はまだまだ楽しめるけれど、加えてオレガノの花を食卓に活ける。小ぶりな紫陽花とピンクのオレガノの花はなかなかの取り合わせだ。ドクダミと小さな紫陽花の組み合わせも捨てがたい風情があったけれど。オレガノも花期が長い。

筋肉痛が酷く、浮腫感もあるという恭子。

六月二十一日。谷本先生の施設のでＮａＦ‐ＰＥＴを撮っていただく。結果は良好。骨転移もうまく制御されている。恭子、ほっとする。

二十二日。連日、谷本先生の施設へ。脳転移に対する放射線治療から一か月後の造影ＭＲＩ

による評価。転移巣は思ったほど小さくなっていなかったのでがっかりしたと恭子が言っている。でも、ほかの転移が見つからなかったからよかったとも言う。そうそう、いいことを見つけようね、恭子。

紫の木槿が咲き始める。一日花で難しいから水盤に開いている花弁を毎朝二つ浮かべる。

二十七日。新潟での日本陸上に次男が出場するというのでおじいちゃんたちも一緒になってひと騒ぎ。テレビには出ないのか？　いったい、結果はどうなっているのか？　四国からも電話が引きも切らない。残念ながら高速レースに次男は太刀打ちできなかったらしい。出場するだけでもすごいと思うけど、出る者は負けるために出るわけではないので、難しい！「くたびれた～」と恭子。

夜は、この街を代表する合唱団の演奏会に二人で行った。やっぱりうまいね。大人数で歌うと安定感もあるよね。ハモると気持ちいい！　と恭子が言っている。それでも、くたびれた、とも。

次の日の日曜日。恭子と映画「あん」を観に行く。「感動したけど、ハンセン氏病が根っこにある難しいテーマだった」と恭子が言う。主演の女優さんも転移性の乳がんと共生していると聞くけれど……。

三十日。山崎先生の病院の放射線科でCTと骨シンチの検査を受ける。「CTはすぐ終わったけれど、初めて受けた骨シンチは小一時間もかかったのよ。大変だった。こんなことが続くと思うとへこむ」と、恭子。ありとあらゆる検査ずくめで恭子は可哀想だ。これまで本当に元気で、薬嫌いの医療とは縁遠い人だったのに、一昨年の甲状腺がんの手術以来、恭子は薬漬け、検査漬けの日々を送っている。生きるための治療なのか、治療を受けるために生きているのか、わからなくなってしまう。先日、NaF-PETの検査を谷本先生のところでしていただいたばかりなのに、骨シンチがこのタイミングで必要なのだろうか？　コントロールのデータが必要なことは理解できるが、主導権争いの煽りを食ったような気がしないでもない。

恭子とウィッグのお店に行くのはちょっとしたデートがてらである。暑くなってきたので、セミオーダーのウィッグをカットして軽くし、少し流すスタイルにしてもらいたいとのことだ。何度かの調整を経て、少し雰囲気が変わっただけだけど、嬉しい、と言ってくれる。「いいんじゃない。いい感じだよ」と私も納得がいくように注文を付ける。帽子ウィッグの一つも少し軽くしてもらって恭子はご満悦。

ウィッグの下のガーゼ帽子の使い方や洗い方、地毛のシャンプーの切替えのことなど事細かくアドバイスをしてもらっている。私はアイスティーを飲みながら時折口を挟み基本的には傍観している。
「時折お店を覗いて髪型を変えてもらうのもいいかも」と恭子が言うので、「そうだよ、ウィッグを自分の髪だと思って、季節に合うように切ってもらえばいいんだよ。また冬になったら新しいのを冬用に買えばいいんだからね」

だるい！　と恭子。銀行に行った帰りに気を取り直して寄った本屋さんの駐車場で、ドアを開けたとき車のドアミラーを隣の車にぶつけてしまったらしい。そのことをきちんと謝らなかったと言って反省しているのだそうだ。そのせいで酷く落ち込んでいる。「正直者なんだから……、いいんだよそのくらいアバウトで！」と言って慰めるが。

翌日も一日ゴロゴロしてブルーな日だったらしい。昨日の駐車場でのことをまだ引きずっているのに違いない。恭子らしい。それでも、ずんだ餡を作ったり、パンを焼いたりして、少し読書もしたようだ。

日曜日は森へドライブ。お昼は古くからあるお店でおうどんを食べた。
「自然のなかは癒やされるね」と恭子がしみじみ言う。帰りに野菜を買って帰った。

七月六日。恭子の大親友、精神安定剤のさっちゃんの誕生日。動き始めはよくないが、歩いてみたら大丈夫だった、と言っている。手の関節、腰が痛いという。

家のビデオが壊れたみたい、と言っている。ビデオはもっぱら恭子が管理していて、私は触らない。

翌日。

◆七夕なのにパパとケンカした。ビデオは買い替えることになった。今までの録画はすべてボツになる！　悲しい！

なんで、どの程度のケンカをしたのか覚えていないが、たまにはガス抜きのためにいいのかもしれない。

十日。山崎先生の診察。骨シンチの結果、骨転移は認められない。制御されている。ホルモン剤とビスホスフォネートを継続するが、副作用が強ければホルモン剤を変更してもよいと言われたらしい。やはり、ホルモン剤の副作用も患者にはつらいことが多いのだ。

「急に暑くなってびっくりした！　寝巻も夏用でいいかもしれないね」と恭子。

足が少しむくんでいる。夜中に二度、大量のおしっこが出たそうで、ほっとしている。浮腫と尿の出方には本当に神経質になっている。これが女性にとってはとても重要なＱＯＬにかかわることなのだと、あらためて思い知らされる。脳転移がどこかに吹っ飛んでいる。

白いおしろい花を活ける。これも一日花。庭にある二つ目のラベンダーの花も咲き始め、花穂を切って投げ活ける。

久しぶりに飲んだお薬のせいか、きのうは一日尿がよく出たといって喜んでいる。足のむくみも少し取れた感じがしているらしい。

「だるい一日でゴロゴロ寝ていたの。体力のなさを痛感する……」
◆メチャ暑い一日！　しっかり水分を摂らないと！　関節がギシギシ。手の力が入らない。
ここ一週間ほど、身体中がかゆい

十九日。午後、合唱団の練習に参加。命の綱。

翌日の日曜日、公共交通機関を使って日帰りで四国へ。恭子が私の両親に野菜たっぷり具だくさんのぶっかけうどんを作ってくれる。保冷バックに材料を入れて持ち帰ったものだ。透析をしている母も父も自分たちの身体の不具合を訴える愚痴ばかりが口をついて出てくる。久しぶりの子どもたちの帰郷に甘えも出ているのだろう。「恭子のことを思えば、もういい歳だし、そのくらい我慢しなさいよ」と言いたくなるのをぐっと堪える。

両親の家で恭子の左足のくるぶしに水が溜まって腫れているのを見つけた。両親のことどころではない実情を言えないのが苦しい。両親は暢気にまだ自分たちの話をしている。「無理をしたからかね？　左足、左腕も浮腫がある」と恭子。

ごめんよ。日帰りはきつかったね。両方の両親の暮らす町には僅か五時間しかいなかったのだから。

長く楽しませてもらった紫陽花の花期もそろそろ終わり。今朝活けたのが最後の花かな？疲れが残っているけど、音訳の友だちとランチをしてカラオケにも行ったらしい。「メチャ疲れたけど、楽しかった。Hちゃん、大変だけど頑張ってる！」と恭子が言っている。

しっかり遊びなさい、恭子！　毎日を楽しまないとね。

二十二日。歯科医院の月に一度のミーティングにケーキと紅茶を持って来てくれる。

なんとかハードな三〜四日間を乗り切った！　と恭子。新しいビデオディッキが来る。

「長時間出かける前の日は入眠剤を飲んでしっかり寝る！　腫れたら、利尿剤を！」と恭子が自分に言い聞かせるように唱えている。私はずっと入眠剤を欠かすことなく飲み続けている。

紫陽花に続いてオレガノの花も咲き乱れてきた感じで、活けるはしから小さな花がぽろぽろこぼれ落ちてしまう。長く楽しませてもらった。

中国整体の中川先生に勧められて、恭子は足指のグーパー体操、つま先立ちの運動に精を出す。くるぶしの浮腫にもよいと言われた、と。「身体がずいぶん軽くなった。でも一日だけ……」


二十六日。合唱団の練習に二人で参加。

「浮腫!!」

恭子は浮腫のことが本当に気になって頭から離れない。尿量と排便（便秘がち）を気にしている。
◆運動がよいようだ！　必ずやろう！　◎踏み台運動、十～十五分　◎テレビ体操毎日　◎一日一回は外出
恭子はなんて前向きで頑張り屋なんだろう。この**精神の健全さ**はどこから来るのだろうか？
◆踏み台十分。関節痛はよくならない。浮腫もほんの少しマシだが、しつこい。味覚は塩味が？　口の中に灰汁が残っているような感じ、これもしつこい。手足の指の関節が痛い。リウマチみたいだ。ドセタキセルの副作用――浮腫、指の力入らず、爪の変形。レトロゾールの副作用――関節痛、筋肉痛、発疹？　かゆい。

八月六日。夕方、仕事を早めに切り上げて二人で国連合唱団の演奏会に行った。おトキさんは貫禄。アミャンゴ、指揮者の大谷研二先生も出演された。国連合唱団のメンバーの大らかさの伝わってくるような、多彩な肩ひじ張らない楽しい演奏会だった。

音楽はやっぱりいいいね、恭子！　生きるよすがに違いない。


中国整体の中川先生が体操はいいと言われたらしい。先生が施術してくださっているあいだ中、女性二人大笑いしながらの楽しい時間らしい。

運動をしっかりしよう、と恭子が言っている。踏み台、十五分。
◆病気とうまくつきあっていく、という姿勢。これは本当にむずかしい。心の持ちようがむずかしいが、明るい気持ちでいること、笑っていること、楽しいことをすること、これは大事！　そういうことから始めよう。正のオーラがでるように！

言うまでもない至極当たり前のことなのだが、やはり恭子だってどうしても身構えて心を開けない反応を示してしまう生身の人間の部分をもっている。

どこの家にだってありがちなことだし、私の偏見や先入観や鈍感さがちょっと恭子らしくない反応や行動を惹起させているのかもしれないのだが、子どもたちが帰省したり、四国の恭子の実家に私たちが帰省したりすると、恭子の心は微妙に私から離れて、お互いが不機嫌になってしまうことがある。普段二人っきりでお互いに寄り添って暮らしているのが、たまに恭子に別に寄り添える相手が現れると、つまり子どもたちだったり両親だったり、恭子が私からしばし離れてある距離を置こうとすることがある。これはあながち悪いことではなくて、むしろ普段べったり支えあっている心に、ある距離を保って、言ってみれば精神的な休養みたいな、風通しをよくするための知恵なのかもしれない。

だから、盆正月は私が不機嫌だと恭子が口にすることがあるし、子どもや両親が現れると、恭子は強気になって私の至らなさを揶揄することがある。

十四日から長男も伴って二泊三日で四国に帰省する。私たち夫婦は同じ町の同じ高校の同級生だから、両方の両親も同じ町で暮らしている。恭子は実の親たちと打ち解けた穏やかな明るい会話を交わし、私の両親とはどこにでもある嫁と舅、姑の日常的な会話を交わした。

私たちが非日常を生きていることは、恭子の希望で親たちには伝えていない。つまり、脳転移のことを親たちは知らない。乳がんは落ち着いていると思っているのだ。恭子が乳がんのさまざまな治療による副作用に苦しんでいることは知らない。両親たちは暢気な日常的な会話で恭子に迫ってくる。

その結果、恭子は不機嫌になり、私たち夫婦の会話も途絶えがちになってしまう。長男が緩衝材になってくれているのが、せめてもの救いであった。親の住む町では一泊しかせず、帰路の小さな町のペンションで一泊することにしていたのを、親たちは首を傾げて納得のいかない風だった。それは当然のことだろう。親としては、途中の町で一泊するくらいならもう一日ゆっくりすればいいのにと考えるだろう。恭子の闘病をねぎらって水入らずでゆっくりとするつもりで計画したことだった。最初からご褒美のお休みを兼ねた帰省だったのだ。

残念ながらペンションでの休暇はぎくしゃくした夫婦関係の延長になってしまった。まるで、ペンションなんかに泊まるくらいなら親元にもう一日いてあげたらよかったのにと、恭子と長男から責められているような感じだった。長男がいてくれなかったら、休暇はもっと悲惨な結末になっていたと思う。何もない山奥の小さなペンションでの一夜によってそれなりに自然の中で羽を休めることはできたのだけれど……。

私との信頼関係がぐらりと揺らぐような心境になったとき、恭子の逃げ込める場所は限られている。じつは、逆で、恭子が逃げ込める場所ができたとき、私たちの心が離れてしまうことがあるのかもしれない。

◆残りの人生は実の親と同居して過ごすのもいいかもしれない。
子どもたちと親のためだけに生きよう……。

闘病中ずっと力を合わせて二人の心がぴったりと寄り添えるとは限らない。その原因は本当に微妙なすれ違いなのだが、二人だけでは澱のように溜まっていた不満が、ちょっとしたきっかけではっきりと表れ出てしまうタイミングがある。

解決策の決定打などない。心にずれがあっても、二人で前を向いて終わりのない歩みを共に続けるしかない。そのうちに、また心が寄り添えると信じるしかない。ケンカしながら選択の余地なく助け合っていくのが、本来、夫婦というものなのかもしれない。それは非常事態の非日常であっても、何ら変わるものではない。

◆怒りにのぼせた三日間だった。今日からは少し落ち着きたい。(長男)顕とモールへ行く。疲れた!! 数学検定4級を買う! 便よく出る。ひざの曲げ伸ばしが少し楽になる。浮腫次第? 少しよくなってる? 左足首の腫れは変わらず。

◆パパに優しくできない。死ぬために生きる、というのをとても実感する。合唱団のソプラノの本山さんのお誘いで、アルトを歌っている私がメゾソプラノ、アルトの田代さんと三人で女声三部のトリオの練習をすることになった。本山さんに楽譜を作ってもらった。ちょっと楽しみ。

次男の昴が帰省してくる。イケメンのお兄ちゃんのイタリアンに食事に行く。

「久しぶりの四人で嬉しい」と恭子が言っている。おっと、恭子、四人と言ったな！　四人が嬉しいと!!

二十二日。長男が昼過ぎに京都に帰る。

◆ありがとう！　甘えん坊だが、頑張れ！

昴は国体出場資格を得るために地方大会に出場する。予選だけ走る。予選トップの記録だったが、自分としてはタイムが悪くてへこんでいる。可哀想に……。なかなかつらい道だ。夜、三人で寿司屋に行く。カウンターで握ってもらって、おなかいっぱい！

二十三日。朝、昴も帰る。

◆二人がいなくなって淋しくなる。疲れて今日はゴロゴロ。布団干しや洗濯物に追われる。

八月二十四日。恭子は谷本先生の施設で脳の造影ＭＲＩ検査を受けた。ＭＲＩ画像を丁寧に見せていただきながら、「以前治療した小脳の病変は大きくなっていないので良しとするが、**右前頭葉と左側頭頭頂葉に新たな転移の可能性のある病変**がありますという説明を受けた。谷本先生は保険治療は三か月以内にはできないので、九月に入って五月と同じように定位手術的照射の放射線治療をしましょう、と言われた。

「ぽつりぽつりと転移が見つかる。あ～あ」と恭子が嘆いて言うので、「大丈夫だよ。乳がん診療ガイドラインでも、四個までの脳転移は少数個とみなされるし、三～四センチくらいの大きさなら定位手術的照射で対応できると推奨されているんだから。恭子の病巣はうんと小さいじゃないか。放射線治療でやっつけられるよ」となだめた。実際、私はその脳転移病巣が放射線治療によって制御できると固く信じて疑っていなかった。恭子は特別に幸運なロングテールなのだと信じ切っていた。

◆谷本先生の施設で午後２時から造影ＣＴとお面作り。点滴がなかなか入らず四回も!!　もう、痛いし不安だし……。左腕浮腫がこんなにこたえるとは。お面作りのあと、もうくたくた。疲労困憊だ。さっちゃんのご主人のお父さんが亡くなられたらしい。ご苦労様。私に親の看病や葬式を出したりできるだろうか？　想像がつかない。

◆今日は一日ゴロゴロ。さっちゃんちにお香典を届ける。

恭子とモールに出かける。施設の裏手にある緑地帯はところどころにベンチが配されていて、人も少なくのんびりできる穴場だ。恭子としばらくベンチに腰掛けて、フルーツジュースを分けて飲む。私はこののんびりが好きだが、恭子が日が陰って寒くなってきたというので、ビルの中に入って早めの夕飯を食べる。お蕎麦のセット。恭子が「よく歩いた。脳の治療があると思うと気が滅入る」と言う。「大丈夫、パパがずっと一緒にいてあげるんだから」

恭子はおやつとお弁当を持って本山さんちへ女声三部の練習に出かけた。田代さんと三人でアンサンブルの練習をしたらしい。「正座をするのがしんどくて足を投げ出して座ったの」と恭子。「楽しかった‼　でも、一人で歌うには声量をつけないとダメね」私に対する不満や脳転移の不安を抱えながらも、女声三部の練習を真剣に楽しんでいる恭子。私に対する不満が和らぐきっかけになってくれればいいのだが。

夕方、谷本先生の施設の治療を直接担当する青木先生からお電話で、明日一日で新たな脳転移巣二つを一気に治療しましょうという連絡をいただいた。「不安だ」と言っている。

九月一日。

「今日治療する予定だったのに、機械の故障で明日に延期になった。気が抜けた」と恭子。
◆明日はパパが半ドンだから一緒に行ってもらえることになった。安心したよ。ラッキー！
　頼り頼られる関係が二人の心の糸の絡まったのを徐々にほどいてくれるのか？


二日。二人で、放射線治療の施設に三時着。四時から治療だ。治療前の谷本先生を交えた青木先生の説明の折、青木先生の苦虫を噛み潰したような不機嫌そうな様子が頭にこびりつく。なぜ今回は一日で二か所の治療になったのかと私が尋ねたことへの返答も木で鼻を括ったような応答だった。目ざとい看護師さんが、後で「お腹が減ってくるととっても不機嫌になられる先生がおられるのよ。どちらかは、わかるでしょ？」

お面を合わせるのに手間取ったけれど、きちんと合わせてもらってよかったと恭子が言っている。今日は楽だったよ、とも。

翌日。私が出勤したあと、恭子は二階の寝間で午前中たっぷり二時間眠ったそうだ。頭が少しもやっとするが、身体はなんとなくだるいかなというくらいで大したことはなかった、と。

一日ゴロゴロしていたという。

山崎先生の診察。新たな脳転移が見つかった報告をすると、先生は、「レトロゾールは首から下には効いているが、脳には効かないから、おそらくまた脳転移がポツポツ出てくるだろう」と言われたらしい。恭子ははっきり言ってもらって納得できた、と言いながら、**心の準備が要る、難儀なことだ**、とも言っている。すごく疲れた!!　と。

「足のほうは少し楽になってきたかなあ？　座ったり立ったりのときに膝が楽になってきたのよ。屈伸運動をしたせいかな？　よかった！」

谷本先生から最初に乳がんの転移の説明を受けたとき、どこかに転移が見つかったらがん細胞は全身にばらまかれていると考えたほうがいいと言われた。脳に転移がポツポツ出てくるということは、脳内でもがん細胞が全体にばらまかれているということになるんだろうか……？

◆すごくだるい一日。ゴロゴロゴロゴロゴロ。左上親知らずに大虫歯発見！

「あなたは骨転移の治療をしているから、歯を抜いたりはできないんだよ」と説明する。

◆パパに歯の治療をしてもらう!!　たすかる〜。昼、爆睡！　疲れ取れる。前回の放射線治療より吐き気が少ない気がする。食欲ある。小さいからか？　いろいろ心配になるが、心配してもしょうがない。つくづく、私は、相当進行したがんだったのがわかる。大変だな〜！まるで他人事みたいな言いようだ。この人は泰然自若としたところがある。大物だ。私のような凡夫とはまったく違う。

九月十一日。恭子と二人、次男が出場する「全カレ」の応援に大阪へ日帰りで出かける。「長居スタジアムは、素晴らしいスタジアム!!」と恭子が感激している。次男は四百メートル予選二着で、決勝へは勝ち進めなかった。高校時代の華々しい活躍とは違って、ここのところ次男の走りの調子はいまいち。自己ベストをきっちり出せればなんということはない試合で、力が出ない。大変な世界だ。

帰りにあべのハルカスの展望台に上ってみる。「チョー、恐い!」と恭子はへたり込みそうな感じ。私も足がすくんだ。「トイレまでガラス張りで……」と、恭子はおしっこもできなかった。

「楽しい一日だった。よく歩いた。大丈夫だった!!」

親孝行な息子だ。

恭子は朝ゆっくり寝て、そのうえにまた朝寝して、合唱の練習に備えた。十二時から女声の練習。その後四時までの全体練習。帰りの車中では明るい声で「くたびれる~。でも、楽しい!」と言っている。そのうち助手席でまどろみ始める恭子。私たちは穏やかで幸せな人生を送っている。自動車道から見える内海の黄昏が美しい。

夕飯には合唱団のメンバーのお庭で採れた零余子《むかご》をいただいたのを、恭子が零余子ご飯にして炊いてくれる。また少しこんがらがっていた私たちの心の糸をほぐしてくれたのは、やはり音楽だった。

庭には水引と露草が繁茂している。さながら、秋の野のようだ。小さな紅と紫が美しい。そこに、ニラの白い花まで加わって、紅白に紫とはなんとも風情のある風景だ。さすが染めに使う紫。露草は時折食卓に活ける。一日花。

◆だるさ、頭痛、吐き気……。放射線？　よくわからない。足と左腕がむくんで、立ったり座ったりがむずかしい。

土曜日の夕方、合唱団のテナーのメンバーのお一人が参加している混声カルテットのアンサンブルを聴きに行く。「四人でうまくハモっているね。私もうまく歌いたいなあ」と恭子。そのあと、二人でお肉屋さんのやっている焼き肉屋へ牛肉を食べに行く。

「焼きおにぎり、美味しい！」と恭子が感嘆の声をあげている。お肉を誉めたら、と私。

私は四連休。二人で二階の和室と納戸の大掃除をする。

「ゴミの山。きれいになって嬉しい！」と、恭子が喜んでくれる。

◆続いて下の和室の大掃除。なんとゴミの中に暮らしていたことか！　パパ大活躍！　すっきりする。ひざが悪い。

二人の心がまた寄り添い始めている。

瀬戸内の比較的大きな島に昔からある古びたホテルがやっと予約できたので、二人で骨休めの一泊ドライブに出かけた。寄り道をしながら、たいていの場所は期待外れだったけど、まあ、それも初めての行程の**楽しみか？**

◆左胸にニキビ。治療後初の温泉大浴場！　嬉しい！　のんびりして楽しい。前庭に芝生の広がるおとぎの国の小さなお家のようなジャム屋さんに行く。いろいろ試食して、珍しいジャムを買った。お茶のあと、前庭で裸足になって二人でくつろいだ。瀬戸内の穏やかな海がすぐ目の前に広がっている。うーん、**生きている。間違いなく生きていることを実感！**

◆朝のうちにお魚を買って家に帰る。ゴミ出しも間に合う。帰って便がやっと出る！　ゴロゴロ、つかれた〜。

恭子が音大の声楽の先生から発声のレッスンを受けたいと自分で調べて申し込みをしていた。宮田先生という声楽の先生の指導を受けに出かけていった。

「後ろに響かせなさいって言われたのよ。難しいけど楽しい！」と、弾んだ声で私に報告してくれる。「でも、すごく疲れた」。

恭子は心底上手に歌いたいと切望しているのだ。そのための恭子らしい努力のための行動に出たのだ。病状は不安定だが、所属する合唱団や女声三部のアンサンブルが刺激になって、前向きな行動を諦めない人なのだ。恭子によって世の中の誰よりも勇気づけられているのは、伴侶である私自身なのだとつくづく思う。

◆朝、左肩が痛い。ここ十日ほどで三回目。腫れぼったい。左半身の浮腫が気になる。左胸の乳首にもニキビ様。心配!!
夜、ホテルマンを脱サラして郷里の母親の面倒をみるために地元に戻ってきたという店主が始めた、食材とビールやワインの選択にこだわった小さなお店に入ってみる。洗練された雰囲気はあるけれど、口数の少ないマスターが一人で切り盛りしていて、のんびり静かなお店だ。丁寧に用意された食事が美味しい。飲んだことのないビールが嬉しかった。あまりに気に入ったので名を名乗り名刺を残してきた。「頑張ってください」という私たち夫婦を雑居ビルの一階の入り口まで見送ってくださったマスター。けっして器用な生き方をしているとは思わないが、物静かに自分の生き方のスタイルを守っている素敵な人とお見受けした。

九月二十七日、日曜。二十八回目の私たちの結婚記念日。

◆二十八年目の結婚記念日。朝、パパからの花のアレンジをお花屋さんが届けてくださる。パパ、ありがとう。昼過ぎまで敬老会のお手伝いでパパは大忙し。私はのんびり。膝が少し改善。ゆっくりするのがいい。

夜、私たちの結婚式の披露宴のときにいただいたメモリアルキャンドルに明かりを灯す。一年に一度の恒例の行事。庭の金木犀がほのかに香って庭がゆかしい。

恭子が山崎先生の病院で造影CTと骨シンチの検査を受ける。

「疲れた……。心配!! 何もなければいいけど」と言う。

左乳首のニキビ様、四×八ミリが気になるので、抗菌剤を五日間ほど飲んでみようと恭子と相談する。

◆本山さんちでアンサンブルの練習。なかなかうまくハモれない。音が不安定。ひとりでしっかり歌えるように……。むずかしい。

◆音大に発声のレッスンに行く。ためになる。なかなか歌うのはむずかしい。

第五章　再発

再発・皮膚転移

◆乳首のできもの、なかなか小さくならず……。がんかもと覚悟する。だらだら。

そんな覚悟がそんなにやすやすとできるものだろうか？　恭子の肝の据わった人間の大きさだ！　いや！　恭子はただの人間ではないのかもしれない？　人間を超えた存在なのかもしれない？

日曜日。合唱団の練習。女声は一時間早く集合して練習。

「楽しいけど、つかれたよ～」と恭子。

十月五日。谷本先生のところで脳転移に対する二回目の放射線治療後一か月の経過を造影M

RIでチェックしていただく。私も説明を聞く。

「あまり小さくはなっていないが、大きくなっていないことと、ほかに新しい転移が見つからなかったので、良しとしていいのではないでしょうか」とおっしゃる。

恭子は「ほっとしたけれど、以前治療した脳内に浮腫が出ていると言われたことのほうがちょっとショックだった」と言っている。「浮腫」という言葉に捉われているような気もする。夜、左足がじんじんして、膝が曲がりにくいと言う。
◆膝がすごく痛い。曲げるのもつらい。立ったり座ったりに苦労する。波がある、歩くのもフラフラ。夕方、さっちゃんに少し愚痴る。乳首のブツ三×八ミリ。
◆スーパーに行って階段の降りがつらい。筋肉痛で、膝の関節ではないと気づく↓ストレッチすると調子よくなる。動かさないのが一番悪い。一、ストレッチ。二、筋力つける。三、散歩。
恭子は身体の不調に苦しんで、いろいろと考えを巡らせている。ああでもない、こうでもないと、前向きに自分で解決策を模索している。私も考えられる限りの励ましはするのだけれど……。悲観するようなことは私にも多くは語らない。

十月九日。先だって（九月二十九日）山崎先生のところでおこなった造影CTと骨シンチの結果を聞きに行く恭子に同伴する。左乳首皮膚にニキビのようなのが頭を出しているのが気になったからだ。

「骨転移はないが、**左胸に八〜九ミリのもやっとしたがんの再発**がある」と言われる。六月の検査でも三ミリくらいのがあったという。「このくらいが出てくるのは想定内。ああ、出てきたか、よしよし、でいいんだよ。少ししか大きくなっていないから、レトロゾール継続でいいと思う。急に大きくなってきたり、ほかの転移が見つかればホルモン剤を変えてみる」と事もなげに言われる。

それよりも、と真顔になって山崎先生、「乳房の赤いニキビみたいなのは皮膚転移だね。大きくなるか気をつけて見ておいてね。乳首のはあまり心配ないんじゃないかなあ？」

あれだけ苦しい半年に及ぶ**一次抗がん剤治療で完全寛解が得られて、再発まで僅か三、四か月**とは……。私も呆然とする。それに加えて**皮膚転移**という響きが悪い。血行性の遠隔皮膚への転移というイメージがする。乳房内に播種しているがん細胞の局所皮膚への浸潤のことを皮膚転移と表現されるのかなと考えたりする。恭子にとっては、どうでもいいことだろう。先生が皮膚転移と言われるのだから、「皮膚転移」をネットで検索するんだろうな、とその方が心配になる。

それでも私は絶望的にはならなかった。なんとかなるという漫然とした確信があった。

「小さな蕁麻疹みたいな赤い小さな点の数は確かに増えている」と心配そうに恭子が言う。「要チェック！」と。恭子が冷静そうに気丈に振る舞ってくれているのが有り難い。

◆かなりの落ち込み!! 午後、パパとウィッグのお店に行って、同じ型で髪の長めのものを作ってもらう。ありがとう、パパ。ため息ばかりが出る。首にも発疹？ 不安。ネットで皮膚転移を見るともっと不安！

やはりか、と思う。ネットで皮膚が大きな潰瘍になって乳房の形が崩れたり、出血したり、汚臭がしたりという極端なものを見て、心配しているのだ。味噌も糞も一緒くたになってしまうインターネットはよくない。患者の心配を煽るばかりだ。

森へドライブに行って、ランチを食べる。自然の中にいると人間がちっぽけに見える。風や光を見ていると、人間の悩みがどうでもいいようなことに思えてくる一瞬がある。

恭子は町内会費を集めに回る。日常は進行している。

「小さな発疹が胸いっぱいにある。心配でたまらない」と恭子が言う。「来週、また山崎先生に診察してもらうようにお願いしてみるわ」と。

女性にとっては、あるいは、がん患者にとっては、再発したとか、脳転移がある、皮膚転移がある、といった概念的なことよりも、おっぱいがぐじゃぐじゃになって出血して、汚臭がしたらどうしようという整容的なことのほうが大問題なのだ。それが、本当にがんである者が生きるということなのだろう。**「パパはがんじゃないからわからないよ」と寂しそうに恭子が言うことがある。**

十二日。合唱団の練習に参加する。こんな時だからこそ、なおさら練習に出ないと。高嶋先生にはメールですべてお伝えしてある。

「楽しかったけど、なんとなく元気出ない」と恭子。当たり前だろう。

◆オペは本当に有効だろうか？

「木曜の朝一番の時間で山崎先生に診てもらうことになる。ちょっと安心。何気ない一言で眠れない。**今までの人生、いろいろたくさん苦労してきたのに、最後にがんになって、それですべて流されてしまった感じ。むなしい。今までのつらい日々はどうなったのか？　やり場がない。広い心をもてない**」

この期に及んで、まだ、広い心をもたなくてはいけないと、恭子は思っているのだ。強くて正しい人だ。

花期の長かった木槿も今日で食卓に活けられるものは終わる。

家からほど近い高速道路のサービスエリアに広い緑地帯があって、瀬戸の島々が一望できる。お店の前の木製のデッキにもテーブルがあり、お茶のできる小さなコーヒー店まである。

恭子と散歩に出かける。
◆サービスエリアにさんぽ。秋晴れ。発疹六ミリ。首の発疹はなくなったようでほっとする。憂鬱な一日。

十月十五日、木曜。山崎先生の診察と皮膚科に紹介されて生検を受ける。

「相談に行ってよかった！」と恭子が言う。

山崎先生は、「あやしいところを皮膚科で採ってもらって病理検査に出して性質を調べてから薬の治療になる。今、オペをしても取り切れないから適切ではない。むしろ皮膚が治ってから！　落ち着いてから取った方がよい」と説明してくださったらしい。

「放って置いても乳房の皮膚が潰瘍なんかでただれてくるのは一〜二年先だから焦らなくていいよ、大丈夫！」と先生が何度も言ってくださって嬉しかった、と恭子。思わず「先生、助けてください！」とすがったらしい。
◆皮膚科の山本先生は女医さんだったからよかった。大きいところ。そこから遠くにあるところ、発疹はないが、手で触るとブツがあるところの三か所から採取、検査に出す。一針ずつ縫う。来週抜糸。今日はこのままにしてお風呂はダメ。明日からシャワーOK。カットバン貼り換え！

帰りに本山さんちでアンサンブルの練習（に参加）。三十分遅れで合流。気分転換になってよかった。


これぞ、恭子の本領発揮！　誰が再発したガンの検査の直後、知人の家に寄って歌ったりするだろう。三人のアンサンブルだからという責任感と、やはり私たちにとっては歌うことが生きることなのだ。

それにしても、殺人的なスケジュールをこなす山崎先生には自ら生検する時間的な余裕すらないのだろう。どなたに採っていただいても結構なことではあるが。


翌日の朝方トイレに行こうとしてふらついた恭子が、左手で壁を探ろうとして手を伸ばし、そのまま頭から壁にぶつかりたんこぶをつくる。左腕もずるりと剝けてしまう。

夜になって肩やらあちこちが痛い！　と訴える。
◆ついてない。まったく！　胸の傷と両方でへこんで、だらだら。小脳転移のせいかな？　ちょっと不安になる。夜、シャワーをする。胸の傷はきれい。こわいけど！

長めの髪のウィッグができてきた。「うまく移行したい」と恭子。

「寒くなってきたら長めの髪の方が自然でいいよ」と私。「ウィッグをどんどん替えてお洒落しないと」

私たちが大学生の頃からこの街に古くからある天ぷら屋。入りたいけど高そうで入れなかったそのお店に夕食に行く。長い間の念願が叶う。

目の前で揚げたての天ぷらをいただくのは流石に美味しい。値段にも、美味しさにもびっくりした恭子は、お店の人に「天ぷらがこんなに美味しいとは知りませんでした」と言っている。お店の人は、今さら、といった感じで反応に困っている。
◆美味しいものを食べて元気が出てきた。おかしい？　おなかがいっぱいになるというのは、いいものだ。頑張ろう！　と思う。

公園の掃除当番。私たちは班長だから公園のトイレ掃除をする。「パパが一緒でよかった」と。

午後、恭子が若い頃股関節の手術をしてくださった岩城先生の講演会を聞きに行く。「わかりやすくてよかったよ」と恭子。帰りがけに、講演を終えて舞台裏の戸外で煙草を吸われている岩城先生と偶然お会いできた。少しだけれどお会いできて嬉しかったと恭子が言っている。「外に出ると元気になる」とも。

庭の大きなプランターで春から育ててきた里芋の一部を収穫する。「里芋がとても美味しい。嬉しい‼」と恭子が言ってくれる。
◆胸の抜糸に行く。本山さんちの練習は田代さんが風邪で中止。助かった。

十月二十三日。

長男の通っている京都の学校の学園祭、作品展示会に一緒に行くために、四国から恭子の両親が出て来た。

この京都行きは私たち夫婦のここ数年の恒例の旅だ。今回、恭子の両親を誘ったことに何か特別な意図があった訳ではない。両親との四人旅もいいかもしれないという単なる思いつきと、両親に長男の学校や作品展を見せてあげたいという気持ちがあっただけだ。
◆両親が来る。うるさいな～（じつは嬉しくてたまらないんだけれど）。さっちゃんが自分で育てた野菜を持って来てくれる。両親もあいさつ。有り難い……。
皮膚転移が心配で落ち着かず、気もそぞろに違いないが、恭子は京都行きを取りやめようとはけっしてしなかった。むしろ、あくまで行くのだ、行くのが当たり前じゃないかと何の迷いもなく思っているようだった。

十月二十四日。京都へ。

恭子は両親を前にして穏やかににこやかに、これまでと何も変わったことのないような風を通した。微動だにしない肝の据わった笑顔で。

昼食は私たちのお決まりのコース。四条にある鰊《にしん》蕎麦発祥とかいうお店へ行く。義母が「美味しい。美味しい。絶品だ」と喜んでくれる。その後、予約しておいた京都御所の見学。とりたてて行きたい場所ではなかったのだが、ガイドさんの説明を聞きながらの見物はどんな意味があるのか、何を見ているかがわかって思いの外興味深かった。何の鑑賞にせよガイドというのは捨てたものではないのだと知る。

◆広い御所の敷地を頑張って歩く。御所のあとおばあちゃんとパパのお気に入りの便箋や葉書などの文具や香道の品を売っているお店へ。おやつにアイスも。京都の定宿泊。夜はフレンチのお店。つかれたけれど、楽しい旅行！

「綿密な計画をすべて立ててもらって、付いていくだけでいい旅行は楽でいいね」とおじいちゃんが喜んでくれる。

二十五日。京都二日目。

午前中に長男の作品展を観に行く。今回の長男の作品は「波雲に龍」という木彫刻だった。

「立派だね」と恭子がはしゃいで長男に言っている。長男が音頭を取って木彫刻の教室の何人かと共同制作した作品も展示してあった。「感動したよ」と恭子が言っている。両親も根気のいる作品群に感嘆の声を上げている。連れてきてあげてよかった。長男の充実した顔を見て一安心できたと恭子がしみじみと言う。

錦市場をフラフラしたあと、新幹線で帰路に。夜はお弁当。珍しく次男から電話がかかってくる。歯切れの悪い電話だが、大学院二年生になる年に許されるならまだ走りたいという内容だった。「いつまで走らせるの？」と恭子の母親が呆れている。

◆ままならない自分の身体のことも不安でならないし、子どもたちのこともまだまだ心配なのに、親に配慮して暮らす精神的な余裕はまったくない。現時点では、親と同居はくるしい。恭子の偽らざる本音だと思う。まだ、親に病気の深刻な状況は何も話していないのだから。それは両親には心配をかけまいとする恭子の精一杯の思い遣りなのだ。

◆翌日の昼の便で親が帰る。つかれたよ～。昂のことが心配……。

夜、次男とスカイプで話をする。私たちと一年前にした約束を守ってけじめをつけるために九月で部活動を引退してみたものの、やはり走りたい、諦められないという。

「答えはもうあるようね」と恭子が言う。ここのところ大きな大会で結果が出せず、次男としては不本意な年だったのだ。「大きな舞台で入賞したりする記録は手の届かないものではなかったよね。君が自己ベストでちゃんと走れていれば、結果は残せたものね」と私が尋ねると、次男も同意した。恭子も私も理解して、あと一年応援することに決めた。「そのかわり、就活、学業が一番という条件付きよ」と恭子が念を押す。「これまでのように走るのが一番というのが許されないことはわかるでしょ？」

次男自身が納得するところまでやり切らないと次には進めないだろうという理解に私たちが至ったことについて、長男が自分のやりたいことが見つからずに苦悩した日々を長く見てきたことや、恭子と私の闘病を経て、私たちの人生観や価値観が変貌してきたことが影響している事実は否めないと思う。それはけっして悪いばかりのことではない。

「頑張ってほしい!!」と恭子が祈るように言う。

◆本山さんちで、女声三部の練習。ありがたい。少し形になってきた。口の形、おなか、ブレス、丹田、響き。うたうのはむずかしい。集中力!!　夕方、さっちゃんに電話。心配してくれている。ありがとう。

◆疲れて一日、ゴロゴロ。何もしなかった……。ここのところずっと、入眠剤をのんでいる。**入眠剤のことはなにも気にしなくていいよ、恭子。パパは恭子の乳がんがわかってから一日も欠かさず飲み続けているのだから……。**

◆県立美術館へ宮田先生のロビーコンサートを聴きに行く。口をしっかりあけて歌詞を伝えようとされていることに感動する。明るい響きで、笑顔、鼻孔をあげること大事。唇の形も。
◆パパ、地域の医師会主催の学会で発表。夕方、パパと近くのドイツ菓子屋にりんごのお菓子を食べに行く。外に出て気が晴れる。金曜日の山崎先生の診察が心配で、気分が沈む。
◆さっちゃんに会う。落ち着く。パパ、インフルエンザワクチン。
◆本山さんちで女声三部の練習。少しずつまとまる。十一月十七日の本番に無事歌えるのか……、心配。いよいよ明日皮膚生検の結果の説明が山崎先生からある！

二次化学療法

十一月六日。私と二人で山崎先生のお話を聞きに行く。
◆先日、皮膚を採って調べたところ、やはり乳がんの皮膚転移で――がんのサブタイプがトリプルネガティブと判明。ホルモン剤は効かないタイプとわかる。これを良しとするか、ショックとするか……。わかっただけよかったか？　レトロゾールは副作用もきついのでやめる。代わりに経口抗がん剤のＳ－１、二十ミリグラム×三を朝晩二回、十四日間飲んで、休薬七日間。大変なことになった……。

その夜、恭子を抱きしめながら、顔をしっかり覗き込みながら、私は静かに話して聞かせた。

「恭子。パパはね、がんが皮膚転移として現れてくれてよかったと思っているよ。お陰で再発してきたがんのサブタイプもわかったし。もし、これが肺転移や新たな骨転移だったら生検はしてもらえなかったと思うよ。あるいは、おっぱいの深いところにだけ再発していたら、また針で生検されるのは嫌でしょ？ 左腕のリンパ浮腫の原因なんだから。生検をすぐにしてもらえていなかったら、効くはずのないホルモン剤をとっかえひっかえしてみたりして、効かない効かないと、無駄な治療が続いていたと思うよ。目に見える場所に転移が見つかったのは不幸中の幸いだよ。お陰ですぐ検査してもらえたんだから」

恭子はこくんと頷いてくれた。

「パパは、検査結果でホルモン剤が効かないとわかったら、きっとＳ－１になるだろうなと思っていたよ。乳がん診療ガイドラインの二〇一五年版に転移性乳がんの一次化学療法薬として、新たに三番目のお薬であるＳ－１が追加になって推奨されたんだよ。つまりよく効くお薬で最初に選択すべきお薬が、今年たまたま一つ増えたんだよ。それも経口薬だから恭子の負担も点滴治療よりはましだろうと思っていた。これも不幸中の幸いだよ。恭子が神様に守られている証拠だよ。安心していいよ。恭子の身体はお薬がよく効くから、このお薬も効いてくれるとパパは確信している」

　恭子はしっかりと私にしがみついてきた。しかし、泣いたり愚痴を言ったり取り乱したりはしなかった。

「一緒に頑張ろうね。恭子には強い運がついているから、大丈夫。パパも子どもたちも一緒に闘っているんだよ。だから、心配することは何もない」


七日。
◆今日からS－1にきりかえる。副作用が心配。ゴンと体重落ちる。
今日から夜、恭子の携帯電話で左胸の写真を撮って記録に残すことにする。さらに、私が恭子の左乳房をスケッチして主だった病変のサイズを計測して記録していく。大丈夫、絶対薬が効いてくれるから！


八日。二人で合唱の練習に参加する。生命線だもの！

「疲れる。でも、楽しい！」と恭子が帰りの車で言いながら、もうすやすやと寝息をたてている。ゆっくり、おやすみ。
◆思うように歌えない。難しいなあ。もう少し声を前に出すようにしてみるか……。一度にたくさんは食べられないが、それほどムカムカはない。かわりに手のひらに水ぶくれ様の小さいブツ。主婦湿疹のような……。三か所。赤い発疹もある。これも？　副作用がこわい。
◆本山さんちで練習。昨夜ほとんど眠れず心配だったが、朝三十分はぐっすり寝て、一安心。なんとか楽しく頑張れた。本番の十七日は長丁場で心配。朝ムカムカしてドンペリドンをのむ。

十四日、土曜日。近くに住んでおられるソプラノの声楽家の先生が主宰されている女声合唱団の演奏会に二人で行く。私たちの合唱団に勝るとも劣らず、かなりご高齢の方が多い。会場で落ち合うとすぐ、「パパ、コロンがきつすぎるよ。くさいくさい」と手であっち行けと嫌がられる。演奏は「心がこもっていていいね」と恭子が言う。最後のほうは恭子は疲れてボーッとしながら舟を漕ぎ始めた。私は曲にのめり込んで涙が止まらない。

夜、恭子の乳房の皮膚転移巣のうちで一番大きな六×七ミリの病巣の中央が早くも窪んできたのが確認できる。抗がん剤が効いて病巣の内部が壊死に陥っているのだ。飲み始めて一週間で効果が確認できるとは、「やはり恭子はお薬がよく効く体質だよ」と説明する。半信半疑ながらさすがに恭子も嬉しそうにしている。

「お薬が効いているかいないか一目で確認できるでしょ。だから、皮膚転移は不幸中の幸いだよ。乳腺の深いところにある再発した原発巣にも効いているんだよ！」

　十五日、日曜日。お昼は十割蕎麦の美味しいお店に出かける。「美味しい」と恭子が喜んでくれる。そのあと例の珈琲屋でお点前を拝見しながら淹れたての珈琲を堪能する。恭子が本山さんに十七日の演奏会のあとお礼として渡したいというのでグァテマラの豆を買って帰った。

　十一月十七日。恭子、女声三部アンサンブル本番当日。曲は「さくらさくら」と「うさぎとお月さん」。

「しっかり準備をして出かけたの。足はガクガク、声もふるえるし、でも、練習したかいがあったかな？　なんとかハモれてよかった。本山さんのおかげで、なんとか楽しく頑張れた!!一日気が張って頑張ったよ」と恭子が嬉しそうに話してくれる。

のちに、本番の演奏や本山さんのお宅での練習の録音を聴く機会があった。練習は和気あいあい、本当に楽しそうだった。一人で一つのパートを歌うという得難い経験をさせていただいて、恭子は本当に声がよく出せるようになった。素直で癖のない伸びやかな声だから好感が持てる。私は恭子の声がとても好きだ。プロの声楽家に発声のレッスンを受けるきっかけもいただいたのだ。本番は三人が聴き合い助け合って音楽を作ろうという気持ちが伝わるいい演奏だった。惜しむらくは、パートソロで演奏するには編曲が非常に難しいものだった。
二重丸、三重丸だよ、恭子。お疲れさま！

S－1服用十四日目。
◆昨夜、一～二時頃、二度もどす。かなりの量でびっくり。ムカムカして目が覚めた。四時頃にもムカムカしたが、その時は大丈夫。今日は一日それほどでもなく朝も昼もちゃんと食べる。明日のランチどうしよう……。夜、H2ブロッカーを飲んで寝る。
◆今日から一週間は薬なし、嬉しい！　朝はムカムカ、風邪のひきはじめ？　でも内山さん、山本さん、広田さんとランチして気分が変わり楽になる。恐れずに出かけるほうがよいかも！　夕方さっちゃんに野菜もらう。
乳房の転移巣の一番大きいものの陥没が進んでいる。効いているよ、恭子！
合唱の練習に参加。帰って楽譜の整理をしながら、「今日はあまりムカムカはなかったけど、つかれた！」と恭子が言っている。夜、長男から電話があった。恭子と長男の電話はいつでも長電話になる。電話が長くて「疲れまくった！」と恭子。
◆薬の副作用の周期は毎回同じように出るのか？　蓄積するのか？

二十三日、勤労感謝の日。恭子は朝九時頃までゴロゴロ寝ていた。下痢が二度ほどあったという。

子どもたちが小さな頃から通っていた美術教室の展覧会に行く。小さな子どもから美大を目指す高校生や大人まで幅広い、実にさまざまな作品群に出会える。私は幼稚園くらいの子どもたちの描きなぐった伸び伸びとした作為のない絵が、とくに好きである。色遣いや伸びやかな筆の勢いにハッとさせられる。小学校に入って二年もすると上手に描いてやろうという気持ちがもう透けて見えてくる。

「疲れたけど、なんとか大丈夫」と恭子が言っている。

◆（S－1の）副作用

数日目──赤いニキビ様の発疹、五～六個、数日で消える。目が結膜炎のようにしょぼしょぼする（数日がピーク）。ムカムカ少し。

一週頃──ムカムカ。だるい。食前にドンペリドン。

一～二週頃──二週目に二度もどす。夜心配な時はH2ブロッカー。口内炎。疲れるとムカムカ強くなる。

二～三週頃──薬がなくて、楽。下痢が三日ほど（下剤のせいかも……）。色素沈着が心配。

胃腸が弱っている感じ。外に出て気分転換は大事！

S－1は飲み薬だけれど転移性乳がんの一次化学療法剤に推奨されるだけあって、副作用もきっちり出るという感じだ。


二十六日。山崎先生の診察。薬が効いていれば、胸のブツが小さくなって枯れていく、効いている間は一年でも二年でも飲みましょう、と先生が言われたそうだ。

私が尋ねてみたらと伝えていた、新しいお薬の治験は恭子の場合甲状腺がんの手術から五年が経過していなければ受けられないから、今は無理とのことだった。

「治験はなんだか怖いからやりたくなかったけど、これは残念なことなのかな」と恭子が言っている。大丈夫だよ、乳がんにはまだまだ有望なお薬がたくさん控えているし、どんどん新しいお薬も出てくるから、と言ってなだめた。

手足の爪の色が紫色になって変形してきている。これまでの抗がん剤の影響だ。

◆トリプルネガティブというのは、ずっと薬を飲み続けなくてはいけないというのがつらい。長くはムリかもね。毎日を大事に楽しむことにしよう。副作用が強ければ薬剤師との面談も。
腫瘍専門看護師との面談は、看護師さんの職場の近くで知り合いの人がパートで働いていて、その人と顔を合わせたくはないからキャンセルにした。なんだかなあ。つかれたな。なんでもない些細なことに気を使わなくてはならないこと、細々とした面倒が溜まってくると本当に疲れるのだろうなと思う。ごめんね、恭子。一緒にいてあげることしかできなくて……。一緒に遊ぼうね。美味しいものをいっぱい食べよう！


二十七日。音大の宮田先生のレッスン。

「自分のヘタさを実感したの。でも、歌うことは楽しい」と恭子が言う。「帰りにデパートに寄る元気があったのよ」「明日からＳ－１がまたスタート。ヤレヤレ」だって。

恭子は長い間便秘がちだから、自分で買っているサプリメントと病院からいただいている緩下剤を調整しながら飲んでいる。独特の塩梅。

気になっている足の指の爪を見せてはくれても、私にけっして触らせようとはしない。痛くされたり、乱暴にされるのが嫌なのだ。それだけ気にしているのだ。

◆本山さんちに練習に行く。その間は楽しいが帰ってくると疲れる。気分もへこむ。楽しいことをするには勇気がいる。あとのへこみに耐えるだけの気力と体力が必要！
演奏会が終わっても女声三部の練習を続けているのだ。えらいよ、恭子。

◆寒くなる。ムカムカはある。地味なんだけどずっとあるのは滅入る。でも、食べる！

のちに振り返って考えてみれば、現在は廃部になっている大学のグリークラブの創部五十五周年記念演奏会に、私が十二月になって急に参加することを思い立ったのは、単なる偶然でも気まぐれでもなく天の与えてくださった必然であったのだ。演奏会までは一月もない。仕事の合間をぬっての猛練習が始まった。

久しぶりに中国整体の中川先生のところに行ったところ、お元気そうですねと言われたそうで、嬉しくて、ホッとして、楽になったと恭子が話してくれる。

恭子は自分から何かを買ってくれと言うことのほとんどない人だけれど、一階の和室にテレビを買ってほしいというので選びに出かけた。小さめのホットカーペットとファンヒーターも揃えて……。この和室を自分が寝付いたときの療養の部屋にするような予感でももっているのではないかと、不安な気持ちになったが、恭子はさほど深い意味はないようなことを言う。居間を占拠してそこでばかり寝転んでテレビを見たり、お昼寝をするのが気が引けるので、みたいなことを言う。

六日。午後合唱の練習。疲れる、と恭子。丸四日ずっと便秘だと言って気にしている。

Ｓ－１は効いている。乳房の病変の縮小や枯れてきているような感じが明らかである。

十二月七日。朝、ようやく便が出る。

谷本先生の施設で脳の造影ＭＲＩ検査を受ける。私も説明を聞きに合流する。十月五日の検査と比較して小脳の二つの病変の造影効果のある範囲が拡大しているという説明。先生は脳浮腫のような加療後の変化の可能性が高いと言われたが、様子をみましょうという。一月十八日に再検査の予定。

それから、**左後頭葉に新たな転移巣が見つかる。五つ目。**これに対してすぐに治療しましょうという話にはならなかった。なぜだろう？

また、小脳機能の簡単な理学的な検査があるので調べてやってみてくださいと言われる。ロンベルグ試験とか……。なぜ？　何のために？

新しい病変について先生が何もおっしゃられなかったことが引っかかった。こちらから切り出せるような雰囲気ではなかった。

足がずっとふらついていたのは小脳病変のせかな、と恭子が言う。それが、がんであれ、脳浮腫であれ……。そこまで恭子が考えて言っているのかどうかはわからない。

その日、私は考えがまとまらなかった。小脳の脳浮腫であっても、先生が追加治療を慎重に考えられたり、小脳機能の検査をしておくようにとおっしゃられたことは、矛盾しないが……？？？？

和室に恭子所望のテレビ、電気カーペット、ファンヒーターが届く。
◆ムカムカ少し。午後、電気アンテナの工事。和室を改装？ して、テレビを置く。和室は私の昼間の寝室？ になる
「最近足の指が腫れて痛い。きのうから三日間抗菌剤をのむ。モールに行く。和室ができて昼間過ごす。快適！ **小脳のは浮腫や壊死かも？**」

恭子のムカつきや足元のふらつきがS－1の副作用なのか、小脳の何らかの病変——つまり浮腫かがんか——のせいなのかはわからない。これがもどかしい。どちらのせいかはっきりできればいいのに……。胃の辺りを押さえてムカつくようならお薬による消化器由来の吐き気かもしれないとおっしゃってくださるお医者様があって、参考にする。
それと、小脳の機能を評価する理学検査を家で始める。①指鼻試験、②指指試験、③ロンベルグ試験、④平衡機能試験、⑤眼振をチェックする。もちろん、すべて問題ない。こんな検査で引っかかるようなら小脳は相当にダメージを受けているだろう。

乳房の皮膚の病変は枯れてきて大きさも一回り小さくなってきた。**脳以外の身体にあるがんにはお薬がとてもよく効いてくれるのに……。**

◆今日から薬なし。嬉しい。足の指はテーピングからガーゼと包帯に代える。そのほうがいい気がする。

恭子の手足の爪は抗がん剤で紫色になり反り返って変形している。痛々しい。身体中のがんを叩くために、自分の身体の細胞もすべて大きなダメージを受けているのだ。自分の身を犠牲にしてガンを殺しているのだ。恭子の肉体はまさに満身創痍！　身体の中で抗がん剤の毒を免れているのは皮肉にも転移巣を有する脳だけなのだ。それに**恭子の肉体はボロボロでも、恭子の精神、心は健全な朗らかさを保っている。**それが傍にいて唯一の救いだ。

合唱の練習の後、女声三部を歌っている夫婦三組で忘年会をしようということになった。忘年会からの帰り、恭子が車を運転してくれる。「練習で疲れて、忘年会はどうなるかと心配したけれど、楽しくて心配は吹き飛んだわ」と恭子が言っている。「夫婦三組って楽しい。よく食べて平気だった。外に出るのがやっぱいいのね」と。

◆二度こける。つかれていたからか？　ふらつきは不安。薬の休止中は少し楽になった気がする。

十七日。山崎先生の診察。「胸を見てくださって、効いている！　とグーサインをもらったのよ。良かった！」と診察の様子を恭子が伝えてくれる。引き続き三週一クールのＳ－１を継続する。それと、ビスホスフォネート。「疲れる……」

音大の先生の発声のレッスン。「歌詞をはっきり！　おなかをしっかり！」

「疲れて、あとはゴロゴロ。最近、疲れやすくて、よく寝る」と恭子が訴える。その原因がはっきりしない。薬なのか脳の不調なのか……？　それでも、**恭子は皮膚転移があろうが、再発しようが、脳転移が新たに見つかろうが、歌い続けてくれている。素晴らしいことだ！**

二十日、日曜日。

合唱団を主催されている高嶋先生のお宅にクリスマスディナーのご招待を受けて、二人でお邪魔した。

高嶋先生には恭子の身体の中で起こっていることはすべてお伝えしているので、先生はお医者様の立場から恭子の病状をご判断なさってそのこともご配慮の上でクリスマスの特別な夕食にお招きいただいたのだと思う。

夕方五時からお邪魔して、恭子曰く「お部屋の飾りつけ、テーブルセッテング、お料理、お酒、それに私の身体へのお心遣い。何から何まで深い配慮に満ちていて、感動した」。素晴らしいディナーと、合間には賛美歌をたくさん歌い、「よくハモって」楽しかったと恭子が喜んでくれた。恭子が大好きなモンテベルディのエッコモールモラールロンデも取り上げてくださって綺麗にハモった。生トマトを小さく刻んでバルサミコとオリーブオイルを加えただけのシンプルなトマトソースが美味しくて、自分のレシピに加えさせていただこうと奥様と話している。楽しい時間はあっという間に過ぎて、おいとました時刻は十時を回っていた。

帰りの車を運転してくれながら、「本当に素晴らしい時間だった。ムカつきもなく完食できたよ！」と恭子がはしゃいでいる。

高嶋先生にはこれは特別なディナーなのだというご認識があったに違いない。感謝に堪えない。そうして、**その先生のご判断が正しかったことはあまり時を経ずして明らかとなる。**

二十五日。クリスマス。

◆ムカムカ。でも、パパがケーキを買ってきてくれて嬉しい。サンタが付いていた!!　クリスマスが来た！

◆二週目に入るとムカムカ……。ゴロゴロ。パパは仕事納め、ごくろうさん！

理学的検査では小脳の機能障害は認められない。平衡試験でも上手に立っている。私より長いくらいに。乳房の皮膚転移巣は見事に枯れてきている。小さくなって、硬結を触れることが困難なくらいに。

翻って、恭子の嘔気が薬の副作用だろうと思えていたことは、恭子にとっては悪いことではなかったのかもしれない。その嘔気がどう考えても脳の転移病変が原因だとしか考えられなかったとしたら、私も恭子もそのことの深刻さをうまく受け止められなかったかもしれない。

恭子が昨年十一月に披露宴を挙げた姪っ子夫妻に歓迎のご馳走を食べさせてあげたいとずっと言い続けていた。その想いがやっとかなって、うちの近くにある昔の蔵を改造して季節季節の食材にこだわった美味しい日本料理を食べさせてくれるお店に一席設けることができた。弟夫婦、姪っ子若夫婦、甥っ子と私たち夫婦の七人が集った。

若い人たちも季節の食材を美味しい美味しいといって、喜んで食べてくれた。和やかな華やいだ雰囲気で美味しく食べ、美味しく呑んで、暮れの夜が静かに穏やかに更けていった。「やっと若い人たちにご馳走してあげられてよかった。楽しかったし美味しかった！」と恭子も満足してくれた。

私がずっと続けている恭子の左乳房のスケッチと計測でも、Ｓ－１が明らかに効いているのが如実にわかる。硬結は消え、小腫瘤の大きさも長径、短径で半減している。
◆くすりは効いているようだ。よかった。パパ、スケッチ。
良かったね！　恭子。お薬が効いていないと、ムカムカしたり、フラフラしたりしても頑張っている甲斐がないものね。ふらつきとむかつきが、どうかＳ－１の副作用でありますようにと祈らずにはおられない。
私の思考のどこかでは、ふらつきと嘔気が脳の病変由来の可能性があることを認識しているのだが、もっと強い力がそれを根拠がないと否定していて潜在化させている。

三十日。次男帰省。
◆四国に帰省する準備。ところが、昴が夕方六時頃家に帰ると、しんどそう。食欲もなく顔色悪い。発熱、三十八度三分。夜はもっと出る。ムカムカして嘔吐下痢っぽい。明日の帰省は断念。私は鼻風邪気味。喉の奥が痛い。抗菌剤を飲むことにする。
三十一日。
◆二転三転して、パパも居残りに。私もだるくてとても帰れない。作品の仕上げが佳境に入って正月返上の顚とスカイプをする。元気そう。夜、紅白を見る。

二〇一六年、元旦。

二〇一六年は私たちにとって文字どおり悲嘆の年となった。絶望のどん底の年である。恭子に決定的な出来事が続々と押し寄せてくる。そして、無情な現実。慟哭の日々。

しかし、何より、共に力を合わせてがんという難敵に立ち向かってきた私たち二人の心が離れてしまって、彷徨うふたりの心。焦りが二人を離れ離れにしてしまう。結び合おうとする手が、するりと抜けてしまう。二人はこのまま、波間にお互いの姿を見失ってしまうかに思われた。

◆朝、スーパーにおせちを買いに行く。なんとか格好がつく。次男も少しずつ食べられるようになる。私も鼻のみ。のんびりしたいいお正月。夕方からムカムカ。軽い風邪。

二日。

◆昼前に昴の本厄のお祓いに行く。元気になってよかった!! いろいろ話もできて楽しいお正月だった。

三日。

◆昴、昼過ぎに横浜へ。大混雑で大変だったみたい。実家の両親に電話で、皮膚転移と薬が効いたことを知らせる。母はしんどそう! 軽く言うつもりが、パパがしっかり説明するから困る。母の心配をダイレクトに聞く私の気持ちはパパにはわからない。本当に現実をつきつけられてつらい。久しぶりに涙が出た。

「現実」とは、自分の病状そのものよりも、両親の苦悩も含めて周りを巻き込まざるを得ないこと、大ごとになっているという騒ぎのことなのだと思う。だから、恭子は両親に心配かけまいとして、自分の病気のことを伝えることを極力避け続けているのだ。それは尊重すべきと思ってきた。つい、説明しすぎて（私がよく犯す悪い癖）、恭子を苦しめる結果になってしまった。恭子が涙をみせるのはこの闘病中でも本当に稀なことなのだが……、私のせいで……。ごめんよ、恭子。

四日。
◆疲れる。気分も低空。何もしたくない！　パパとケンカする。他人だと言われる。そんなことわかっているけど。これからどうやって暮らそう。惨めな気持ちで生きるのはいやだ。
病気になると離婚もできない。

私のなかに追い払おうとして払いきれない恐れが潜んでいるのが感じられる。恭子のムカムカもふらつきも、倦怠感も薬のせいではない、という恐れ。

夫婦は他人だと私はよく口にした。家族や親族のなかにあって、夫婦だけが血縁のない関係だと。だからこそ尊く、奇跡的な関係なのだと。このときの「ケンカ」のことは覚えていない。しかし、ケンカの時に「夫婦は他人だ」と言ったら、恭子を深く傷つけたろう。こんなに苦しみながら頑張って病気と闘っている恭子と何をケンカしたのか情けない話だが覚えていない。私自身も相当にイラついて不機嫌であったろうことは容易に察せられるが……。

五日。

◆夕方、ムカムカ。食べられるけど、だるい。鼻声。目はしょぼしょぼ……。副作用は少しずつ強くなるのか。パパと仲直りできない。もう、うんざりだ。がんになって一番の危機だな。乗り越える自信ない。早く死んでしまいたい。生きる意味って子ども? 長男からがん祓いのお札とカラーコーディネートの本、お手製のスカーフが届く。ありがとう。やっぱり、子どもたちのために生きないといけないかね。実家からも蒲鉾が届く。私一人沈みっぱなし。がんはこわいと思うよ。早く終わらないかな。子どもには背中を見てほしいと思ったけど、私は（女子サッカーの）澤さんにはなれないね。

つまらない諍《いさか》いで私が恭子の信頼を裏切るような言動をしたり、恭子の想いを汲んであげられなかったようなときに、恭子は深い絶望を覚えたと記している。恭子はがんのために泣いたり、自暴自棄になったり、絶望したりはしなかった。すべては私のせいなのだ。私との夫婦としての信頼に軋みを感じたようなとき、恭子は孤独を感じ、泣いて絶望感に苛まれたのだ。

そうして、この恭子の失望は大変に重大な尾を引くことになった。

結論から言おう。恭子は一月二十七日、長男の誕生日を祝う言葉を最後に闘病記録の筆を一旦折っている。もしも、その後に恭子が辛くも命拾いをして闘病記録を再開できていなかったとしたらと思うと、私は背筋の凍るような慙愧の念に堪えない。

このあと恭子は不死鳥のように息を吹き返し、闘病記録を再開し、私との仲を修復し、純粋な存在に昇華しながら、素晴らしい笑顔を私たちに見せてくれるのだ‼

恭子は自らの気持ちのなかに、私に対する失望や不満や怒りや諦念を抱え込んだままで、しかし、私たちの非日常はゆっくりとこれまでと表面上は何も変わっていないかのように過ぎていった。

六日。二人でウィッグのお店を訪れて新しいほうのサイズ調整をしてもらった。「頭がすっきりした感じ」と恭子が言っている。お店の方は私たち夫婦に微笑ましそうな視線を投げかけてくれる。

その足でデパートに寄って、恭子のリュックサックと夜のお惣菜を買って帰った。

「つかれた。人がいっぱい！」

十日。グリークラブ創設五十五周年記念演奏会当日。素晴らしい出来だった。気持ちも入ったレベルの高い演奏ができたと思う。聴衆も大入り満員。恭子は友人と二人で聴きに来てくれた。恭子に見せてあげることができてよかった。お友だちから、「花やたくさんの贈り物をもらった。感謝！」と恭子が言う。演奏会のあとの打ち上げ兼五十五周年記念の祝賀会には出席する気持ちになれず、私はそそくさと演奏会場を辞した。

◆今日は一日下痢。便が出て、少しホッとする。腹が立つことばかり、パパもうるさい。私は恭子の体調に過敏になっている。そのイライラが恭子にも伝わって、恭子のモヤモヤに拍車をかけている。二人の距離はなかなか埋まらない。

整体の中川先生の施術を受けて、「気も身体もかるくなった」と恭子が言っている。小脳の理学的機能検査は異常なし。左側乳房の病変もますます小さくなり枯れてきている。グッドコントロールだ、ここは……。

◆夜布団に入るのが遅くなり、朝ゴロゴロ寝るという悪いパターン定着。なんとかしないと……。さっちゃんと話をする。少し気が晴れる。パパにはつかれる。

「夜布団に入るのが遅くなる」というのは、二階の寝室に私と一緒には上がらず、ごそごそして私が寝付いた頃を見計らってから上がってくるからだろう。私のピリピリした緊張感やあれこれ心配することが恭子には本当に鬱陶しいのだ。二人は空回りしてばかりいる。

◆家に持ち帰ったキットで便潜血の検査をしろとパパがうるさい。そんな気分でないこともわからない。いつも自分の思いだけぶつけてくる。

二人はバランスを崩したまま迷走している。

今となっては、そのとき私が何を思って便潜血の検査を恭子に迫ったのかすらわからない。

◆やっと夕方便が出る。ホッ！　さつまいもと酸化マグネシウムがよい。久しぶりにいい便だった。夜、パパと十割蕎麦のお店に夕食を食べに行く。美味しい!!

その時の食事の二人の雰囲気がどうのということよりも、恭子が食べるものを美味しいといって喜んでくれるだけでいい。

合唱団の練習に二人で参加。ケンカしていようが、二人の気持ちにすれ違いがあろうが、私たちは二人して生き延びなくてはならない。だから、歌うのだ。

練習は十二時から五時までのハードスケジュール。

「くたびれるけど、やっぱり歌うのは楽しい」と帰りの助手席で倒れ込むように眠りに落ちていく恭子が言ってくれる。

一月十八日。谷本先生の施設で脳の造影MRI検査を受ける。二人で結果を聞く。最近見つかった転移巣は一か月半経っても大きさに変化が見られない。放射線治療は見送りとなり、二か月後に再検査の予定となる。私には相変わらず谷本先生の口が重くてややそっけないように思われて仕方がない。

「ホッとした。よかったけど、まぐれだけかもね」と恭子が醒めた調子で言う。

◆パパの医院のスタッフの誕生会を兼ねた月に一度のミーティングにお茶とケーキを持って参加する。気分も晴れるが、どうしてこんなにつかれるのだろう？　便が久しぶりにしっかり出る。ムカムカ。

恭子のムカつき、倦怠感、ふらつきは尋常ではない。のちに思えば、症状から察して原因が薬ではないのは歴然としていたといってよかったろう。盲目のような私たちには、その時は本当にわからなかったのだ。わかろうとしなかったのかもしれないが……。

◆今日は調子が良い。二つの銀行を回ったあと、デパートに足を延ばして喪の時やハレの時に使える黒のカバンを買う。フラフラして疲れた。薬をいつ飲むかより、ムカムカなどは体調による！　よく寝て体調がよければ、便も出るし、ムカムカも少ない。規則正しい生活をすることが大事！
◆甲状腺がんの定期検診に行かなくてはならないが、朝眠くて車はムリ。前の晩パパがうるさくしゃべる。もう勘弁してほしい。興奮して夜二日ほど眠れない。夕方三時過ぎにお昼を食べて、目が覚めたら六時半。疲れたんだなあ。

一月二十七日。
◆顕の誕生日！　二十六歳！　おめでとう。疲れやすい。
恭子の闘病記録が一端ここで途切れている。何故、恭子がここで筆を折ったのかはわからない。その後も恭子の生活はこれまでとあまり変わらずに二月の半ばまで続けられるのに……。

そうして、二月二十三日の緊急入院、二十四日の緊急手術が恭子になされて、一命をとりとめる。闘病記録も三月八日から再開される。


もし、二月の末に恭子に万が一のことが起こっていたとしたら、と考えると恐ろしい気持ちになる。このように私に対する不満や怒りを抱えたままで逝ってしまったのだと、後に知ることにでもなっていたらと思うと背筋の凍るような思いがする。

夫婦で力を合わせてがんと闘ってきた闘病の最後が夫婦の気持ちのズレで締めくくられてでし

まっては、あまりにも悲惨だ。恭子のこれまでの頑張りや私の励ましが無残な形で終わっては、やりきれない。

私にしてみれば、すべては恭子のことを心配するあまりの「うるささ」だったのだから……。私はどうしてよいかわからず浮足立って、恭子にさまざまな心配事をぶつけていたのだろうか。恭子にはそれが本当に負担だったのだ。

一月三十日、土曜日。合唱団の武田さんの奥さんである幸子さんが、長年続けられているモーツァルトを弾く演奏会がある喫茶店であった。恭子と二人して出かけた。早くに着きすぎて時間があったので、うどん屋で夕飯を摂ることにした。私はどうしても食欲が湧かなかったので、ビールの力を借りることにした。恭子には馴染みのない街で運転はできそうにないが、演奏会が終わる頃には酒も醒めているだろうと思ってアルコールの力を借りることにしたのだ。

恭子が「パパは機嫌が悪そうだね」と言う。「そんなことないよ」と私は力なく答えながら、悪いのは機嫌ではなくて、気分なんだよと心の中で呟いていた。二人とも表情は硬く、笑顔すら出ない。

私は相当に落ち込んでいたのだ。理由はわからない。私は依然として恭子は幸運なロングテールなのだと信じ切っていた。しかし、心のどこかで別の可能性を恐れる気持ちが、恭子の強運に影が射してきているのではないかという恐れが、蟒蛇《うわばみ》がその厭らしい鎌首をもたげるように、私の心理の深いところで芽生え始めていたのかもしれない。私はその不可抗力の不愉快な思いを振り払うために苦戦し続けていたのだろう。私は明らかに鬱的になっていた。そのことが恭子には不機嫌と映って、夫婦の大切な信頼関係が揺らいでいたのだ。こんな大切な時に、と自分を責めれば責めるほど、私の気分は底なし沼に足を取られるようにずぶずぶと沈み込んでいったのだ。

二月最初の十日間ほどを恭子はこれまでと変わらず、声楽のレッスンを受けたり、二人のお気に入りの画廊の展示会に一緒に出かけたり、女声三部の練習をしたり、気のおけない友人とランチしたりして過ごしている。

建国記念日、二月十一日の合唱団の練習は、翌々日から長男の卒業制作展示会を見に京都に出かけるのに備えて、私だけが参加することになった。これまでにない初めてのパターンだった。合唱団の練習には夫婦二人していつも参加してきたのに……。それほどまでに恭子は疲労困憊していたのだ。

恭子の左乳房の皮膚転移巣は枯れ切っていた。S－1が非常によく効いている。そのスケッチと写真撮影は二月十七日が最後である。同じ日に私は恭子の小脳機能をチェックする理学検査をおこなっている。問題ない。そうして、顔面神経麻痺のチェックも。顔面神経麻痺は髄膜播種で早期に現れてくることのある脳神経の異常だ。私がその時、髄膜播種を恐れていたことの証であるが、その当時の自分の心境を私はあまりはっきりと覚えていない。すでに私は恭子が幸運なロングテールではないかもしれないと疑い始めていたのだろうか……。

第六章　余命宣告

水頭症で緊急入院

　後になって考えてみれば、兆候は長男の卒業制作展を見に恭子と京都に行った二月十四日の時点で、すでに認められていたのだ。恭子になるべく負担をかけないように、京都市内の移動はすべてタクシーと決めていたけれど、まったく歩かないというわけにもいかない。清水の三寧坂辺りを長男と三人で歩いていたときにも、恭子はよろけたりふらふらして、私や長男にしょっちゅうしがみついていた。よたよた歩く母親を見て、長男はどう感じているのだろうかと、気になった。おどけているの半分くらいにとってくれればいいが、と。

　二月に入ってゴロゴロ寝てばかりいることが多かった恭子。京都に長男に会いに行く四日ほど前に仲良しのランチ仲間と昼食を摂ったあとも、これまでにないほど疲れがひどそうだった。

そういえば、朝起きて来られないこともあって、私は自分一人で朝食を摂ったりしたのに、おかしいと思いながらお薬のせいなのだろうという考えに必死にしがみついていた。そのほかの可能性を私の脳が受け入れることを拒否していたとしか考えられない。

京都に行けるのだろうかと心配したが、頑として、「行くに決まっているでしょ」。新幹線の中で「大丈夫?」と私が声をかけても、目を閉じて小さく頷くだけだった。それでも、京都駅に着くと途端にしゃきっとして、長男と久しぶりに会ったときは、本当に嬉しそうで友だち同士のようにはしゃいでいた。

京都から帰ると横になっていることが当たり前のようになった。尋常ではないと、素人にだってわかる。

二月十九日、金曜日に恭子は一人で山崎先生の診察を受けに行った。先生は血液検査の結果を見ただけで、問題ないと言われたと、恭子から電話が入る。「いつもいつも寝てばかりいて疲れやすいのが普通ではないと先生にちゃんと伝えなさいと言ったでしょ?」と私が言うと、「何を言えばいいかわからなかったんだもの……」と答える。なんと言えばいいかわからないということが、すでに尋常ではない。

私はとりあえず恭子に山崎先生の病院で待機するように伝えて、谷本先生に電話を入れた。「まるで老人の呆けのようになっているということですね？」と谷本先生は言われた。「すぐに奥様に来ていただいてください。思い当たる節があります。家には帰らず、直接わたしのところに来ていただいてくださいと」と谷本先生がすぐに反応してくださる。「それから、先生もお昼休みにはいらしてもらわないと」

山崎先生の病院から家にもどろうとする恭子をなんとか制して、谷本先生のクリニックに行くように説得した。谷本先生のクリニックで、恭子は、何がどうなっているのかわからずパニックになっていた。ショートメールを送ってきて、どうやって私に電話をかけたらいいかわからない、と言う。私は谷本先生のところの看護師さんにすぐ電話をして、恭子の様子を伝え、ケアを依頼した。恭子が電話をかけられないのは、脳の高次機能に問題が生じているのか、パニックになってあわててしまったせいなのか、私は測りかねていた。

「水頭症です」と谷本先生が告げられた。先生は、恭子の脳の造影ＭＲＩを緊急に撮ってくださって、駆けつけた私と戸惑うばかりの恭子に説明してくださった。

「脳脊髄液が逃げ場を失って脳圧が上がり、脳が頭蓋骨に向けて押しつぶされているんです。だから、奥様は一時的に、老人ボケのようになっておられる。細い管を側脳室に差し込んで、皮膚の下を這わせておなかの中に誘導し排泄して脳圧を下げる、V－Pシャント術という脳外科的な手術が必要です。大きな手術ではありませんよ。しかし、なるべく早くしないといけない。時間の猶予はあまりありません」と。

先生は私たちの目の前ですぐに、山崎先生の乳腺外科と、同じ病院内の脳外科の部長にそれぞれ電話を入れて、恭子の所見を伝えてくださった。明日であれば、土曜日だから病院は休診で連絡がつかない。綱渡りのようなタイミングだった。金曜日に谷本先生に診ていただけて、不幸中の幸いと思いながらも、「脳圧亢進」という四文字が私の脳裏を不吉によぎっていた。なぜ、脳圧が上がってきたか、その原因がどのようなものであっても、深刻な問題を孕んでいることに違いはない。

二月二十日、翌日の土曜日には、少し家からは距離のある、蕎麦を一番の売りものにしているお店で夕食を摂った。歯ごたえのある美味しい十割蕎麦だった。恭子も美味しそうに食べた。私が夕食に行くときは、必ず晩酌を楽しみにしてということが目的の半分だったから、帰りは恭子に車を運転してもらうのが常だった。しかし、その晩はさすがに恭子に運転させられる状況ではなかった。私は飲酒を諦めてアルコールフリーのビールを飲んだ。恭子は憔悴していた。

次の日の日曜日、二十一日。恭子は、歌いに行くといってきかなかった。私も行って歌いたいのが本心だったから、恭子の意思を尊重することにした。家にいて休んだほうがよさそうに見えたけれど、恭子は化粧をしながら次第にしゃきっとしてきた。

合唱の練習中もちらちら恭子を観察しながら、あまりにしんどそうならいつでも中座するつもりでいた。恭子はいつものように歌っていたが、少し化粧ののりが悪く能面のようにも見えた。最後まで歌の練習をして、その後のリコーダーの練習が始まる前に私は、帰ろうかと恭子に言ってみたが、「大丈夫。練習して」と答えた。恭子はリコーダーのアンサンブルには参加していなかったのだ。高嶋先生の奥様に、少しふらついていますからお願いします、と耳打ちして介抱をお願いした。奥様は確か看護学校を卒業されていたはずだった。

帰り際に、高嶋邸の長い階段を下りようとして一段目を踏み外し、恭子はすとんと尻餅をついた。後ろを歩いていた女性メンバーが驚いて助け起こそうとすると、「いつも、こんなにそそっかしいのよ」と笑いながら恭子がふざけて言っていた。私は腕を支えながら、車まで恭子を引きずるようにして連れていった。武田さんが後部座席に同乗していたので、普段どおりの四方山話には恭子もときどき参加して口をはさんでいた。途中で武田さんを降ろした途端に、「疲れたー」と言って助手席の恭子はあっという間に深い眠りに落ちていった。

家に辿り着くと、疲労困憊した恭子は崩れるように居間に入って、そこに倒れ込んだまま動こうとしなかった。そして昏々と深い眠りに落ちていった。しばらく寝かせたままにしておいて私は夕飯の支度を整えた。七時過ぎに声をかけて食事を促すのだが、起きようとしない。今日は夕飯はいらないという。その応答や眠り方に異常なものを感じた私は、この調子で恭子を家に一人残して明日から仕事に行くわけにはいかないだろうと確信した。それくらい、恭子の眠り方や受け答えは、尋常ならざるものがあった。長男に応援を求める電話をすると、卒業制作展の後片付けがあるから今日は無理だが、明日には何とか帰れると言ってくれた。

翌月曜日、二十二日の朝、私はいつでも入院のできるように恭子に必要なものを尋ねながら準備をした。気もそぞろに仕事をしながら、私は職場から恭子に頻繁に電話をして、病院から入院を指示する電話がないかと確かめるのだが、昼休みになっても何の連絡もない。恭子は傾眠傾向で、ろれつが回らない。業を煮やした私は乳腺外科の外来の看護師に事情を説明して、早く入院させてほしいと訴えた。電話に出た看護師は先生にお尋ねして必ず連絡をくれると約束してくれた。長い午後であった。診療に身が入らない。午後五時を過ぎた。公立病院はかっちりと時間厳守で受け付けを終了してしまう。看護師だって五時で仕事を終えるだろうと、私は打ちのめされたような気分だった。重苦しい気分のまま診療を続けていると、午後六時に最前の看護師から電話が入った。救われたような気分になった。きちんと約束を守って連絡をくれたのだ、しかも勤務時間外に。

ところが、電話の内容は耳を疑うようなものであった。「二十五日の木曜日に、乳腺外科と脳神経外科の外来を受診してください。それから、その後の方針を打合せすることになります」。愕然とした。先週の金曜日に谷本先生からわざわざ二つの科の責任ある立場の医者に連絡をしてもらって早急な対応の必要性を伝えてもらったのに、この対応はなんということか？　あと三日間も恭子は待てるのだろうか？　しかも、三日後に入院というのではなく、外来受診を促されるとは。私は、看護師の責任感のある報告に謝意を示しながらも、暗澹たる気分であった。

さらに、谷本先生からのメールが追い打ちをかけて、私を奈落の底に突き落とした。「ＭＲＩをよく見直してみると、残念なことに小脳の周囲、テント下を中心に髄膜播種の疑われる所見が認められます」と。谷本先生が、「残念なことに……」などという悲観的な言葉を発せられたことは、脳転移が見つかったりしたこれまでにもないことであった。私にだって髄膜播種が何を意味するかはわかっていた。

死刑宣告であった。それも、期限の限られた。しかし、私は播種がテント下に限定されたものであることを信じることにして、その問題はひとまず保留にするよりなかった。先生もそういう表現をされているのだから。目下、恭子の脳圧亢進症状は予断を許さない緊急の状況になりつつあることは、明らかだったのだ。

京都から帰省した長男を指さして私が「これはだれ？」と恭子に尋ねると、「パパ」と答えた。そうして、私自身を指さして「これは？」と聞くと、やはり「パパ」と答えた――。「こっちもパパで、あっちもパパなの？」、長男が尋ねると「そう」と、恭子は何食わぬ顔で答えた。「そうか……」。赤子をあやすような気分だった。長男も冷静に受け止めてくれている。長男が買って帰ってくれたふなっしーのぬいぐるみは、「ふなっしー」だと答えた。

二月二十三日、火曜日。私が昼休憩に家にもどってみると、長男がそうとうに困惑した顔で、私が帰ってくれてほっとした、と顔に書いている。ママが失禁したんだ！　と、長男が小声で私に告げた。「ママはどこにいるの？」「トイレの中――」トイレのドアは開け放たれていた。私が覗き込むと、恭子は無表情にぽつねんと便器に座り込んでいる。「ママ、大丈夫だよ」と、私は便器の外に転がっている便の塊を拾い上げては便器に放り込んだ。恭子はたいてい便秘気味だったことが幸いした。塊のころころした便だったから。パンツは汚れていない？　と調べながら、「大丈夫、上手にうんちできたんだよ」と恭子を立たせて、下着とパンツをひっぱり上げた。

恭子は大儀そうに居間の絨毯の上に倒れ込んで、目を閉じた。と、しばらくして、恭子が口元を左の手のひらで抑えた。私がとっさに「吐きそう？」と尋ねると、頷く。準備しておいた洗面器を顎の下に近づける。間髪を容れず、恭子が突然に激しくもどし始めた。しばらく嘔吐が続いた。長男が息をのみながら、「朝もトイレで吐いていたみたい」と言う。私は大きく頷きながら、恭子を凝視していた。脳圧がかなり上がってきているのだ。さんざん吐いた挙句、恭子はその場に崩れ込んだ。何を聞いても返事をしようともしない。呼吸はちゃんとしている。しかし、応答はない。身体をゆすっても、目を開けようともしない。私は、緊急事態だと判断した。まず最初に、倒れ込んだままの恭子を長男と二人で車に乗せて、病院に連れていくことが可能だろうかと考えた。無理だ。「救急車を呼ぼう」と長男に同意を求めるように伝えた。緊張している。ママが入院の準備はしてあるからと、持参すべき荷物の指示をしながら、生まれて初めて消防署に電話をして救急車の出動を依頼した。二人で救急車に乗り込もう、と私が言うと長男は怯んだ。私も、じつは怖気づいていた。無理もない。狭い救急車に押し込まれて冷静さを保てるだろうか、と私でさえ不安な思いでいたのだ。

「何かあったら、すぐに家に戻れるように、僕は車を運転して救急車に付いていくよ」

と、長男。理屈だ。「わかった。パパ一人が救急車に乗ろう」

救急隊員は、靴の上に透明なビニールの大きな靴下のようなものを履きながら、土足でなく靴のまま、恭子の転がっている居間に上がり込んできた。

「わかりますか?」と隊員が尋ねると、恭子は、

「はい。すいません」と答えた。私は少し驚いた。正気を保っているんだ!

「乳がんの脳転移による水頭症をおこしています。脳圧亢進による失禁と嘔吐です」

私が説明すると、隊員が私の顔を覗き込んだ。

「そのだ歯科医院の、園田です」

「ああ、園田先生ですか。お世話になります」

救急車に乗り込んでしまえば、まな板の上の鯉だ。血圧、脈拍、血液酸素飽和度、バイタルはすべて安定していた。恭子の嘔吐も救急車の中では落ち着いていて、隊員の呼びかけに、冷静と思えるような受け答えをしていた。隊員は病院の救急外来と連絡を取りながら、「あと二十分ほどで、そちらに到着します」と言っている。そんなに飛ばしているわけでもない安全な速度で、私が急いでも三、四十分はかかる距離を、二十分で走り切れるのだろうかと、私は内心訝っていたが、信号でも渋滞でも止まらずに走るということは凄いことだ。きっちり二十分で救急車は病院の見慣れない救急搬送口に到着した。

救急外来で、恭子の激しい嘔吐が再び始まった。そこは、野戦病院の様相を呈していた。なぜと言って、ストレッチャーに寝かされたまま嘔吐する恭子の口元に吐瀉物を受けるビニール袋をあてがっていたのは、私と長男だったのだから。ビニールを跳ね除けようとする恭子に、この中に吐いていいんだよ、と二人で繰り返し言い諭した。静脈路を確保するのが大変な騒ぎだった。恭子の認知能力は、三、四歳の幼児のようだった。優しげな医者らしき若者が、不安げな、あるいは気の毒げな顔色を隠そうともせず、「これから静脈に針を刺して血管を確保し、吐き気止めを注射しますので、ご家族の方は外で待っていてください」と言う。これが脳神経外科の主治医となる三島先生との初対面だった。出ていくから、この嘔吐物を受ける役割を誰か代わってくれないか、と私は内心その外来の医療体制が不安なものに思えた。私たちが退室しようとすると、三島先生が吐き気止めを準備するように、看護師に薬剤の指示をする声が聞こえた。そんなやわな制吐剤ではなくて、なんで脳圧を下げるための投薬をしてくれないのかと、私は内心イラついていた。

「やめて！　なんで、そんな痛いことするの？」「ねえ、痛いじゃないの」「なんでそんな意地悪するの⁉　やめてよ！」と、恭子が幼子のように大声で泣き叫んでいるのが家族控室まで聞こえてくる。

小一時間して、やっと、恭子が救命救急センターに移されることの説明が、三島医師からあった。私は、少しほっとした。これで本腰を入れて恭子に対応してくれるのだという思いがあったからだ。救命救急センターでの主治医も三島先生だった。脳圧を下げる点滴が始まってしばらくして、やっと、恭子の嘔吐が治まってきた。恭子は依然として幼児のままだったけれど。そうして、夕方になって三島先生から明日、**二十四日にV－Pシャントの手術をおこなう**旨の説明があった。ようやく辿り着けたかという思いが正直な感想だった。谷本先生からその手術の必要性の説明がわれわれにあったとき、つまり先週の金曜日のことだ、恭子にはまだ認知機能のこれほどの低下は認められていなかったのだ。それから五日かかって、恭子が赤子のようになって、便を漏らし、激しく嘔吐するまで、手術には辿り着けなかったのだ。遅すぎる、というのが私の正直な気持ちだった。三島先生に丁重に頭を下げて、よろしくお願いします、と私は謝意を表した。

横浜にいる次男に電話で知らせたときに、君は就職活動で大切な時期だから、自分がやるべきことを横浜にいて続けるようにと言った。恭子ならそう言うに違いないと思ったからだ。それに、谷本先生がすでに診断と治療方針をきちんと示してくださっているから、そういう意味での展望がきちんとしていたから、次男を横浜に残す余裕があったのだ。次男は、素直に言いつけを聞き入れてくれて、こちらはこちらでやるべきことに全力を尽くします、と言ってくれた。

それから、合唱団の高嶋先生に事の顚末を告げる電話を入れた。恭子はこれまで何でも両親の心配するようなことは隠し通してきたのだけれど、高嶋先生は、「これは他人の僕ではなく、ご家族で決めることだけれど。手術だから、何かあった後では大変な後悔をするような気が、僕はしますね」と、慎重に言葉を選ばれながらアドバイスしてくださった。そのうえ、先生はできる限りの伝手《つて》を使ってくださり、よろしくお願いしますと、病院のドクターたちにお声をかけてくださっていたことが、後日わかった。

恭子の両親が海を渡って病院に駆けつけたのは、翌日の夕刻、恭子のV－Pシャント術が終わった後のことであった。恭子の言うことが少し妙な感じがするくらいにしか両親が思わないほどに、手術によって恭子の高次脳機能は急速に回復していた。手術前の状態を両親が知らなくてよかったと、私は心底思った。手術が成功したということだ。家族はほっとしていたが、V－Pシャント術は緊急に脳圧を下げるために、頭蓋内のがん細胞を腹腔内に垂れ流しにすることになるのは、三島先生に説明していただく前からわかっていたから、私は手放しで喜ぶことはできなかった。しかし、突然に訪れる死から、恭子がいっときとはいえ生の方向に大きく引き戻されたことだけは揺るぎない事実であった。

「この先生が命を救ってくださったんだよ」と私は恭子に説明した。

脳圧が上がりすぎて延髄の呼吸中枢が損傷を受けて呼吸が突然停止したりしなくてよかった。

脳ヘルニアにでもなって一巻の終わりにならなくてよかった。手遅れにならなくてよかった。高嶋先生がご示唆くださったように恭子の両親を呼び寄せてよかった。しかも、元気な姿を見せられてよかった。長男に応援を頼んで、それに長男が機敏に対応してくれてよかった。恭子が命拾いしてくれてよかった。

横浜の次男は、手術が予定どおり終わった報告を喜び安心してくれた。そのうえで、ラインでのメール。〈おじいちゃんたちにこれまで心配をかけないように知らせなかったことを、今回の手術について説明する際に部分的にせよ知らせる必要が生じると思います。おじいちゃんたちに知らせないということは、家族で決めたことですから、僕らは常にパパの味方です。困難な作業ですが頑張ってください。そして、少しでも疲れたら僕らに何でも吐き出してくださ い。今週は大変なことが次々に起こって消耗しているでしょうから、ゆっくり休んでください〉

水頭症の発生機序についての脳外科の見解と谷本先生の診かたは違っていた。谷本先生は脳室の圧が上昇したのは、小脳病変が原因となってルシュカ、マジャンディ孔の閉塞が起こり、くも膜下腔への脳脊髄液の流れが遮断された非交通性の水頭症を示唆された。一方、脳外科のグループはくも膜下腔での脳脊髄液の吸収不全による交通性の水頭症と考えていた。髄膜播種がくも膜下腔へも大きく広がっているという診かただと思う。谷本先生の解釈では、髄膜播種がテント下の小脳周辺に限局している可能性があると私は理解した。髄膜播種の広がりが限局していてほしかった。結果的には、両者の解釈の違いが恭子の運命を大きく左右するものではなかったのかもしれないが……。

オペの結果を三島先生が説明してくださった。脳室内にチューブを挿入すると脳脊髄液が噴出してくるほど脳圧が上がっていたという説明だった。脳ヘルニアにでもなっていれば、恭子はとっくにこの世にはいなかったろう。薄氷を踏むようなタイミングで手術がなされたのだと私は感じて、感謝の気持ちよりは、むしろ対応の遅さに腹が立った。大病院の対応の鈍重さが、患者が押しかけすぎることが一番の原因だとは頭ではわかっていても、やはり腹立たしかったのは偽らざる気持ちであった。

オペのときに採取した脳脊髄液中に認められた細胞数は正常範囲だったという検査結果を、三島先生が説明してくださった。長男と目で合図しながら喜んだ。希望はまだある。ただし、細胞の性格は、つまり、悪性細胞かどうかの結果はまだ出ていないと、先生は付け足した。三島先生独特の深刻そうな、悩ましげな様子はいつもどおりだった。もし仮に細胞が悪性であっても細胞数が少ないということは、髄膜播種の範囲が広がり頭蓋内でがんが暴れまわるまでに時間の余裕があるかもしれないという、すがるような思いがあった。転移性脳腫瘍の悪性細胞の多寡が臨床的にどれほどの意味合いを持つのかは、実際は知る由もなかったし、そのことを三島先生に尋ねる勇気もなかったが。

長男は毎日三十分ほど車を運転して両親を恭子の見舞いに連れていってくれた。恭子の修羅場を経験した後の長男は別人のようであった。肝が据わって、頼もしかった。

二十六日に一般病棟に移った恭子は、足元こそまだおぼつかなかったが、認知機能は日を追って回復していった。嬉しかった。あのまま、正常なやり取りができないままになってしまったらどうしよう、まだまだ話しておきたいことが山ほどあるのに、という私の心配はひとまず回避されたのだ。

両親は恭子の様子がさほど深刻でないかのような受け止め方をしているのがわかった。だが、そのほうが両親にとっていいのではないかと思った。事の重大な髄膜播種が見つかったことは、子どもたちにだけ伝えた。いきなりの死刑宣告は、これまでの経緯を恭子からも私からもほとんど説明されていない両親にとっては、むごすぎる。これまで、自分の病状や経過をすべて承知していた恭子にも、もちろん、髄膜播種という言葉を伝えるつもりはなかった。インターネットで調べれば、髄膜播種が何を意味するかはすぐにわかってしまうのだから。

手術から六日後に、三島先生がわざわざ私の仕事場に電話をかけてくださった。脳脊髄液の中の細胞は、悪性だった、と。丁重にお礼を言って電話を切った。十中八、九はそうだろうと予想されていたことだったが、やはりショックだった。「正常細胞しか見つかりませんでした」と、三島先生が言ってくださったら、すべては何かの間違いであったのだと、みんなでほっと胸をなでおろすことができるかもしれない、と私は一縷の望みを捨てていなかったのだ。家族としては当たり前のことだと思う。そう簡単に諦めきれるものではない。ステージⅣの乳がんの生存曲線が、二年くらいで急速に生存率ゼロに近づいても、患者であるすべての本人や家族は細々と五年、十年と延びる限りなくゼロに近い生存曲線、ロングテールのなかに自分たちは入っているのだと考えるものだ。自分たちは特別に幸運な例外の患者なのだと――。

Ｖ－Ｐシャントを中継するシリコンゴムのようなものでできた空洞が、恭子の頭蓋骨に開けられた穴の外側、頭皮の直下に埋め込まれている。オンマヤリザーバーである。ここから薬剤を頭蓋内に注入できることを私は調べて知っていた。ＭＴＸを投与してはどうかという質問を、谷本先生と川田先生に投げかけてみた。谷本先生は、白質変性の可能性が高いわりには、効果はさほどでないと、すぐに否定された。日赤の脳外科部長に相談してくださった川田先生も、やはり否定的な見解を伝えてくださった。

手術から七日後の三月二日。三島先生が私だけを別室に呼ばれて、恭子の余命はおよそ一か月だろう、と告げられた。私は比較的冷静なような気分で、その宣告を聞いていた。あらかじめ髄膜播種については文献を取り寄せて下調べをしておいたのだ。

乳腺外科の山崎先生からも、外来が終わったらお話ししたいことがあるので、待合室で待っていてほしいという連絡が入った。珍しいことだ。そうして、山崎先生からも余命は一か月だろうと説明があった。口裏を合わせているのだとすぐに思った。先生は、積極的に対応するとすれば、タキサンとベバシズマブだろうと言われた。私は、しばらく考えてから、恭子はタキサンの副作用をとても嫌っていたので、タキサンは嫌だと思うと答えた。先生は何もしないというのも本人が気にするから、このままS－1を続けるのが自分もいいと思うとおっしゃった。S－1続行が決まった。恭子になんの相談もせず、そのことを決めてしまったのだ。お二人の先生からの説明は、S－1を続けましょうという趣旨のものだったと、恭子とみんなに私は伝えた。嘘つき！

家に帰って、お二人の先生からの余命宣告の痛みがジャブのように次第に効いてきた。私は深い悲しみと絶望感に打ちのめされた。そして、激しい怒りがこみ上げてきた。私の親友の岡に電話をした。「なんで、患者の命があと一か月だなんて言うんだろう。一か月の間に僕に何ができると思う？」「一か月で恭子に何をしてやれる？」「僕は、これから何をすればいいんだろう？　何から手を付ければいいんだろう？」。岡は、終始無言で私の話に耳を傾け続けてくれた。私は追い込まれていた。三月は、今年当番の当たっている、町内会の繁忙期にもなる。

川田先生は、乳がんの髄膜播種なら七か月はもつでしょうと、慰めて（？）くださった。谷本先生は、「残念ながら、一年は難しいと思います」とおっしゃられた。いずれにしても、これまでに経験したことのない「定められた死」の宣告に違いはなかった。

これまでも、さまざまな困難が恭子に降りかかってきたが、それに対抗する医学的手段があって、うまくやればなんとかがんの攻撃をかわして、生き延びてゆけるだろうという希望を持ちながら二人でやってきた。これからは違う。抵抗する手段はほとんどなくて、どうやって恭子を支えてゆけばよいかと考えると途方に暮れるばかりだった。それにもまして私を苦しめたのは、この窮地を恭子にも、両親にも、こと余命については子どもたちにでさえ伝えられず、一人で抱え込まざるを得ないということだった。それは、間違いだったのだが。本当は、恭子にすべてを話してやるべきだったのだ。そうして、自分がつらい治療に耐えて辛抱するのはここまでだという選択をさせてやるべきだったのだ。自分の生の終焉で最も大切にするもの、これだけは譲れない、これだけは言っておきたいということを聞いてやるべきだったのだ。

高嶋先生や先輩の武田さんには余命についても聞いていただいた。「先生方がもっと別の言い方をされてもよかっただろうかね」と、高嶋先生はやんわりとおっしゃられた。「園田さん一人が抱えていては、潰れてしまうよ」と、武田さんには心配していただいた。

入院から十一日目、つまり手術から十日目の三月四日に恭子は退院した。そうして、恭子が退院して最初にしたこと、それが一番気にかかっていて大事なことだと考えていたのだろう。話は長男のほうから切り出した。「僕は明日にでも京都に帰りたい」と。恭子はすぐに同意した。「あなたにとって、今は大切な時よ。もう一年学校で頑張って何かを身につけるのか、就職するのか、京都に帰ってきちんと決めなさい」と。今の学校に残っても自分が身につけられることはもうほとんどないだろうと、長男は答えた。

「それなら、早く帰って、事務の人とかに相談して就職先を決めないと」「岐阜の興味のあった工房は、もうあまり脈はないのね？」。そうだと思う、と長男。長男は最初に入った理学部の物理学科では自分の本当に勉強したいことが見つけられずに、もがき苦しんだ。そうして、伝統工芸を学ぶ学校に入りなおしたのだが、いまだに自分の向かうべき道を探しあぐねているように見えた。そのことを恭子は本当に心配していた。私も同じではあるが、恭子ほど決然とは諭してはやれなかった。私が要らぬ口をきいて長男を結果的に何度も苦しめてきたからだ。

長男は恭子の言葉を真摯に受け止めて、翌日、京都に帰ると、さっそく就職活動をし、自分の意に沿う就職先を自ら決めた。それから、会社に近い新しい住まいへの引っ越しや身辺整理などを後輩たちの助けも得ながら精力的にこなして、およそひと月の間に膨大な作業を一切の親の援助なしに一人で片付けて、新たな生活の基盤を整えていった。恭子の入院、手術、入院中の世話を経験する間に、長男はまるで人が違ったように肝の据わった力強くたくましい青年になって、社会人としてのスタートを切ることができた。私たちには金銭的な援助以外には、力になってやれる余裕がなかった。

髄膜播種――三次化学療法

恭子が三月八日に闘病記録を再開してくれた。もちろん、あとになってわかったことだが。退院後の恭子は、よく眠った。しかし食欲もあり、おおむね容体も安定して、次第に目の力も回復していった。しっかりとした口調で両親とよくおしゃべりをした。起きている時間も徐々に長くなり、身の回りのちょっとしたことをゆっくりとするようにもなっていった。ただ、足元はおぼつかなく、フラフラと部屋の中を伝い歩きした。

私は意図的に、若い新婚の頃のアルバムや、息子たちが生まれたばかりの頃や小さな時分の子育て中のビデオを見せた。夕食を摂りながら、そんなビデオを眺めて両親と歓声すら上げて、微笑ましい光景にくぎ付けになった。明るい気持ちになれるものに飢えていたし、昔の幸福を思い出して、記憶にとどめ覚えていてほしかった。私たちは幸せだったのだ、と。

三月十三日に義父が四国に帰っていった。「淋しい」と恭子が言っている。久しぶりに港まで父を見送るドライブをして、帰りに恭子が新調した眼鏡を受け取り、スーパーで買い物までした。

これから私と恭子に残された時間がひと月だとしたら、私にできること……。

恭子が横になって日中のほとんどを過ごす居間に花を絶やさないこと。恭子からたびたび名前を聞いていて仲の良かった友人やとても身近に感じている知人に、なるべくたくさん会わせてあげること。これは当初、誰かに会うための気力と体力が恭子にまだ充分回復していなかったことや、両親が誰かが来るとなると部屋を片付けたり掃除をしたりと過度に気をまわしすぎることのために、あまりうまくはいかなかったのだけれど。

それから、もし万一のことが恭子に起こったときに、知らせるべく連絡をするためのリストアップと電話番号の確認。つらい作業だった。もっとつらかったのは、葬儀をする必要が生じたときの大まかな心構えをざっくり葬儀社から聞き知っておくほうが慌てずに済む、というアドバイスをくれた知人の言に従って、こっそり葬儀社に赴いたことだ。自分は何をしているのかと、己の冷酷さを責めた。自責の念は強かった。恭子に隠れて、裏切ってこそこそしていると思った。一か月は、とてつもなく短い時間で、人間が最期になすべき大切な優先順位をめちゃくちゃに狂わせてしまう。せめて、「奥さんに、残されている時間はあまり長くはありません。月の単位で考えてください」程度の曖昧な言い方をしてくれていれば……。私は、焦っていた。疲弊してフラフラだったが、恭子のために倒れてなんかはいられない。

義母が帰っていったのが三月十七日。その日、谷本先生は恭子のこれまでの経過をかいつまんで義母に説明する役を買って出てくださった。それは、オブラートに包まれた経過の説明だったが、よく考えれば実態がわかるという巧妙なものだった。義母にはよくわからなかったろう、それを意図しての先生のご説明なのだから。

それに続いて谷本先生から新たな治療の提案があった。私が、全脳照射の放射線治療の妥当性についてお尋ねしたことへの返答であった。先生は、恭子が先生のお部屋に入っていったとき、元気そうにしていることに少し驚かれたように私には見えた。恭子の全身状態が順調に回復しているところに、つまり辛うじて下り坂を転げ落ちずに踏みとどまっているところに、全脳照射をしたとしたら、坂道を転げるように後ろから背中を押してしまうことになる場合があり得るので、と放射線治療には消極的な見解を示された。そのうえで、提案されたのがタキソール＋ベバシズマブの治療だった。山崎先生が退院のときに提示された化学療法だ。抗がん剤と分子標的薬の組み合わせ。

先生は恭子には「小脳の治療した辺りに白い筋がたくさん見えるので治療したほうがよいでしょう」と説明してくださった。髄膜播種のＭＲＩ所見だった。もちろん、その言葉を恭子の前で口にされることはなかった。

「明日、山崎先生の外来受診があるので、考えてみます」と私たちは答えた。

「期待できるのはベバシズマブのほうですから、タキソールを極力減らして全身的な負担や副作用を軽くしていただくようにお願いしてみてはどうですか」と谷本先生はおっしゃられた。

夜、恭子は口数が少なかった。ただ、ぽつりと、「治らないのがわかっているのに治療するのは、もういや」と静かに言った。私は、返す言葉がなかった。恭子を黙って抱きかかえた。恭子の考えを最優先すべきだと思った。私から誘導してはいけない。

「せっかく生えそろった髪が、また抜けるのよね……」

翌十八日の山崎先生の診察には、私も同行した。車の中でもやはり恭子は口数少なく、何かを反芻しながら考え込んでいる風だった。乳腺外科の待合室でも私が話しかけようとするのを、黙ったままで明らかに拒んでいた。恭子の順番の直前で、

「ママが思うように決めればいいからね。嫌ならやめてもいいんだよ」という私の言葉にも耳を貸そうともせず、表情は硬かった。診察室に入って山崎先生の前に出ると恭子は豹変した。

「先生、わたし頑張りますからよろしくお願いします」

と、朗らかに言い切った。恭子はやはり優等生なんだ。私自身が勝手に治療を希望していることをむしろ詫びたいような気持ちになった。これまでは、恭子の病状を噛み砕いて私が恭子に説明して、だからこの治療が最適だよ、希望はあるよ、となんでも包み隠さずに二人でやってきたのだ。今回は違う。恭子には説明できない。口が裂けても「髄膜播種」という言葉を発する訳にはいかないのだ。昨夜、「恭子はタキサンが嫌いだから、タキサンをほかの抗がん剤に替えてもらうというのはダメですか？」と谷本先生にメールしたら、そんなことでは山崎先生は動いてはくれないだろうし、そこを頑張らないと次の新たな展開は望めませんよ、との返答だった。

「先生、タキソールの量は極力少なくしてはいただけませんか？」と私が尋ねると、先生は、

「了解です」と答えてくださった。

「来週の木曜から始めましょう」

一週目がタキソール＋ベバシズマブ、二週目はタキソールのみ、三週目はタキソール＋ベバシズマブ。これで一クール。一週間休んで、次のクールを繰り返す。通院にも骨が折れるし、ハードな治療になる。

ベバシズマブには私と浅からぬ因縁があった。

私が結婚したばかりの恭子を伴ってアメリカ、ニューヨーク州の北部レークプラシッドにある小さな細胞生物学研究所に留学したのは一九八七年、八八年のことだった。そこで私はあるがん細胞株の培養液から新たな細胞増殖因子を精製する研究をしていた。二種類の新たな増殖因子の候補があった。その一つがなんと血管内皮細胞増殖因子だったのだ。半年、一年の差でその発見と精製は別のグループに先を越されてしまったが。ベバシズマブはその血管内皮細胞増殖因子に対する抗体なのだ。

がん細胞が増殖するために必要な栄養を供給する血管新生を阻害するから、がん細胞は栄養が摂れずダメージを受けるが、造影ＭＲＩの造影効果にも影響は出るから画像診断への影響も大きいだろうと私はすぐに思った。

帰りの車の中で、恭子が言った。

「わたし、治療するために生きているみたい。治らないのがわかりきっている治療は、これで終わりにしたい」

「いいんだよ、それで。恭子の思うようにしていいんだよ」と私は、やっとのことで答えた。さすがの恭子も表情は硬く、暗かった。

これでよかったのだろうか？　と私は答えのない問いを自分に投げかけていた。やがて、恭子は助手席でうつらうつらして、すやすやと寝息を立て始めた。時折、その寝顔を盗み見しながら、私は詫びたいような、暗澹たる気持ちで車を走らせていた。私は間違ったことをしていると思っていた。今回の治療が恭子のためになるかどうかという決断を誤ったというのではない。恭子に本当のことが言えずにいることが間違いだとわかりきっていたのだ。厳しい会話でもすべてを話して、恭子に選択する自由を与えるべきだと。しかし、どこまでいっても医者があとひと月の命だと、二週間ばかり前に言ったなどとは話せない。それでも、そこをぼやかしても恭子に本当のことを伝えるべきなのだと、頭ではわかっても、行動に移すことができなかった。頭の良い人だから、恭子は私の考えていることなどちゃんとわかっているに違いない。それなのに私が何も言わないことに苛立っているのだと、私は気がついた。

二人の生活が戻ってきた。天気のいい日曜日。午前中に布団を干して、昼食には恭子が蕎麦を湯がいてくれて掛蕎麦にしてもらった。美味しかった。「やっぱり、身体が温まると、なんだか元気が出るね」。
午後は恭子の古い恩人がお見舞いに来てくださって、長い時間話し込んでいた。恭子はけらけら笑いながら、昔話に花を咲かせていた。夕食は寿司屋に行った。恭子の足元はおぼつかないが、小さな幸せを感じられる一日だってある。「忙しいけど楽しい一日だった」と恭子が闘病記録に書いている。

二十一日、春分の日。
◆髪を互いに切る。なんとなく、ゆっくり。
穏やかな生活。朝、ちゃんと起きて一緒に朝食。午前中、部屋の片づけ。恭子は芋とリンゴをカリカリに焼いて自分のおやつを作る。昼はおじや。布団を干して、お互いに髪を切り合う。また抗がん剤で髪が抜けるから、恭子は少し短くしておきたいのだ。長い髪が抜けるのは、始末が悪い。昼過ぎて、恭子は仮眠を取る。三時頃に起きて、洗濯物をたたんで、また、仮眠。ダメかな、と私は一瞬思う。でも、夕刻には起き出してミンチを炒めてくれて、夕食を普通に摂れた。明日、長男に印鑑証明を送ることになっている。引っ越しの準備で忙殺されているらしい。明日までは、生きてくれ！　と私は願う。その繰り返しだ。ああ、今日も生きていてくれた。明日まで、生きて、と。

その頃、居間の絨毯の上にホットカーペットを敷いて、こたつ布団で簡易の寝床をあつらえて、恭子は昼間のほとんどをそこで眠ったり、枕を重ねて横になったままでテレビやビデオを見たりしていた。昼休みに私が家に戻ると、「恭子ちゃん」と言いながらその寝床に潜り込んで、恭子に身体をぴったりとくっつけて横になった。恭子は私の手を取って、お互いに腕を組んだり、手を握りしめたりした。私に足を絡ませて、口づけをすることもあった。その頃だった。私と恭子が肉体関係を久しぶりにもったのは。恭子の性器の粘膜は薬で傷めつけられて過敏になって、触ると痛がったから、恭子にはつらい行為だったに違いない。それが、私と恭子の今生、最後の性交だった。

いつの頃からだったか、記憶が定かではないが、私たちは寝室を二階の和室から、一階の玄関わきの和室へと移動した。恭子が階段を上り降りするのが大変になったからだ。足元が、やはり、おぼつかない。私と朝食を摂り、私が仕事に出かけると、恭子は居間で横になって連続テレビ小説を見て、すぐにまた眠ってしまうらしい。目が覚めたときに、ショートメールをしてもらう約束にした。仕事をしながら、私は携帯電話をいつでも必ず身に付けておくようになった。チーンというショートメールの入った報せが鳴ると、ああ、恭子はまだ生きている、とほっと胸をなでおろした。どうかして、恭子がショートメールを忘れたりすると、しびれを切らして私のほうからショートメールを送って「起きた？」と。返事のくるまでが長いこと。永遠のように長い。「忘れてた！」というメールが届けば、「おはよー」とハートの絵を入れて、返信。ありがとう。生きていてくれたんだね。

三月二十四日、第一回目のパクリタキセル＋ベバシズマブ治療。恭子は公共の乗り物での移動を希望したが、私が断固反対。「足元も、ふらついているのにダメだよ。駅の中は案外歩くんだから、タクシーにしてね」と。ほとんど床に伏しているような生活なのに、何かあるとパチッとスイッチが入って、恭子は俄然しっかりとふるまった。例えば、お見舞いの方があったりすると、恭子さんどこが悪いの？ と驚かれるのが常だった。今回の治療にしてもそうだった。家の前にタクシーを呼ぶのは、頻繁になるからはばかられるといってきかないから、私も七時には家を出て、近くにあるコンビニのタクシーの待機場所で恭子をおろして、私はそのまま出勤した。ずっとタクシーの中から手を振り続ける恭子。

乳腺外科での診察の後に通院治療室で抗がん剤の点滴を受ける。「三時間ほどかかるから疲れてリクライニングチェアのような治療台で爆睡したり、パズルを解いたり、文庫に目を通したりと、あわただしいけど案外のんきな治療なのよ、と恭子は言っていた。でも、毎週となるときつい、とも……。

　帰りは私が都合をつけて迎えに行く。ショートメールのやり取りをしながら。「今、病院に迎えに来たよ」「ええ、まだ、あと小一時間はかかります。ごめんなさい」「いいんだよ、ゆっくり待ってます」「ああ、爆睡してたら、もう五分くらいになってます」「了解」「もう出ます」、治療室の外の待合場所で待っていると、メールの予告どおり恭子が出てくる。顔を見ると安心して、いとおしくなる。タイトなパンツに黒にピンクの混じった可愛らしいズック、黒いリュックを背負って、ヘルメットに見えなくもないウィッグ用のニットの帽子を被って、なかなか勇ましくボーイッシュにも見える若々しい恭子が、なぜだかいつか観た映画の「ゴーストバスターズ」を連想させる。

　嫌々だろうに、私や子どもたちや親のために、頑張ってくれているのだ。限られた時間をこのような病院の中での治療に費やしていていいのだろうかという迷いは頭から離れない。治らないとわかっている治療はイヤ、と言った恭子の言葉を思い出す。「昼も夜もいっぱい食べたけど、吐き気もなくてよかった」と布団に入りながら恭子が言ってくれた。ホッ！　恭子の腕をまさぐって、二人腕を組み合って眠りにつく。

　翌日も「朝は眠くてたまらなかった」と、ショートメールが来たのは十一時前だった。昼休みに私が洗濯と買い物をして、午後は恭子が夕食の準備とアイロン掛けもしたらしい。
◆少し疲れて、顔が火照る。三十七度一分。油断はダメ！
私は戸惑いながらも、恭子が今通院している大病院に通えなくなることを想定した準備もしておいた。家に本当に近い場所に、脳神経外科と緩和ケアの病棟を兼ね備えた病院があったのだ。素人が考えたって、恭子の今の状態からすれば、ぴったりの病院ではないか。乳腺外科の山崎先生も快く紹介状を準備してくれると言ってくださった。

三月二十六日、土曜日。
◆朝、顔が少しむくむ。赤い火照り（昨日よりは少ないが）。朝眠い。午後、パパと洗車して和菓子屋でお饅頭を買って、街の港近くの公園にドライブ。ピクニック？　誰もいない公園。短時間だが楽しかった。夜は近くのお兄ちゃんのお店のイタリアン。カルボナーラ、美味しかった。
三月二十八日、その病院を初めて恭子と訪れ、受診した。何か急なことがあったときには安心できるからね、と恭子をやっと納得させて。脳神経外科と緩和ケアが専門で、しかも家から歩いて五分ほどの近さにある。これ以上の条件のそろった病院はない。院長の中谷先生が主治医になってくださった。合唱団の高嶋先生から、今回もまたお口添えいただいた。感謝。「安心できるけど」とは言いながら、恭子は「病院通いばっかり」と、ぽつりと言った。可哀想で仕方がないが、やむを得ない。つらい。最近は、恭子に本音を言わない。隠し事ばかりだ。間違っているとはわかってはいるのだが、恭子にすべてを告げる気にはなれない。どうしてもなれない……。

　今回の治療は、当日は緊張もあってか、ステロイドが点滴に混ざっているせいか、むしろ元気そうだ。四日目あたりまで、顔のほてり、むくみ感、眠気（これは薬のせいか、脳病変のせいかよくわからない）、軽い吐き気（これも同様）を訴えた。「副作用としては軽いほうかな？」私が、そんなことをつい口にすると、恭子は言った。「**パパはがんじゃないからわからないよ。このくらいだから治療が楽とかは、思えない。どんな治療もそれぞれに特別なつらさがあるのよ**」……。

　Ｖ－Ｐシャント術をしてくださった脳外科の三島先生は、三月三十日のアポイントの日に恭子が生きている可能性は低いかもしれないと思いながら、約束の日を決められたような気がしていた。歩くことこそ不自由であるが、ちゃんと高次脳機能を保ち、よく食べ、よく眠れて、これまでどおり朗らかな恭子を見て、先生も驚きとともに喜んでくださるだろうと期待して、その日、恭子と私は脳神経外科外来を受診した。残念なことに三島先生は手術に入られていて、代診の先生が診察された。部屋に入るなり「三島先生がおられなくて残念でしょうが――」と切り出された。私は、その第一声にやや違和感を覚えた。ひととおり恭子の様子を尋ねながら、パソコンに打ち込んで私たちの顔はろくに見ようともされなかった。

「どのくらいで、もう少し歩けるようになりますでしょうか？」と私が質問すると、先生はこちらを向いて、「どういう意味ですか？」と言われる。「あの、もう少ししっかり歩けるようになるのには時間がかかるのでしょうか？」

その先生はなかば馬鹿にしたような、あきれたような顔をされて、

「今回の手術は大成功ですよ。今以上に良くなることはありません。これだけ、お元気なら御の字ですよ。もし、今後シャントにトラブルが発生して、もう一度脳圧が上がったら、心臓は動いていても、呼吸が突然止まるでしょうね」

と突き放したように言われた。私は、腹が立った。だが辛抱した。患者の目の前で死の危険性について触れようとは。それもどのくらいの頻度や、可能性があるのかなどまったく説明もなく。私たちは、シャントのトラブルに怯えながら暮らさねばならなくなってしまった。トラブルは高い確率で発生するのだろうか、とびくびくしながら。

帰りの車の中で、私が「なんてひどい言い方をするんだろうか」と言うと、恭子は事も無げ

に「わかりやすくていいじゃないの」と言ってのけた。

夜、恭子は、「**これ以上良くならないと言うんだったら、悔しいから頑張ってやろうと思ったわ**」**と語った。**「**リハビリをよく頑張ったと言われたら嬉しいから、頑張ってみせる**」とも。「**日々、少しずつ努力すれば、今よりは少しは良くなるだろう**」、「**やる気が出た**」と。強い人だと思った。前向きな人だと。私など足元にも及ばない強靭で健やかな精神と底知れぬ何かをもった人だと心底思った。

恭子の余命がひと月と宣告されてからちょうど一か月目、四月二日、土曜日は私の五十七回目の誕生日だった。朝からすっきりと晴れわたって絶好のお花見日和。家の近くにある素敵なドイツ菓子屋は二人のお気に入りのお店だ。高台にあるから見事な桜の木数本の頂をすぐ目の前に眺められる。桜の木を上から見下ろすことは、そうざらにはない。午後、恭子は念願のパフェを、私はケーキとコーヒーをいただきながら、のんびりと桜のお花見を満喫した。恭子にはこれが最後のお花見になるのだろうと思いながら、私は二人でお花見できる幸せを感じていた。恭子ありがとう、と感謝しながら。お日様は暖かく、風はかぐわしい。スーパーで買い物をして帰ると、恭子は眠くてたまらないといって、お昼寝をした。夕食は二人で作って食べた。「二人で食事の準備をするのは楽しいね」と恭子は喜んでくれた。夜、「下痢っぽくて、おなかすっきり」と恭子が嬉しそうに言う。

もう少し、頑張って生きなさいね、恭子！

眠気が比較的落ち着いてきたというが、それでも朝と昼、一時間ずつ眠ったらしい。眠気の度合いが私の感覚とは大きく違うのだろうと、可哀想になる。さっちゃんが柏餅を持って来てくれたそうな。病院の事務仕事も家でしてくれた。
◆カレーが食べたくなって、急にカレーとサラダ。美味しい！　のんびり。
そのカレーの残りは冷凍してあって、恭子が人間としての生を全うした後も、私に何度も食べさせてくれることになる、恭子の最後のカレーだ。

その頃、私は脳神経外科の担当の三島先生と、専門の臨床の現場の常識などまったくわからないずぶの素人でありながら大変に僭越で礼を失した手紙のやり取りをしていた。先生はこちらが恐縮するほど、とても真摯にお返事をお返しくださった。それは、V－Pシャントのリザーバーから恭子の頭蓋内で暴れているがん細胞を採取して、免疫染色をして、乳がん細胞のサブタイプを確認していただけないかという主旨のものだった。恭子の原発巣のサブタイプはher2陰性、プロゲステロン陰性、エストロゲン陽性。再発時のサブタイプはすべて陰性のトリプルネガティブだった。脳内のがん細胞が万が一にもｈｅｒ２陽性のものであれば、脳内のがん細胞にも効果のある分子標的薬が期待できると考えたのだ。

それとは別に彗星のごとく現れた最新の伝家の宝刀、最後の切り札のような免疫チェックポイント阻害剤があった。その病院の乳がんの患者にも治験が始まっていた。しかし、一昨年甲状腺がんの手術をしている恭子の場合、手術から五年経過しなければ甲状腺がんが治ったとはみなされず、乳がんと甲状腺がんの重複がん患者というレッテルが貼られてしまう。重複がん患者は免疫チェックポイント阻害剤の治験の対象外だった。民間の免疫治療を盛んにおこなっている病院に問い合わせてみたが、直近で神戸まで通えば自費での免疫チェックポイント阻害剤の治療が可能なことがわかった。私は悩んだ。神戸までの通院を現在の恭子に課すことや、私も仕事を休診にするなどして恭子と神戸に住みながら治療を受けることが、検討される可能性だった。余命一か月といわれながら、二人で築き上げてきた我が家での穏やかな生活を捨てて、しゃにむに治療に恭子を引っ張りまわすことが、良い選択だとはとうてい考えられなかった。

だから、無理をしないで今できることは、藁にもすがる思いでやっていただきたかったのだ。私は現場のことなど何も知らぬままに、理屈で考えられる突飛な思いつきを三島先生にぶつけてみたのだ。何度かの手紙でのやり取りの後に、先生はついに話を乳腺外科の山崎先生にまでふってくださって、ご検討いただくことになった。

月に一度の歯科医院でのミーティングのために恭子がフレンチのケーキを買ってきてくれてミントティーと一緒に届けてくれる。今回はミーティングへの参加は休んでもらった。疲れるといけないから。少し動いて元気が出て、午後は家で病院の事務手続きをこなしてくれたらしい。

夜は二人で「おでん屋」で夕食をとった。このお店は私の歯科医院の患者の中で一番の読書家の、元トラック運転手の男性が始められたお店で、以前から一度来てくださいとお声をかけていただいていたのだが、なかなか実現できずにいたのを、ふと思いたって二人で訪れたのだった。顎髭を少し蓄えて、目の澄んだきりりとした二枚目のご主人が出迎えてくれたお店のおでんは、私たちの想像を超えた上品なおでんだった。薄い綺麗な醤油の色のついただし汁は、お吸い物の汁みたいだった。どうりで客がみんなだし汁を飲み干しているはずだ。湯葉や三つ葉なんて入っているおでんは初めてだった。そのほかの一品料理も正に逸品で、全国をトラックで巡ってこられたご主人がずっと温めてこられた気持ちのこもった料理なのだろう。恭子は、だし巻き卵と焼きおにぎりをことのほか喜んで食べた。「美味しかったね。また、来ようね」と、恭子が運転する帰りの車の中で話した。「うん、また、きっと来ようね、恭子」。

◆昨夜は興奮してほとんど眠れず、朝、爆睡！　疲れているわりには家のことをしたがる。洗濯や布団干しなど……。夜の自治会の会合でパパ役員を解放される！

四月十二日。午前を休診にして脳神経外科の三島先生の診察に同伴する。ＣＴ検査の結果、Ｖ‐Ｐシャントがうまく機能していて経過は上々のようだ。オンマヤリザーバーを押して調子の見方を教えてくださるが、恭子はけっして私には触らせようとしない。

「パパは歯医者さんで、脳外科のお医者さんじゃないでしょ！」

「午後さっちゃんと大しゃべくり！　なんだか嬉しい！　最近また腰が痛い。がん転移かな？」

「恭子、骨のことは全然気にしなくていいよ。ビスホスフォネートがちゃんとブロックしてくれているから」と私。

大親友のさっちゃんと大しゃべくりした、と嬉しそうに話す恭子。私たち夫婦は三十年足らず。さっちゃんとは四十年来の親友だから、私の知らない恭子をさっちゃんはたくさん知っているはずだ。もちろん、夫の私しか知らない恭子だっているのだけれど。水頭症の手術が終わってすぐだったと思う。恭子に残された時間はあまり多くはないのだと、さっちゃんに電話で伝えてある。一番の親友が巡り巡って、今同じ団地で暮らしているのは奇跡的な天恵としか言いようがない。さっちゃんと四時間電話した。さっちゃんちに行って、一日過ごした。うちに、さっちゃんが昼のお弁当を持って来て、午前中からずっとおしゃべりしていた。と、さっちゃんは恭子の心の支えであることは間違いない。有り難いことだ。

四月十六日の土曜日。恭子の闘病を支える私を、後方から支援して支えてくれている後輩の二人、私の親友、愛媛の岡と愛知の楠に来てもらって恭子と四人で食事をした。恭子に是非会わせておきたい私の友人、二人だ。二人とも「余命一月の話」は心得ていた。食材にこだわった日本料理屋が私の医院のすぐ側にあるのだが、知る人ぞ知る美味しいお店で、週末はなかなか予約が取れないほど人気のあるお店だ。素材にも器にも料理の盛り付けにも、もちろん味にも、さらには部屋の佇まいや、お客の部屋割りにまでこだわっている。部屋は完全個室で、襖で隣り合った部屋では、子どもを含む家族連れや、会社の同僚の集まりなど、わいわい盛り上がりそうな客と、静かにゆっくりくつろぎたいお客を隣り合わせにしないような配慮までしてくれる。男たち三人が昔話に花を咲かせるのを嬉しそうに眺めながら、恭子もしっかり料理をいただいてくれた。私の大好きな白いブラウスにモスグリーンのカーディガンという格好の恭子の醸し出す雰囲気は、きらきらと輝く朝露に濡れた露草の葉のようにしっとりとして上品だった。まるで少女のような初々しい美しさだった。

何をしゃべるにもにこにこと微笑みながら穏やかに照れくさそうに話す楠が、恭子を目の前にして告白する。

「僕ね、じつは学生の頃恭子さんのファンだったんです」。私は何度か聞いている話だ。恭子にも話したことがある。恭子は、なぜか目の不自由な人に想い入れをもっているようで、五十歳を過ぎて始めた音訳のボランティア同様に、大学の頃は点字サークルに所属していた。われわれは、学部こそみな違ったが、同じ時期に同じ大学で学生時代を過ごした。楠も点字サークルにいて、その頃恭子を見染めたらしい。「初めて園田さんと恭子さんが結婚されたと知ったとき、ああ、あのお二人ならお似合いだなって思ったんです」と。

男たち三人はその晩の恭子の可憐さに参っていた（と、私は勝手に思っている）。恭子は朗らかで綺麗だった。どこが病気なんですか？　あんなに綺麗で、元気そうで、たくさん食事も食べられて、と二人は私に後で尋ねた。あんなに素敵な人に悪い病気がついてしまって、その人を失ってしまうのだと思えば、園田さんの失望や無念さもよくわかります、とも言ってくれた。恭子が生きていてくれてよかった、とその夜はあらためて実感していた。水頭症で死なせなくて、その後にしばらくの時間をもらってよかった。

私と子どもたちのためだけに懸命に家庭を守り生きてきた恭子が、二人の息子が家を離れた五十歳を過ぎて動いた。自分の人生、自分のための時間、生きがい、自分が生きた証を残すための何かをしたいと考えたのではないかと思っている。それが音訳のボランティアだった。まさに、五十の手習いだった。何かを本気で始めたら中途半端は嫌な性分で、音訳の基礎を学ぶために、県などの自治体の開いている講習会や講座に精力的に参加していた。私たちの住む街の音訳ボランティア団体を調べ、検討して、自分の所属したいグループをちゃんと決めた。それは、街の広報を目の不自由な人のために音読してテープに吹き込むボランティア活動だった。目の不自由な方で広報を聞きたいという人には高齢の方が多いのでCDの扱いに不慣れだから、昔ながらのカセットテープにしているのよ、と言っていた。パソコンの特殊なソフトと音響に配慮した録音室のある街の施設は競争率が高いので、日曜日に出かけたりすることもあった。舞台に立って、複数の人たちと分担しながら、社会に何かを問いかけるような思想性の高い本を読み聞かせる、芝居のような活動にも参加したりした。各県に割り当てられる成書の音読ライブラリー作製にも参加していた。

翻ってみると、恭子は私と結婚する前にはとても精力的に、図書館の司書などいろいろな資格を取ったらしい。配属される学校まで決まっていて教育学部を卒業する間際に、小さいときに患っていた股関節の状態が思いのほか悪くて、教員のような立ち仕事はもってのほか、なるべく早く手術をしたほうがよいと診断されたのだ。教師になるためだけの教育を受けて過ごした四年間は何だっのだろうと、打ちのめされたに違いない。絶望の淵に追いやられたろう。すごすごと親元に帰って、家庭教師をしながら過ごした何年間かは、本当に悔しくてつらかったろうと思う。恭子は両親を深く敬愛していた。失望して帰省した娘の身体や将来のことを、毎晩毎晩、ひそひそと話し込んでいた両親のことを、恭子は幾度も感謝の念を示しながら私に話してくれた。

その帰省の頃にお知り合いになれたのが、これまた奇遇にも現在同じ団地に住まれている親友の永井さんだった。永井さんとは、私と結婚して子どもたちが小さいころにも、大学病院に近い同じ地区に住んで交流があった。小さな子育て奮闘の同志だった。悪いことがあれば、良いことだってあった。恭子は股関節の手術を受けてから、やる気や前向きな気持ちを鼓舞して、さまざまな資格を取ったのだろう。教師の資格をちゃんと取りながら生かせなかった口惜しさから、何かあったときに自立できるための使える資格をたくさん頑張って取得したのだろう。恭子はそんなことを自慢したり人にひけらかすような人間ではない。取った資格は十を超えるとも二十に近いとも聞いたようには思うけれど、詳細を並べ立てるようなことは、私にでさえついぞなかった。頑張り屋でありながら、控えめで、目立ったり自慢したりするところは一切なくて、人間の出来としては私など足元にも及ばない。いや、人間離れしたところのある人だ。

恭子は本当に上手に「取り繕った」。だから、いろいろな友達や知人が尋ねてきても、病状がそんなに深刻なものと感じる人はいなかったと思う。いつもと同じように明朗でよくおしゃべりして、よく笑った。それは彼女にとってはとてつもなく体力を消耗する作業だったに違いない。頑張った翌日は、泥のように眠ったのだから。私以外のすべての人たちに取り繕った。お医者様や看護師さんのような医療従事者にでさえ取り繕いをしたから、少なからず病状の判断に影響しただろうと思う。実の子どもたちにさえ、実の親にさえ、要らぬ心配をさせまいとして頑張ってふるまう場合が多々あった。おそらく、気づかないだけで、私に対しても上手に取り繕っている部分があったのかもしれない。それと本人自身も気がつかないうちに……。それも、恭子という人となりであった。

恭子は眠るばかりしている。眠くてしようがないのだ。薬のせいか、髄膜播種のせいかは、わからない。でも、頑張って食事の支度をしてくれる。昨日は恭子の大好物のちらし寿司で、今夜はお得意のポトフ。

私の緊張は時折極に達して、ある晩、ついに感情失禁してしまう。二月に恭子が緊急入院して手術を受けて一命をとりとめたが、余命一か月の宣告を受け、恭子と二人三脚で闘病を続け、医院の診療をこなし、自治会の仕事も綱渡りで、私はふらふらとおぼつかない足取りで生きている。その感情のコントロールがいっとき制御不能になってしまったのだ。あろうことか恭子になだめられるという醜態をさらしてしまった。「パパとさえ一緒になんかならなかったら、恭子は、こんな苦しまなくてよかったのに。偉すぎる医者なんかに診てもらっていなかったら、こんなことにはならなかったかもしれないのに！」私はわめきながら、涙が止まらなかった。「パパもしんどいんだね」と恭子が頭をなでながらなだめてくれる。そう言えば、私たちの闘病を支えてきてくれた、二人で共に歌う喜びから、もう二か月も遠ざかっている。

次男とのラインでのやり取り。

〈ママがこれからどのくらい生きられるかは神さまにしかわかりません。できるだけテレビ電話でママに顔を見せてあげてください〉

〈僕も腹はくくっています。話せるうちに話したいです。夜は基本的にアパートにいますので、そちらの都合のよいときに電話してください。帰省したいけどなかなか離れられるタイミングがありません〉

◆……、パパが泣いている。しんどいんだろう。夕方さっちゃんがデパートのパンを持って来てくれる。

　高嶋先生にはすべてをお話ししていて恭子の病状も把握されているから、お医者様としては、同じ合唱団のメンバーとして演奏会などしている場合ではないという配慮をなさってくださったに違いないと考えている。演奏会の会場を一度はキャンセルなさって白紙にされたらしい。しかし、異を唱えるメンバーが出てきたらしい。演奏会をすべきだと。もし演奏会をやめてしまったら、責任感の強い恭子はもう二度と一緒に歌えないのではないかと心配してくれたのだ。有り難いことだ。双方の配慮が有り難い。しかし、残念ながらどう転んでも恭子はもう二度と合唱団で歌えない可能性が非常に高いのだ。すったもんだの末、おさらい会という形で、区切りをつけるためにも会場で歌うことになった。演奏会ではない。恭子にそのことを伝えるのが難しくて先延ばししてきたが、演奏会の予定だった四月二十四日は目前である。パパはちゃんと練習に行って演奏会に出なさい、と恭子は繰り返していたが、私は練習に出る気にはなれなかった。そうしておさらい会の話を切り出したとき、恭子は高嶋先生の奥様に不服の意向を伝えたらしいが、二人のやり取りがどのようなものだったか、私にはわからずじまいだった。

　余命一か月と宣告されて、歌など歌っている場合ではない私たちが、結局辿り着いた結論は、歌うこと、仲間の歌を聴くことが、何よりも大切なことだということだった。命が、仮にその最中に途絶えたって、歌いたい、歌声を聴きたいということが、最も大切にしたいことだったのだ。

　四月二十四日、おさらい会当日。私は重い気持ちでどうしても聴きに行くといってきかない恭子を伴い、私自身は会場に着いたときの気持ちで、舞台に立つかどうかを決めることにして出かけた。

　自分のせいで、おさらい会になって会場に観客がほとんどいなかったのは、恭子にはつらい眺めだったという。私は歌うことにした。歌いたいと思ったからだ、それに、何事につけても開き直っていたし、観客がほぼいないのも緊張しなくていいやとも思ったのだ。本当は恭子は一緒に歌いたいのではないか？　合唱をしている者なら誰だって、プロの演奏ならともかく、そうでないなら他人の歌を聴いていることほどつまらないことはない。自分が歌ってこそ合唱の楽しみ。それに、恭子は十分練習に参加して、今回の楽曲はどれもほとんど仕上がっていたのだから。しかし、直近の三か月ほどの練習に参加していないのに、本番に出るのは恭子の考え方としては許されないことなのだろうと思った。恭子は元気そうに私たちに手を振ってくれながら、つとめて明るく振る舞っていた。彼女一流の取り繕いで。

　おさらい会を無事終えたとき、図らずも私は充実感を感じていた。疲れ切ってもいたが。楽屋に下がった私たちを追いかけてピアノも担当する井上さんが、「『群青』のアンコールです。『群青』を歌いましょう！」と声をかけて回っている。武田さんの奥さんの幸子さんの粋な計らいだった。恭子に歌わせようと。皆が再び舞台に上がり、女性陣が中心になって客席にいる恭子に舞台に上がって一緒に歌おう、と熱心に粘り強く声をかけてくださった。ためらいがちな恭子もほだされて、椅子を用意してくださって、恭子は絶唱となる「群青」をともにステージで歌ってくれた。私は、涙でほとんど歌えなかった。伝染してテナーはたびたび、その歌声が消えた。アルトを中心とした女性陣も涙をぬぐいながらのアンコールだった。恭子もみんなが温かくて涙が出たとのちに語ってくれた。「群青」の歌詞は私にはつらすぎるものだった。

ああ　あの町で生まれて
君と出会い
たくさんの思い抱いて
一緒に時間（とき）を過ごしたね

今　旅立つ日
見える景色は違っても
遠い場所で　君も同じ空

きっと見上げてるはず

「またね」と　手を振るけど
明日も会えるのかな
遠ざかる君の笑顔　今でも忘れない

あの日見た夕陽　あの日見た花火
いつでも君がいたね
あたりまえが　幸せと知った
自転車をこいで　君といった海
鮮やかな記憶が
目を閉じれば　群青に染まる

あれから2年の日が
僕らの中を過ぎて
3月の風に吹かれ　君を今でも思う

響け　この歌声
響け　遠くまでも
あの空の彼方へも
大切な　すべてに届け
涙のあとにも　見上げた夜空に
希望が光ってるよ
僕らを待つ　群青の町で

きっと　また会おう
あの町で会おう
僕らの約束は
消えはしない　群青の絆

また　会おう　群青の町で・・・

（福島県南相馬市立小高中学校平成二十四年度卒業生（構成・小田美樹）作詞、小田美樹

作曲、信長貴富編曲）

考えてみれば、演奏会のプログラムを歌うための体力は恭子には残されていなかったのだ。それが恭子がステージに立つことをやめた一番大きな理由だったと思う。聴きに行って、「群青」だけ歌って、それが精一杯だった。それですら命がけだったのだ。久しぶりの外出から家に戻る車中で、恭子は泥のように眠って、疲れ果てていた。

四月二十七日。谷本先生のところでの、脳の造影ＭＲＩとＰＥＴの結果は良好ということだった。画像上、放射線治療の効果が玉虫色だった転移巣がよく消えているという。しかし、肝心の髄膜播種がどうなっているのかの説明はもちろんなかった。恭子が同席していたのだから。転移巣や脳浮腫にベバシズマブの効果はあっても、それが延命に繋がるのか、私たちには誰も教えてはくれない。治らない患者には、お医者様は興味を示さなくなるとよく聞くが、潮が引くように関わっていただいてきたお医者様がつれなくなったように感じるのは、いよいよ追い込まれた私の拗ねて歪んだ物の見方のせいかもしれない。

ベバシズマブが効いていなければ、もっと酷いことになっているのだろうか、と恭子が心配そうに言う。「恐いね」と。脱毛は減ってきたというものの、恭子の頭の髪は薄くなって、眉毛もまつ毛も減ってきたのが悲しいという。ごめんね、恭子。恭子は手術用のディスポキャップを被って、毎晩寝ている。

二十八日。二クール目のベバシズマブ＋タキソール始まる。山崎先生が三島先生と相談されたらしい。髄液中のがん細胞のサブタイプを調べてほしいという私の希望についてだ。実際的にその検査は困難であるとの結論に達したと恭子に山崎先生がおっしゃられたらしい。ご主人にも伝えてほしいと。がん細胞を免疫染色に充分な数集めるには五〇ccの脳脊髄液の採取が必要で、大量すぎてそれには危険が伴うということが一つの理由。それに、首から下がｈｅｒ２陽性で、脳転移したがんが陰性になることはあっても、その逆の可能性は低いから、危険を犯す必要はないだろうとおっしゃられたらしい。主治医のお医者様方の結論だから致し方ない。恭子は、無駄な検査はしたくはなかったからよかったと胸をなでおろしている。これ以上私が無理強いする余地はない。

素人が勝手な屁理屈をいえば、五〇cc必要という根拠があいまいな気がする。脳脊髄液中の細胞数（密度）によって必要な量は何倍も違うのではないかと思うからだ。それと、仮に五〇cc必要な場合、感染リスクはあってもリーザーバーにチューブを繋いでゆっくり採取すれば可能ですよねと、川田先生はおっしゃってくださった。何より、がん患者や家族は自分たちは特別で例外的な運をもっているのだと最後まで信じているのだ。すべての患者、家族が。可能性がたとえ万に一つでも、本当はとことん調べてほしい。患者本人、恭子を説得するという、最大の難関が有りはするが。恭子なら「パパはお医者さんじゃないもの、わたしは山崎先生を信じているんだから、素人が屁理屈を言ったって信じないわよ」と言うに決まっている。万事休す！

吉報もある。この春から就職して頑張っている長男が、深夜、帰省する。

終わりの日々

翌日は、私も休診日で長男と三人の久しぶりの家族の生活。長男は初月給で私に好物の焼酎と日本酒を買ってくれて、重いみやげを運んできてくれた。大切に呑んで、空き瓶も一生の宝物として大切にとっておかねばならない。恭子には長男と二人して大好きな、ふなっしーグッズが後日届くらしい。恭子も楽しみにしている。

午前中に長男にジャンパーを買ってあげた。着て帰ってきたものがところどころ傷んでいたから。午後、三人で川の字になって、お互いにちょっかいを出し合いながら、しばし昼寝。自分の優しい気持ちが自然となんのてらいもなく出せるところが、長男のいいところでもあり、次男とは表現の仕方の最も違うところだ。次男も優しい繊細さをちゃんと持っているが、その表し方は長男とは明らかに違うやり方をする。

午睡のあと近くのショッピングモールに三人で出かけた。長男は自分の好みの服を物色して、私たちは恒例の歯科医院のスタッフ全員の今年度の誕生日プレゼントを決めて購入した。これが恭子と一緒にあつらえる最後の誕生日プレゼントになることは、ほぼ間違いないと思うと、私の胸中は穏やかではなかった。フードコートでフレッシュジュースを飲んで、恭子はすごく楽しいと言ってはしゃいでいた。

夕飯は三人で例のおでん屋で食べた。その時の話の中で、一人娘の恭子の実家の姓を名乗って継ぐことは、今はしたくないと長男が率直に伝えてくれた。以前、継いでもいいようなことを口にしていたことがあったが、現在は別に思うところがあるのだろう。それでいいと思う。恭子も長男の気持ちがわかってよかったと素直に言ってくれた。「難しい話でみんなを悩ませて悪かったなあ」と、後に恭子が語ってくれた。その代わり、是非、新たなお墓を今私たちの住んでいる家の近くに作りたいと、自分の希望を恭子がはっきりと口にした。波紋を呼ぶようなな、立場によっては人を悩ませるかもしれないような事柄を、自分の希望であると明確に口にすることは珍しいことだ。何事にもほかの人への配慮を優先する人だから。それには、深い訳があった。

私たちの住んでいる街は新幹線の便も良くて、どこに住んでいても子や孫たちのお墓参りがひどい負担にはならなくて済むだろうという思いがあって、近くにお墓を立ててほしいと言ったのだ。しかし、自分たち夫婦の菩提を子孫にずっと弔ってほしいというのが一番の理由ではない。恭子は自分たちのことだけを考えるような人間ではない。恭子は十三代も続いた古い墓をもった家に、一人娘、一人っ子として生まれてきたのだ。家の名前を残すことを残念ながら諦めても、自分の両親や先祖の眠る墓が四国にあったのでは、親戚や知る人の誰もいなくなる田舎町のお墓参りがやがて途絶えてしまうのは、火を見るよりも明らかだと考えたのだ。自分の生まれ育った家のお墓を、無縁仏にしてしまうことだけは絶対にしてはいけない、と。便利の良いところに墓を構えておけば、実家の両親やご先祖にも入る場所が確保できて、そののちの物事が穏便に進めば、私たちの子孫に、恭子自身の実家のご先祖も含めてお参りを続けてもらえるのではないかというのが本当の理由だったのだ。実家の墓を無縁仏にしないために、恭子が考えた末の結論だった。しかも、しっかりした永代供養がいいというのが、恭子の考えだった。

三十日、土曜日。午前中を長男と恭子は、ゴロゴロして過ごしたらしい。京みやげの金平糖を嬉しそうに食べながら、ふなっしーグッズの到着も心待ちにして。

翌日の日曜日の夕方、長男は帰っていった。駅まで長男を送る車中で、私がぺちゃくちゃしゃべっていると、「パパ、黙って」と、涙声で言う。窓の外を見ながら長男はむせび泣いていた。これが母親との今生の別れになるかもしれないと、腹をくくろうとしていたのだ。

「息子はいいなあ！　本当に楽しい数日だった」と恭子がしみじみと語ってくれた。つらくてしんどい治療を頑張ってくれているお陰で、命が延びて、こんな素敵な時間が持ててよかった。ありがとう、恭子。治療は、間違いではなかったかも？

長男の帰った翌日は、私は仕事。恭子は疲れた様子で、晩ご飯が済むとすぐ横になってしまった。明日は、恭子の両親が顔を見にやって来る。

五月三日。私にとってはゴールデンウイークの後半、昼過ぎに恭子と一緒に港まで恭子の両親を出迎えに行く。近年新装のなった港湾のビルには、乗船用のチケット売り場や待合室のほかに、土産物屋やパン屋、食堂なども入っている。二軒あるうどん屋はどちらも気軽に入れて、それぞれに捨てがたい庶民的な雰囲気と味の店だ。そのうちの一軒を選んで、それぞれお気に入りのうどんやら蕎麦を注文した。恭子は、さんざん迷った挙句に親子丼をたのんで、それがたいそう美味しいと嬉しそうに食べた。「親子丼、美味しい！」。食欲もあり、普段と変わらずよくおしゃべりする恭子に、両親は一安心したに違いない。これが恭子には最後の親子丼ぶりになるのだろうと、私はそんなことばかり考えてしまう。

翌日、五月四日は風の強い肌寒い日だったが、私が強引に、瀬戸内海が一望できる見晴らしの良い緑地にあるコーヒーハウスにみんなを誘って連れて行く。このお店の一番の売りは、張り出した屋根の下の板張りに置かれたテーブルとイス。戸外での気持ちの良い飲食ができるところだ。風が強いので室内で食べたそうな両親を制して、屋外でランチをした。肌寒くて、夕方、義父は熱を出してしまった。私のせいだ。昼食の後、その芝生の広がった緑地の先端にある展望スペースで何枚かの写真を撮った。

その写真に写った恭子の満面の笑み。こぼれんばかりの喜びを湛えた笑顔。両腕を大きく広げて、伸びやかに解放的に、はちきれんばかりに生きている喜びを表しているかのような写真に、私は驚いた。その時の恭子の顔は、私が見慣れている顔ではなかった。珍しい表情だと、私には感じられた。実の両親とついでながら私に囲まれ、一昨日までの子どもとの幸せな時間を過ごした喜びの記憶も手伝ってのことだろうと、思っている。**この日に、数枚の得難い写真を残してくれたことが、私たちに、将来どれほど大きな慰めとなったことか、その時の私たち**

には知る由もなかった。

その日は私たちにとって恩寵に満ちた、本当に思い出深い大切な日となった。夕刻、長男が初月給で恭子に買ってくれたふなっしーグッズが届けられた。スイカほどもあるような大きなふなっしーと赤ちゃんふなっしー、それにふなっしーソックス。恭子は大喜びだった。この日まで生き延びていられただけでも、つらい治療を選択したのは間違いではなかった。**狂喜乱舞する恭子は長い間長男と電話で話していた。**話は尽きなかった。

翌日、両親は少しほっとして帰っていけたのではないかと思っている。義母は、その時、何か後ろ髪を引かれるような思いがした、とのちに語っているが。

六日にはまたベバシズマブの治療。「連休が終わって悲しい」と言いながら、恭子はタクシーで病院に向かった。迎えは、私が午後の診療時間を遅らせて駆けつける。身の入っていない変則的な診療で振り回して、スタッフには申し訳ない。山崎先生が先週の脳MRIとPETの検査結果が良かったと喜んでくださったと、恭子も嬉しそうに話す。医者がポジティブな発言をすると、患者はこんなにも安心できるのだ。「先生が喜んでくださって、わたしも嬉しいです」と言うと、先生は「勘違いじゃないの」と答えたという。私には、その会話の意味がよくわからなかったが、先生が恭子の予期せぬ素直な言葉に、ちょっとどぎまぎされたのかなと思った。

半ドンの土曜日。天気もいいので、庭にイスとテーブルを準備して二人でお茶を楽しんでいた。気持ちがいい。外に出ると庭先だって本当に幸せな気分になれる。ああ、生きているんだ、と感謝したくなる。しかし、恭子は野山を歩くことはできない。近所を散歩することだってままならない。脳外科のお医者様の中には、それで手術は大成功だから贅沢を言ってはいけないみたいに言われる先生もおられた。ご自分の奥様が近所もろくに歩けない、もう、生きている間ずっと、ちゃんとは歩けないとしたら……？

つと、恭子が立ち上がって、庭の草引きを始めた。私は、あわてて、やめるように言うのだけれど、悪戯っぽく笑いながら恭子は草を引いている。「もうやめて、恭子。やめてよ」と言えば言うほど、恭子はいたずらっ子のように声をたてて笑いながら草をむしっている。私にたしなめられ心配されるのをまるで喜んでいるかのように……。

昨年の春から初夏にかけては恭子の容態も安定していて、よく山のほうに二人でドライブに出かけた。家から小一時間くねくねした山道を走ると、渓流沿いに工夫を凝らした食事のできるお店が点在している。私たちのお気に入りは、バターパンが美味しくて、地元の葉物野菜も販売しているアーリーアメリカン風のお店。ランチのボリュームがあるので、一つ頼んでコーヒーを追加して二人で分けて食べた。ほとんどの客が店内で飲食していたが、私たちは天気が良い日にしかその店を訪れないので、外の板張りのデッキで食事をすることに決めていた。風が香しい。渓流の音がなんとも心地よい。陽の暖かいこと。

私と恭子は結婚してすぐに、私の留学先だった米国のニューヨーク州北部にある山岳地帯アディロンダックで新婚生活を始めた。小さな細胞生物学研究所で研究をしていた頃が思い出される。湖が点在して、深い森、透明な水を湛えた沼地が懐かしい。二人でカヌーを漕いで湖沼巡りをしたものだ。

森にいると、若い頃の米国での生活が思い出される。この家からほど近い山中のお店での昼食は、私たちの闘病生活の中で、本当にほっとして、幸せの実感できる思い出のうちの一つである。

その日、初め私はその渓流沿いのお店を目指していた。ドライブに行くんだね、と恭子も弾んでいた。だが、恭子の様子をちらちらと横目で見ていると、どうにもしんどそうだった。倦怠感が漂い、頭がぼんやりしている風なのだ。私は途中で諦めた。私が無理に恭子を外に連れ出したかったのだから。道半ばの和風ドライブインでお茶を濁すことにした。車から降りると、恭子はお庭がきれいだと気丈に明るく振る舞ってくれた。私のほうが気落ちして、食欲もなかった。おうどんを美味しい美味しいと食べながら、パパ元気がないんだね、食欲がないの、と気遣ってくれる。情けない夫だ。
　帰り道、入り慣れないスーパーマーケットで買い物をしたが、恭子は何を買っていいか考えがまとまらない。買いたいという意欲が減退している。思考が混乱している。そういえば、恭子は最近、集中力が低下して、面倒くさいとたびたび口にする。高次脳機能が侵されてきているのだ、と私は思った。いっそう落ち込んだ。
　長男がラインで言う。〈パパは損な役回りだと思います。ママの最大の理解者でありながら必要悪でもあるからです。近すぎる関係だから、時に煙たがられることもあるでしょう。パパのママに対する細々とした心配をおくびにも出してはいけません。ママが不安になるだけだからです〉
　その日は、厄日みたいだった。就寝前に、お茶を飲んだ恭子は久しぶりに嘔吐した。連休中に取り繕いを続けて、頑張りすぎたのも手伝っているのだろう。恭子にしてみれば、取り繕おうなどという気持ちではなくて、自然と振る舞ってしまう明るさなのだ。誰に対しても思い遣りと気遣いを怠らないのだから、相当にエネルギーを消耗するに違いない。それが恭子という人間なのだ。

平成二十八年、五月十日。恭子、五十七回目の誕生日！

なんとか五十七歳まで生き延びてくれた。早く歳をとれ、長生きしろと祈りながら、五十七歳までこぎ着けた。一つでも年齢を重ねてほしかった。ありがとう、恭子。五十七歳までは生きてくれたんだもんね。

おめでとう、恭子！

花束をプレゼントする。最後の誕生日プレゼント？

恭子は自分の誕生日のお祝いに折り畳み式の可愛らしい金属製の杖を買った。渋い紅に小さな白い桜の花が舞い散っている。恭子は歩くつもりだったのだ。杖を頼りに、リハビリに励んで、歩こうとしていたのだ。歩みは日々おぼつかなくなっているというのに、恭子は希望を失っていなかった。思いどおりに動かない自分の身体を嘆くばかりではなかったのだ。

しかし、終ぞ使われることのなかった、杖となった！

脳外科の三島先生の診察に同行する。帰りの車中で、「薬は効いているみたいだね。頑張るよ！」とけなげに言ってくれる。悲しい……。

翌日、十一日。家の近くの脳外科のリハビリと緩和ケアの専門の病院で、脳神経外科医の浅間先生の診察を受ける。浅間先生は三島先生のおられる脳神経外科の部長をされておられた先生らしい。なんと、この四月から今の病院に赴任されたそうだ。天の巡りあわせだ。心強く感じた。谷本先生はそのことをご存じで、私がこの病院にお世話になろうかと思うとお話ししたら、浅間先生のことを教えてくださった経緯があった。恭子のCTを見ながら小脳テントの下は腫瘍が充満していて、その部位の脳圧が亢進して嘔吐につながっているようなことをごまかしながら説明してくださる。

私と浅間先生のやり取りを聞いていた恭子は、「自分はかなり悪いらしい。いまのうちに片づけしないと」と闘病記録に記している。ちゃんと気取りながら、すぐにはそんな風を見せない。心の強い人だ。普通なら、そう感じたら、嘆いたり、やけを起こしても、私に不満や不安をぶつけたって当たり前なのに……。
◆午後、合唱団の田代さんと本山さん来る。嬉しい！　朝寝たあと少し片づけ。ケーキもお餅も嬉しい。なかなか歌えない。

五月十三日。
◆父親の誕生日。話せてよかった。一日ゴロゴロ。
恭子は少しずつ腹をくくって覚悟を決めていたのだろうか？　父親の誕生日に話せてよかった、としみじみ言う。自分が長くは生きられないことをわかっているのだ。それなのに、ひどく落ち込んだり、やけを起こしたり、悲嘆にくれたりする素振りを見せないこの人は、いったい何者なのだろうか？　**「わたし、死ぬのは怖くないの。ただ、痛いのはイヤ」**と以前に言っていたことをこのごろ、よく思い出す。

合唱団の仲間やさっちゃんが足しげく訪ねてくれる。さっちゃんとは、何でも気さくに言い合える四十年来の親友だ。さっちゃんは病気のことを詮索したりすることがなくて、本当に自然体で、ただただ恭子と話しているのが居心地よくて、長話をしてくれるのが有り難い。二人は時間を忘れてしゃべくる。

十四日。恭子は長男のために、行きつけの皮膚科にお薬を山ほど処方していただきに車で出かけた。普段なら何でもないことにいろいろと手間取ったらしい。できにくくなってくることが増えてきている。寝る前にお茶を飲んで、トイレでたくさんもどしてしまった。もったいない、もったいない、と言っている。食べることが好きな人だから、嘔吐の苦しさよりは、せっかく食べたものをもどしてしまうことが、もったいなくて歯がゆいのだ。

恭子は嘔吐しやすくなって、傾眠傾向もある。

家の近くに御手洗川という小さな小川があって、川べりに桜が植えられている。お花見の頃には桜並木に雪洞《ぼんぼり》も灯される。人が少なくて、私たちお気に入りの散策路だ。十五日の日曜日の昼ご飯は、ハンバーガーショップで買ってきたものを広げて、葉桜の下で二人っきりのんびりと過ごした。恭子は、もしわたしが死にそうになったら、あれとこれとあれを食べさせてね、と若いころから冗談で口にしていた。その一つ、巻き寿司。夜は寿司屋に買いに行った巻き寿司を喜んで食べてくれた。恭子は巻き寿司の端っこがとくに好物。このお店の上巻き寿司が気に入ったらしい。週末にはなるべく買って来よう。あと何回食べられるかわからないけれど……。

恭子が夜中に下痢をして、下着や寝巻を汚し捨てることになった。「ゲリも大変だ！」と恭子が軽くおどけながら嘆いている。

私はここ数年、週末を心待ちにしてきた。恭子と買い物に行ったり、映画を見たり、ドライブをしたり、食事に出かけたり。岡は、仕事なんか辞めて、毎日恭子さんと過ごせばいいのに、と言ってくれるけれど、恭子は許さないと思う。自分がやるべきことをしなさい、というのが子どもたちや私への恭子の口癖だから。土曜、日曜に恭子の喜ぶことをしてあげたいと思って私も心待ちにしているのだけれど、今やいざ週末になってみると、恭子には連れ回すだけの気力がない。くたびれた風に横になっているのを無理に起こすのは可哀想で……。

恭子が横になっている傍にぴったりとくっついて、キスをしたり、抱きしめたり、二人で腕を組んで……。

「パパ、わたし、外国に旅行に行きたいな」

「うん、行こうね。元気になって、ヨーロッパにでもハワイにでも行こうね」

「楽しみだなあ──」

「そうだね」……私
「パパ、わたし、金沢に行ってみたい。それと旭山動物園にも行きたいな」

「いいよ。いつでも行こう。いつにする？」

「考えてみるよ」

「休みを取って、行ったって構わないんだよ」

「それは、ダメよ！　お仕事はちゃんとしなさい」

「はいはい」……私
嘘つき！　嘘つき!!　嘘つき!!　私は、大嘘つきだ。その時、無理にでも行きたいというところに連れて行ってあげればよかったのか？　旅先で恭子が倒れたって構わなかったのかも？　そんなことが、できたのだろうか？　……わからない。

恭子は夕飯後とか寝る前にお茶を飲んだ後とかに、よくもどすようになった。もどしたほうが楽になるという。夕食の途中にトイレに行ってもどして、また少し食べるということも多い。これが脳が原因の嘔吐の特徴だと脳外科医の浅間先生が言われた。

水曜の半ドンの日に、近くのショッピングモールの裏手にある川沿いの緑地帯を散歩したり、ベンチに座ってのんびり遠くの景色を眺めたり。「気持ちのいい季節になったね」と恭子が言った端から、「パパ、もう寒くなってきたから、中に入ろうよ」と。

夕方、さっちゃんが自分で育てた豆を持って来てくれる。有り難い。

十九日。恭子は三クール目の治療のためタクシーで病院へ。「この治療は一年が目標。二週目のパクリタキセルを抜いてもいい」と山崎先生がおっしゃってくださって、四クール目からは二週目をパスすることになった、と点滴治療が終わって私が迎えに行った帰りの車中で恭子がほっとしながら説明してくれる。先生の判断で、ベバシズマブの投与スケジュールを、月に二回で切り上げるように変更してくださるようだ。恭子の様子をご覧になって、負担が大きすぎると判断されたのだろう。無理に無益な通院をさせる必要はないと。ここまでくれば、恭子を失望させないように治療を続けているという以外に、治療の意味はあるまい。

生協で注文したものを配送先のお家に取りに行くのが負担になってきたので、今のグループを抜けて、一人になって我が家に注文の品を直接届けてもらうことにしたらしい。グループの方々に挨拶をしたと言う。「よかった」と恭子はほっとしている。人に歩調を合わせてお付き合いするのが難しくなってきているのだろう。

日曜日。私は焦って、考えあぐねていた。恭子にあまり負担をかけず、気持ちのいい自然に触れ合える場所はどこだろうと。歩く距離の長い場所はダメだ。子どもたちがまだ小さい頃みんなで行った、眺望のよい高台にある野球のできるグラウンドが比較的近くの山の上にあったのを思い出した。グラウンドの周囲にはなだらかな芝生の広場があったように記憶している。場所はうろ覚えだった。

案内の看板を見ながら車で山道を登るが、開けた場所は見つからない。道に迷ってさらに進むと、なんと火葬場の案内看板があった。その方向に吸い寄せられるように進んで、人々がまばらに散策している公園に行きついた。眺望のよい開けた場所ではなかったが、山の中の公園ではあった。車を止めて降りようとすると、突然恭子が怯えたように言う。「パパ、ここは怖い。知らない人たちがたくさんいるから、怖い。ここはやめよう」と哀願するように訴えた。私も何か物の怪に吸い寄せられるようにして辿ってきたのだ。火葬場の方角に。「わかったよ。ここは、やめようね」。

しばらく車で山道をうろついて、狭い古墳の遺跡のある場所を見つけた。東屋があった。なんの変哲もなく見晴らしも悪い、ただ緑には囲まれているというだけの空間だった。私は残された恭子の時間を思い、こんな無味乾燥な場所に連れて来たことを悔やんだが、金縛りにあったように気ばかり焦っていた。恭子を自然に近いところに連れ出したいと。

東屋に腰かけて、私がリュックから水筒に入った温かいお茶と最中を出してあげると、恭子は子どものように喜んでくれた。「パパ、美味しいね！　ドライブに来たね。山の中で気持ちがいいよ」。私は、こんなつまらない場所に恭子を連れて来たことを後悔しながら、暗澹たる気持ちだった。大切な二人の時間を無駄にドブに捨てているような気持ちがして情けなかった。私は追い詰められていた。

帰りに、恭子の好きなスーパーマーケットに寄った。どうして、自分がこのお店が好きなのかいろいろ説明してくれるのだが、実際にお店に入ると何を買っていいか考えはまとまらないようだった。私は、深い嘆息を漏らした。恭子には気取られぬように用心しながら……。恭子の思考力は明らかに混乱してきて、根気もなくなってきている。

◆夕方もどす。すぐにもどすようになる。

恭子はよくもどすようになる。頭のせいか、薬のせいか、私たちには判断がつかない。先生たちは嘔吐の理由には興味はない。本山さんとさっちゃんが足しげく恭子の顔を覗きに立ち寄ってくれる。恭子も、お気持ちが温かいといって感謝している。本当に有り難い。一緒に歌いに行けなくなって、今や友人の訪問が恭子を大きく支えてくれている。

日曜日。ショッピングモールのフードコートにお昼を食べに行く。恭子はふらふらしていて、もうここに来ることも難しくなりそうだ。おうどんを食べたいと並んで待っている恭子の顔を穴のあくほど見つめて、まるで幽霊でも見るように不快そうに驚いた顔をしているおばさんがいる。霊感の強い人で、恭子に死相でも見てとっているのか、知人で恭子の変わりように驚いているのか、どちらにせよ、こちらまで不快になって落ち込みそうな嫌な顔をされた。ショックだった。恭子は美味しそうにおうどんを食べていたが、肩を支えながら早々にモールを後にした。夜はやはりもどしたが、もどすほうが楽になるのだという。とどまらずもどすわけではない、一度やせいぜい二度だが、物を口にしてもどすのがやっぱりもったいなく思うようだ。

庭木の剪定をお願いしたおじさんたちに、恭子がちゃんとおやつを出してくれた。やっとこさの、恭子には大変な作業だ。なんでもないことなのに……、可哀想でならない。本人はもっと悔しくて情けないに違いない。愚痴も泣き言も何にも口にはしないけれど。

吐き気止め（ドンペリドン）とH２ブロッカーでなんとか嘔吐をコントロールして、五月末日から四日間は嘔吐していない。こんな当たり前のことが、とても嬉しい。

抗がん剤の治療の翌日、無謀にも家から二十分ばかり車で走るデパートに一人で買い物に行ったらしい。疲れ果てている。車の運転すらが無理なのだし、やはり一人で外出すると疲れ切ってしまうのが現在の恭子の状態だということだ。

食事の準備を恭子が一人でするのは、限界にきている。台所にしばらく立っている力がない。立って動くと吐いてしまう。二人だけで過ごすには、もう無理がある。それと、恭子の両親に恭子と一緒に過ごす時間をあげなくてはいけないと、私は考え始めていた。

六月五日、日曜日。恭子が合唱団の仲のよい女性お二人が出演するコンサートを聴きに行くといってきかない。一度決めたことは梃子《てこ》でも動かないのが恭子だから、仕方がない。無理をしたり、何かを口にしたり、疲れたりすると、すぐに嘔吐してしまうのだから、演奏会場でもどしたりしたら大騒ぎになってしまうと心配でならないのだが。そのようなことにでもなって人様に迷惑をかけることを本当に嫌う人だから。

コンサート会場に着いて、駐車場から会場への順路を私が間違ってしまって、少しうろうろしただけで、恭子はよろよろして一人では歩けなかった。私はその時点で、もう焦って冷静に考える余裕をなくしていた。それでも、絶対に聴くといってきかない。会場の入り口に近い席にしようと私が言うのに、合唱団の聴きに来ていたメンバーの一団を見つけると、そっちに合流するという。私が、いつでも退場できるように、出入り口の傍の席にしようと言っても、大丈夫、大丈夫。私は気が気ではなくて、音楽を聴くどころではなかった。恭子はいつものようにメンバーの方たちとおどけて談笑している。合唱団のメンバーの本山さんの独唱、井上さんのピアノ伴奏武田さんの奥さん・幸子さんのピアノがプログラムの最初の二組だったのが幸いだった。

ここで、ドクターストップだ。まだ、みんなと演奏の続きを聴きたいと言っている恭子を無理に引っ張って、帰路についた。案の定、途中で吐き気に襲われた。私が準備しておいた二重にしたビニール袋を渡して、「車の中でいいから吐きなさい。ビニール袋の中に。二重になっているから、大丈夫だから」。恭子はもどす時、必ずトイレにそろりと駆け込む。私の前で嘔吐するのは、水頭症で救急車を呼んだ時以来のことだ。したたかにもどして、サービスエリアのごみ箱に吐瀉物の袋を捨てた。恭子は、本当に命がけででも合唱団の本山さんのソロが聴きたかったのだと思う。本山さんが女声三部を一緒にしようと恭子に声をかけてくれたから、それがきっかけで恭子は切実に歌がうまくなりたいと思い、音大の先生の声楽のレッスンを自らすすんで受けるようにまでなったのだ。そのきっかけをくださった方の独唱だから、心がこもっていて素敵な演奏だったと、嘔吐などちっとも気にせずに感激していた。

恭子に家の階段を上り降りする余力がなくなってきたから一階の和室で布団を並べて、私たちは寄り添うようにして眠った。時に、恭子を抱き寄せ、口づけをし。夜中に一度ふらふらとタンスや壁を伝って「おしっこ」と言っておトイレに行く恭子を見守った。見守りが必要な状態だった。朝方、ふと目覚めると、恭子が息をしているかどうか顔を近づけたり、掛布団が呼吸に合わせて上下しているかじっと眺めたり、寝息に耳を傾けたり、頰に手をあてて温もりを確認したり……。ああ、生きてくれている、と安堵した。

恭子は汚い言葉を口にすることがほとんどなかった。ある夜、私はおどけて恭子に言ってみた。

「恭子。このクソジジイ！　って言ってごらん」

「……、クソジジイ」

「もっと、大きな声で！」

「この、クソジジイ」

「そうそう、もっと大きく！」

「この、クソジジイ！　クソジジイ！」

「……」

「クソジジイ！」

「すっきりしたかい？」

「ああ、すっきりした」

「良かったね」

私は、恭子を力いっぱい抱きしめた。


恭子は午前中の留守番の間に、五〇〇ccほど入るくまのプーさんの描かれた次男のマグカップで水分を摂ることを日課にしていた。タキサンの治療のときに浮腫が出るのを嫌がった恭子が、私と一緒に頭をひねって、しっかり水分を摂ってしっかりおしっこを出すほうがいいみたいと考え出したことだ。利尿をつけるために、川田先生にご相談して降圧利尿剤と投与量を決めていただいた。お茶が大好きで、薬草茶をことのほか好んだ。ハブ草茶、ドクダミ茶、枇杷の葉茶、甘茶ずる茶、プーアール茶、ゴボウ茶などなど。紅茶も好きで、フレーバーティーが飲みやすそうだった。最近は、このお茶を飲んでもどすことも時にあった。

朝食はずっとトースト主体だったが、六月に入る頃には、食パンが食べにくそうになってきた。パサついて飲み込みにくいのだろうと考えて、フレンチトーストにしてあげると、喜んで食べてくれた。しばらくの間だったが……。それも、すぐに食べづらそうになって、おかゆに塩昆布をぱらぱらまぶしたのも好きだった。そうこうして最後に辿りついたのは「猫まんま」、ご飯にレトルトの味噌汁をぶっかけたもの。しばらくはこれでいこう。

私は次第に大きな決断をせざるを得ない時期が迫っていることを感じていた。ぽつりぽつりと、知人が訪ねてくださり、さっちゃんは相変わらず足しげく恭子の元にやって来てくれて、**「あそぼうね。あそぼうね」と恭子はさっちゃんに口癖のように繰り返す。**それは、ランチやショッピングをして楽しい人生の毎日を満喫しなきゃ損だからねという響きも含みながら、幼子が夕暮れ遊び疲れて家路に分かれる際に、「あしたも、あそぼうね」「さっちゃん、あそびましょ！」という語感のほうが強いのだ。

恭子は、何かに戻ろうとしている。本来の自分の実態に戻ろうとしているのだ。脳の高次機能が損なわれることによって、余分な思考や身の回りの雑多なものの将来の「そなえ」への配慮などを削ぎ落としながら、より原初の、より本来的な自分に戻ろうとしているのだ。より純

粋な何かへ……。

恭子は私一人のものではない。子どもたちを含めた私たち家族、三人だけのものでもない。もちろん、親しい友人や知人のものでもあるが、何よりも、恭子を大切に大切にいとおしみ育ててくださった両親のたった一人の子ども、一人娘なのだ。両親に恭子とともに親子水入らずで穏やかに過ごす時間をあげなくてはいけない。恭子の病気の進行を肌で感じてもらいながら、看病していただき、その死を受け入れるための充分な時間もあげなくてはいけない。それは、多くのものが損なわれ、崩されることを意味している。どこのどんな聖人君子が我が家にやって来ても同じことだ。端的に言えば、私たちの子どもたちが、母親の看病のために仕事や大学を休んで当分の間同居するということになっても同じことだ。私と恭子の二人で築いてきた、この小さな家の状況が一変することを意味している。恭子が、お皿一枚、コップ一つを並べている食器棚のなかの様子が変わってしまうことになる。恭子が洗濯物を干すために物干し竿に吊り下げているハンガーやなんかの位置が変わることになる。洗濯されたタオル一枚、下着一枚、靴下一足、ハンカチ一枚の並べ方や納め方が変わることになる。

許してください！　両親や子どもたち。誤解を恐れずに言えば、両親に援けを乞うて我が家に来ていただくことは、恭子の死に立ち向かう共同の臨戦態勢を整えるということは、私と恭子が長い年月をかけて築いてきた、本当に小さな小さなマイホームの佇まいや気配や空気が一変してしまうことと同義です。言わずもがなのことをあえて言うのは、そのような決断をするということは、これから起こるであろうさまざまな些細な気まずさや不快感や小競り合いなどをすべて受け入れるということを前提にしなくてはいけないと頭で理解しているからだ。私と恭子が共倒れにならないように、年老いた両親に生活を守る応援をお願いし、やっと生活が保たれることも充分に理解している。幸運なことに、共に八十歳を超えた恭子の両親は、同年輩の老人に比べれば驚くほど壮健なのだ。有り難いことだ。恵まれたことだ。恭子の両親に無理なお願いができるのだから。過酷なお手伝いをお願いできるのだから。もし、それができなければ、私が医院を休診にでもして、恭子の看病に専念せざるを得ないところなのだから。それは恭子の望まないやり方だと、わかり切っている。私たちは恵まれている。感謝と諦念の気持ちがない交ぜになりながら、私は大きな決断をして、そのボタンにそろりそろりと指を伸ばそうとしていた。

　六月の声をきく頃になってくると、恭子は一人で夕飯の支度をすることが難しくなってきた。昼食はその辺のありあわせで済ませても、夕飯は荷が重すぎた。無理をして一人で夕ご飯を準備したりすると、その立ち仕事が負担でもどしてしまったりした。私が昼休憩に夕飯の下ごしらえをして、恭子の調子が良ければ一緒に夕飯を作った。例えば、私が昼の間に刻んでおいた野菜や肉を炒めてくれた。恭子にはつらい作業だった。「二人で夕飯を作ると楽しいね」と恭子は暢気なことを言っている。二人で作った夕飯をテーブルに並べると、「わあ、御馳走！」と言って、子どものように喜んだ。本当に食べることを大切にして、食べることの大好きな人なのだ。

時間は迫っていた。私が診療を休診にしては、恭子が悲しむのがわかっていたから。両親にこちらに来て私たちを助けてほしいという電話をしても、恭子自身が電話を代わると、大丈夫だから来ないでほしいと、抵抗していた恭子。そうして、ついに恭子の意思を確認しないままに私の一存で恭子の両親にＳＯＳを送り、六月の八日に我が家に両親が到着したとき、恭子はこれまでのように両親を歓待した。恭子自身も肩の荷を下ろし、大好きな両親と一緒に過ごせることを心から喜んでいたのだ。

この頃ちょうど恭子の嘔吐は小康を保っていたから、両親は拍子抜けしたかもしれない。恭子は横になっていることが多くても、上手に取り繕って元気そうに振る舞ったから、両親には恭子の見当識の乱れがあまりわからない風だった。恭子のどこが悪くて、自分たちのような老人が助っ人に呼び出されたのだろうかといぶかしんだかもしれない。しかし、恭子の負担はずっと軽くなって、昼間私が仕事している間、親子水入らずでおしゃべりを楽しんでいるようだった。

我が家に束の間の華やぎと明るさが戻ってきた。二人で静謐に過ごしてきたときとは違った雰囲気の家庭になった。

恭子の両親が我が家にやって来てくれた日の二日前から十日ばかりは、嘔吐がなく恭子ははた目には元気そうで、どこが悪いのかという風に両親にも、お見舞いに来てくださった古い知人や友人やさっちゃんでさえ思ったかもしれない。恭子は本当に上手に取り繕って、自分の見当識の混乱を表面的には感じさせなかったのだ。私には、辻褄の合わないことや冷や冷やしながら聞いていることが多かったのだけれど。それはそれで神様が与えてくださった両親と四人のいっときの穏やかな時間だったのかもしれないから、有り難いことではあった。

六月十一日、土曜日。近くの料亭に親子四人で夕食に行った。義父が、今夜は自分の奢りだからと初めから宣言していて、場所だけ決めておいてくれと言われていた。個室でゆっくりと食事ができた。恭子も美味しい美味しいと言いながら残さず食べてくれた。もどすこともなかった。感謝するばかり。女将や中居さんとのやり取りも、恭子はなんとかこなしていた。両親とも。私にはちぐはぐな会話に聞こえたが、誰も気づかない風だったのも有り難いことだった。両親も安心して、なぜ私があっぷあっぷして、切羽詰まったような電話で援けを求めたのか首を傾げるような恭子の精一杯の上手な取り繕いではあった。頑張ってくれて有り難う、恭子。

　六月半ばから、恭子は日に一、二度ではあるが、食事をもどすようになる。見当識の障害もだんだんはっきりとしてきて、これまではなんでもなくできていたことができなくなってきたことを、自分でも気づいてがっかりしている。歯科医院のちょっと複雑な事務処理や会計の計算ができなくなってきた。無理して頑張るけれど、わからなくなって途中で投げ出してしまう。つらいことだろう。ぼくがするからしなくていいよと言うと、逆に、また頑張ってみるのだけれど、やっぱりできない。**「パパ、わたし、呆けてきたみたい」と言うから「呆けたっていいじゃないか。パパと恭子は二人合わせて一人前、それでいいでしょ。なんの問題もないよ」**と、私はおまじないみたく繰り返す。

　さっちゃんは、ペースを保って恭子の元を訪ねてくれる。恭子に会いたいという単純な、そして純粋な気持ちだけで。恭子の精神安定剤だと思う。ありがたい。

　制吐剤と胃薬で恭子の嘔吐をコントロールすることは限界に近づいている。

両親や私の気遣いが互いにうわすべりしたりする中で、朝食の時間は恭子と私だけの時間にしてくださいとお願いする。日中は親子水入らずの時間。夜は家族みんなで過ごす時間に、と。

両親にも、恭子が食べてもどすことを目の当たりにする頻度が増えて、恭子が口元を押さえながら、そっと席を立ってトイレに入り、私がトイレのドアの外に立って中の様子に聞き耳を立てることが増えて、そのたびに両親も箸を止めて深いため息をつきながら不安な面持ちでいる。どうして、こんなことになってしまったのか、と母親は嘆く。当たり前のことだ。何回聞いたって、いくら丁寧に事細かく説明して、頭では理解できたって、自分の子どもの死が近いなどということを身体や心で受け止められる道理がない。さっちゃんも両親も恭子の死ということは念頭にはないのだ。無意識にそれは脳の中で認識されることが拒まれている事柄なのだ。脳の神経細胞の長く伸びた突起の絡み合った経路は、恭子の死という言葉や概念のシグナルのインパルスを流すことを拒否しているのだ。さっちゃんや両親の脳の中で。しかし、私は恭子の死について考えなければならない。いつ、抗がん剤の治療をやめるか。いつ、緩和病棟に入院させるか。嘔吐や痙攣などの、両親や子どもたちが見ていてつらい症状は可能な限り抑えていただかなくてはならない。何より、恭子を苦しませないようにしなくてはならない。考えなければならないことは腐るほどあった。

　恭子ががんの痛みで苦しむことはまったくなかった。自分の死について深刻に考えて絶望したり、嘆き悲しんで鬱的になったり、自暴自棄になったりすることもなかった。それについては、子どもたちの優しい言葉がけや、両親と共に暮らせるようになったり、さっちゃんや知人、友人が温かかったりすることが、大いに助けになっていることは間違いない。しかし、それだけではなくて恭子の生まれ持ったおおらかさや人間離れした精神的な強靭さや安定感があってのことだ。何処か達観したような、諦念ともとれるような波風の立たない澄んだ泉の水面のごとき穢れのない心をもっているからだ。加えて、恭子をむしばんでいる乳がん細胞が脳を侵すことによって、恭子があれこれ悩み苦しむ思考力を程よく麻痺させているのかもしれないと、私は感じていた。神の差配としか言いようがない。**感情はちゃんと健全に保ちながら、思い煩う思考力や記憶力は明らかに低下していた。まるで幼女にもどっていくように……。**

　十七日。滞在が長引きそうに感じた義父が一泊で帰省することになった。雑用を処理して、不足のものを調達するためだ。「パパが帰るのね」と恭子が言った。「恭子の大好きな鰻の蒲焼きを買ってくるよ」と父が返している。恭子が義父のことをパパと呼んだとき、私ははっとした。恭子は義父のことも小さなころからパパと呼んでいたのだ。私に対する呼びかけの言葉としてのパパと義父に対するパパが、現在の恭子の中できちんと区別されているのだろうかという複雑な思いが一瞬脳裏を駆け巡った。

十八日。義父の持ち帰った鰻の蒲焼きを、「たらふく食べた。やっぱり、おじいちゃんの鰻は美味しい」と喜んでくれた。恭子の闘病記録に日付の混乱や誤字などが目立つようになる。

さっちゃんは淡々と通ってくれる。二人で長い間笑いながらしゃべくって帰る。ありがとう、さっちゃん。あなたがいてくれるから、恭子の精神状態が安定しているのです。そんなある日、さっちゃんに「パパが痩せるのよー」と語ったことがあったと、後にさっちゃんから聞いた。確かに、二月以来、私の体重は着実に軽くなっていた。

二十日。恭子が思うように食事を摂れなくなってきたので、水分補給のために緩和ケア病棟の医長である中谷先生に点滴をしていただくことになった。

◆ママは頭のてんてきをする。量をへらして半分くらい。すっきりする。右のほうがよく見えるはずなのに、左目のほうがよく見える。頭の具合かも。

几帳面な字を書く恭子の闘病記録の字が弱々しくて乱れてくる。

二十一日。脳外科医の浅間先生が恭子の脳のCTを撮ってくださる。素人目にも、小脳テント下にがんが充満しているのがわかる。「V－Pシャントは機能していますが、この部分だけの脳圧の亢進が吐き気の原因でしょう」と診断されて、グリセオールの点滴と食が細くなっている分の補液の点滴を毎日してくださることになった。いよいよだな、と私は観念する。治療を中止して、緩和ケア病棟への入院が必要になるのは時間の問題だ、と。

恭子の見当識障害は進んで、どんどん「智恵子」になっていく。**恭子が智恵子になっていく**……。

それでも不思議なことに、病院の外来処置室で点滴を受けながら、さっちゃんとおしゃべりしながら、笑いあっている。会話に支障はないのだろうか？　さっちゃんが心得てくれているのだろうか？

恭子は朝、私と朝食を摂るために起きてくるのが難しくなってきた。抗がん剤の副作用による脱毛はほとんど治まってきて、少し頭髪が残ってくれている。それでも、わずかにある脱毛を気にして、ブルーの手術用のディスポーザブルキャップを被って寝る習慣を続けている。ある日、恭子に声をかけて、起床を促そうと寝間を覗き、

「ママ、起きる？　それとも、後でおばあちゃんたちと食べるかい？」

もたげた頭にかぶっていたブルーキャップが半分ずれて片目を覆っている。私は駆け寄って、キャップの位置を直してやる。「パパちゃーん」と言って、私の首に弱々しく両腕を回してきた。優しく抱きしめながら、もういいよ、もういいよ、恭子、キャップのずれさえ直せないほどになっているのに……。苦し気に昏睡していたかのような恭子が努力の末にパチッと目を開けて、まるでひんやりとした風が野原に吹き渡ったように、「起きた！」と言って私にすがってくる。ひょっこり起き上がり、「パパと食べる！」（その時のおどけて甘えたような声が私の脳裏に焼き付いている）とふらつきながらトイレに行っておしっこをする。

こんなに近い病院だけど、もう通院が困難になってきたことを、私は悟る。

もう、**恭子に頑張らせてはいけない。治療なんておしまいだ。**

恭子の闘病記録には、テレビでオリンピックが放映されていることと、右目が見えにくいことを気にした記載が数日あって、**「六月二十六日（日）」という日付を打ったところで絶筆となっている。**

私とのショートメールのやり取りも、

〈今日は点滴おやすみ？　みんなお昼寝中♥〉

〈お休みだよ、チュッ〉

〈了解、チュッ。帰りはいつでもいいです〉

という六月二十五日が最後。

六月二十六日。日曜日の夕刻、恭子はさっちゃんの誕生日のプレゼントを買いに連れて行ってほしいという。私たちの大好きなメゾソプラノ波多野睦美さんのCDを選ぶのは、私に任せられていた。つのだたかしさんのリュート伴奏で二枚を選び、すでに手元に届いていた。波多野さんのソロでハープシコードとバス・ヴァイオルの加わったヘンリー・パーセルの歌曲集とイタリアのソプラノ、ロベルタ・マメリとのデュオアルバム、「アリアンナの嘆き」。

恭子はフレーバーティーを自分で選ぶから近くのショッピングモールに連れて行ってほしいのだという。無茶な話だったが、命がけでも行くに決まっているから、二人で出かけた。日曜の夕刻であいにく混み合っていた。助手席の恭子に眠っていなさいと声をかけると、すぐに目を閉じて寝息を立て始めた。やっと、駐車場が見つかって、よろよろと一人では歩けない恭子を引きずるようにして、紅茶店に辿り着く。恭子は自分で選ぶ思考力も根気も体力もない。私がそっと選んで、これでどう？　と尋ねると、わからないから何でもいいという。「じゃあこれにしよう。可愛らしいセットだよ。さっちゃん、きっと喜んでくれるよ」。うんうんと、恭子はうなずいている。お店の人には、それでも訳のわからないことを言いながら、愛想を振りまこうとしている。これが、**命がけということなのだ……**。

恭子はこの頃、牛乳を飲まなくなった。おっぱいに関するものはなんでも恨めしいのだ。見当識障害は日に日に目に見えて進行している。自分は左目が見えにくくて、右のほうがよく見えるはずなのに、右が見えにくくなったとしきりに気にしながら言う。私は黙っている。恭子の頭蓋内で暴れている乳がん細胞が視神経に悪さをしているのだとわかり切っていることだ。言ってあげる言葉も思いつかない。

この二年間、私たちにとってなににもまして優先されてきた恭子の延命とＱＯＬを維持するための**医学的治療がその色を急速に失った。無意味なものになった。その途端に医学の役割はすーっと消え去って、私たちとは無縁なものになってしまった。私たちは取り残される。**

日本の医療は生きるための医療だ。脈のある患者のためだけのものだ。命と健康を守ることが医療の最重要課題とされているのだ。本当は違う！　『死すべき定め』を著した米国の外科医アトゥール・ガワンデがその著書の中でこう述べている。「何が医療者の仕事なのかについて私たちは誤った認識をずっとひきずっている。自分たちの仕事は健康と寿命を増進することだと私たちは考えている。しかし、本当はもっと大きなことだ。人が幸福でいられるようにすることだ。幸福でいるとは人が生きたいと望む理由のことである。こうした理由は、終末期や要介護状態になったときだけではなく、一生を通じて必要なものだ」と。よりよく逝くために、医者は患者とじっくり時間をかけて「厳しい会話」をして、真正面から向き合わなければならない、とも。

終末期に患者から離れなくてはならないのが、日本の先進的な治療をおこなっている大きな病院の宿命だと感じている。お医者様を責めてはいけない。大病院で先進的な治療をなさっているる多くのお医者様は、キャパシティーオーバーの超人的なスケジュールで莫大な人数の患者を診ておられるのだ。常に最善を尽くされて。だが、一人一人の患者に割ける時間が決定的に足りない。誤解を恐れずに言えば、どうしても誰が悪いのかとつきつめて言えば、より高度な医療を求めて大病院にばかり集中する我々患者が悪いのだ。恐らく……。

六月二十九日。歯科医院での月に一度のミーティングを緊急に中止して、恭子を緩和ケア病棟に入院させるときだと感じていることを病院長であり緩和ケアを中心的に診ておられる中谷先生にお伝えする。「なるべく意向に沿うことができるように最善を尽くさせていただきますが、数日から一週間ほどはお待ちいただかないといけないと思います」と、おっしゃってくださった。

恭子は翌日、六月三十日に緩和ケア病棟に入院させていただいた。

緩和ケア病棟

私たちには分不相応かもしれないが、緩和ケア病棟の一番広い部屋に入れさせていただいた。恭子にしてやれる残された数少ないことだから。のちに恭子はこの部屋が気に入っていると何度か言ってくれた。それはそうだろう、台所もお風呂場も広くとってあって、携帯で写しながら長男に見せたら、自分のアパートより広いと言っていた。おおかたの独身の若者のそれに比べても、広くて明るくて清潔で立派だと思う。「ここは、恭子とパパの別荘なんだよ」と何度も恭子に言う。

治療のための通院や谷本先生との約束をしきりに気にするが、「いいんだよ。谷本先生たちにもちゃんと連絡してあるから心配しなくていいよ、恭子。ゆっくり休みなさい」

私も誤解していた。緩和ケア病棟に入院しながらでも、治療の継続は可能だろうと、高をくくっていたのだ。中谷先生が、「入院されたら、ほかの医療機関への通院治療はできなくなりわれてはならないこととは、同時に行ます」と説明された。通院治療ができることと、入院しなくてはならないこととは、同時に行われては矛盾するのだろう。

七月一日。耳の遠い恭子の父親の代わりに母親と私が中谷先生の部屋に呼ばれて、緩和ケアの説明をしてくださった。曰く、「無理に長びかせて生きさせることもしませんし、短くもしません」「ただ、患者さんの苦痛は最大限の努力をして取り除かせていただきます」まことに厳しいお話である。これが、お医者様のすべき、厳しいお話なのだと思う。「気になったことは、何でもおっしゃってください。できる限りのことは、何でもさせていただきます」

母親は、まだその心で恭子の病状を受け止められない。「飛行機が徐々に着陸するようにゆっくりと終わりに向かって高度を下げていきますが、途中、何かのトラブルで飛行機がストンと墜落してしまうこともあるかもしれません」と、中谷先生はおっしゃられた。

その病棟での五十日間の出来事を私は覚えているが、夢うつつで、ただしゃにむに走っていた。第四コーナーをよたよたと回り切って、あとは残った直線を走り切るだけだ。とうとう終わりが見えてきたのだ。周りのことはなんにも見えてはいなかった。気がつけば季節は移ろい暑い夏になっていたといった有様だった。私は一日たりとも夜、恭子の傍を離れることはなかった。その病棟は、病棟そのものの雰囲気からしてほかの病院、ほかの病棟とは違っていた。まさに、別世界だった。

清潔で静かな病室と共有スペース、穏やかな照明、完全個室制、緑が多く、そこここにボランティアの方々の持ち寄ってくださった楚々とした草花がさまざまな色や形の小さなガラスの一輪挿しに活けられている。各部屋に患者の家族の好きなものが配られる。中央には共有のゆったりとしたスペースの広間があって、どっしりとしたテーブルと椅子がいくつか点々と配置されている。テレビや電子オルガンもある。片隅には喫茶のカウンターもあって、定期的にボランティアの方がお茶を点ててくださったり、コーヒーを淹れてくださる。何かの処置や用があって部屋に入ってくる看護師さんたちの眼差しは、これまでに見たことがなかったものだった。優しさと穏やかさに満ちていた。それでいて、どこか物悲しそうな。「こんにちは」「失礼します」と声をかけて入って来られ、「ありがとうございました」と言って、出ていかれる。その挨拶はおざなりではなく、また、患者だけにでもなく、部屋にいる家族や見舞客にもきちんと向けられた挨拶だった。患者も家族も皆が一人の人間として扱われ、注意が払われ、よりよく逝くための医療の態勢が整えられていた。最期にこのような場所に辿り着けた私たちは、幸運だったし、あらゆる意味において恵まれていたと思う。

そうして恭子自身も丁寧に「お願い致します」「ありがとうございます」と看護師さんやほかのスタッフ、見舞客に受け答えして、常に笑顔を絶やすことがなかった。それは恭子の意識が途切れがちになり、理解力も相当に低下しているだろうと思われる頃まで続けられた。感謝するという心は最期まで恭子の魂に残り続けたのだ。私は何か奇跡を見るような思いで恭子の様子を見守った。

目的は恭子に心身ともに苦しい思いをさせないこと。なるべくたくさんの恭子が大切な出会いと思っているだろう方々に訪れていただいて、恭子が喜んでくれること。このことについては、私の一存には限界があって、どうしてあの方にお声をかけなかったのかと、後に悔やまれた方々がたくさんおられた。その頃の私は冷静ではなかったし、私が傍から見ていることと、恭子の想いはもちろん乖離した部分があったろう。そのことは率直に認めなければならない。それと、恭子の両親に接待のための大変な苦労をかけさせてしまったことも事実だった。両親との穏やかな別れの時間を確保すること。つまりは、恭子の両親に少しずつ恭子との別れを受け入れてもらう時間となること。私自身が恭子との別れのことなど考える余裕もなかったのに……。髄膜播種にまつわるさまざまな症状のうち私は嘔吐と痙攣をことのほか心配していた。これは何としてでもコントロールしていただきたかった。中谷先生にもそのことはお伝えした。

恭子はもとより、周りで見ている両親もつらい思いをするだろうと考えたからだ。

しかし、事ここに至っても、もちろん私たちが恭子のことを諦めてしまったという訳ではなかった。両親は、「奇跡ということがあるから」と真顔で私に何度も繰り返した。


幸運なことに恭子が入院後、食べ物を口にしてもどしたことは数えられるほど少なかった。グリセオール二本の点滴で、嘔吐をほぼコントロールしていただいた。有り難かった。入院してどれくらい経ってのことだったか記憶が定かでないが、点滴のための血管がとりにくくなってくると、すぐに中谷先生は恭子の左肘から鎖骨下辺りまで届くカニューレを留置してくださったから、点滴のたびに毎回注射針を刺す痛みからも恭子は解放された。

恭子は一日に幾度となくしゃっくりをした。四回か五回で自然と治まった。それはその先、留まることなく続くことになった。何か脳の痙攣に関連したことでしょうか？　という私の質問に、中谷先生は「そうかもしれませんね」とお答えになった。

恭子の両親は、倒れんばかりに頑張った。違う！　実際に倒れながら、這いつくばりながら頑張ったのだ。恭子の母親は我が家や病室で実際に幾度となく倒れ込んで、動けなくなったり、這いずりながら恭子の看病をしてくれたのだ。親というものはわが子のこととなると、なんと強く、なんと有り難いものか、とつくづく思った。

私と恭子の両親は時に意見を異にし、時に互いの想いを推し測り、時にけん制し合いながらも、バランス感覚と互いへの配慮を保ちながら、共に力を合わせて難局に挑んだのだった。

まるで、戦友のように……。


恭子の緩和ケア病棟への入院を、恭子のもう一人の三十年来の大親友の永井さんに電話でお伝えした。永井さんはこちらが驚くほどに、電話の向こうで嗚咽を漏らして、言葉にならない。私も涙を堪えられない。聞けば、この同じ病棟でここ数年のうちに、実のご両親と従妹の三人を見送ったのだと言われた。従妹が亡くなられたのはつい最近のことだったらしい。奇しくも、三人のうちのどなたかは恭子が入院している同じ部屋で見送られたそうだ。

「お見舞いに伺わせていただいてよろしいですか?」と永井さんはやっとの思いで尋ねられる。

「もちろんです。そのためにお知らせしたのですから」


七月二日、土曜日。私の父親が遠いところ、私の弟夫婦に伴われてやっとの思いで見舞いに駆けつけてくれた。人工透析を受けながらなんとか生きている母親には、長旅は無理だった。

迎えに出た私を見てすぐに父親が、「おまえ、どうしたんだ?　大丈夫なのか?」と驚いたように言う。初め、意味がよくわからなかったが、やせ細って顔色も悪い風貌の私のことを心配しての言葉だった。のちに、お見舞いに来てくれた義理の妹に、私の携帯電話で撮ってもらった写真に写った自分の体つきと顔を見て、父親の言っている意味がやっとわかった。恐ろしいほどにやせ細った、失望を隠せないみじめったらしい中年の男が写っていた。

七月三日、日曜日。またしても私はしてはいけないことを恭子にしてしまった。馬鹿な私だ。夕飯に恭子の大好物の海苔巻きを寿司屋から買ってきた。ふとした瞬間の単なる偶然だったのだが、私と恭子の両親の三人が恭子の横たわっているベッドの前にある四人がゆったり座って食事のできる立派なテーブルで海苔巻きを取り分けたり、何でもない事務的な会話をするという場面ができてしまった。つまり、リクライニングを少し起こして正面を向いている恭子の目の前で、恭子の見ている前で、恭子からは少し離れた場所で、三人が話しながら何かしているという構図が出来上がってしまったのだ。本当に一瞬の出来事だった。あっと何か感じて私が恭子の傍に近寄ってみると、恭子は涙を流していた。「恭子！」と声をかけると、照れ笑いをする。「お母さん」と慌てて、母を呼んで……。恭子は寂しかったのだ。三人の輪の中に立ち上がって行って加われない自分が惨めで淋しかったのだろう。恭子は神様のお陰で、ちょっと込み入った思考や記憶力は徐々に削ぎ落とされていったが、瞬間瞬間の感情はずっと死の直前まで豊かに残されていたように思う。記憶や複雑な思考の弱まりは、ある面ではとても恭子を楽にしてくれたと思っている。恭子らしい将来に備えた配慮の品々のことや、心配事や、し残したことや、子どもたちや私や親たちの将来を思い煩ってこの世に未練を残す悔しさは、随分と軽減されたであろうと思うからだ。その豊かに残っている感情に対する配慮の欠けた一瞬の出来事だった。

ごめんよ、恭子！　許しておくれ！

私の一日は早朝、五時に始まる。「おはよう恭子」。カーテンを開けると、初夏の朝の光が恭子のベッドに差し込む。恭子はたいていすやすやと眠っている。チュッ！　自分の身支度を済ませ、ドリンク剤を飲んで、コンビニで朝食を買ってくる。恭子から目を離さないように短時間でさっと買ってくる。前日に余裕があれば、前もって朝食を買い、冷蔵庫にしまっておくこともある。ＣＤプレイヤーを家から持ち込んでいるので、恭子の好きな、グレングールドのピアノ曲、モーツァルトやバッハ、ブラームスや、カーペンターズなどのポップスを流す。私はブラームスのピアノ間奏曲、E-flatとE-Majorが好きだった。二人で最近よく聞いたチョン・ミョンフンのマエストロからの贈り物というピアノ集もよくかけた。ドビュッシーの「月の光」が本当にデリケートに密やかに始まるＣＤだ。エトセトラ、エトセトラ。防音が比較的保たれていたから、かなりの音量で聴いた。

　まず、恭子をトイレに連れて行く。ベッド上でパジャマを着替えさせて、下着も替えてしまう、お風呂の日以外は。ディスポキャップを脱がせ熱いタオルで顔を拭いてあげる。「ママ、お顔を拭くよ。気持ちいいねえ」。恭子は目と口をしっかり閉じて気持ちよさそう。歯磨きをしてあげる。口の中の清潔は大変大切だ。細菌やカビを繁殖させると誤嚥性肺炎の原因になる。命取りになる。最初のうち恭子は自分でお水を口に含んで、ガーグルベースに吐き出していた。それも、徐々にできなくなるが。一息ついて、ファンデーションで薄化粧をしてあげる。少し薄くなった眉をアイライナーでなぞって。そのあと、うっすらとくちびるに紅を引く。出来上がり。恭子、綺麗だよ！

　自分の朝食と服薬を手速く済ませ、恭子の朝食が運ばれてくる七時半過ぎから八時前に、私が数口朝食を恭子の口に運んでいると、私の昼食用のおにぎりを携えて両親がやって来る。朝食の介助をバトンタッチして、私は出勤。

　午前中の診療。昼休みは、まず病院を覗いて恭子の顔を見てから、銀行に行ったり病院関係の雑務（主に恭子がしてくれていたこと）を処理して家に帰り、自分の下着と靴下の使ったものと新しいものを取り換え、Tシャツなんかの着替え、それに晩酌用の焼酎を小さめの水筒に準備してから、また病院に戻り恭子と過ごす。

午後の診療。七時半頃帰宅。義母が準備してくれた夕食を掻っ込んで、これはのちにはお弁当にしてくれて病院で晩酌をしながらゆっくり食べられるようになる、八時前に恭子の元へ。恭子に夕飯を食べさせた直後の父親とバトンタッチ。


音楽を聴きながら、お風呂にお湯を張ったり、雑用。九時頃、恭子をおしっこに連れて行って、寝巻に着替えさせて、熱いタオルで顔を拭いてあげる。

トイレまでひとりではおぼつかないから、ベッド上で手を握って引き起こし、身体を九十度回転させて横座りさせる。私がいいからと言っても、恭子はスリッパを履こうとする。そのときの雰囲気で履かせたり、素足のままだったり。恭子を後ろから抱きかかえるようにして、トイレまで行進。「よいしょ！　よいしょ！　よいしょ！」。二人三脚みたいだ。トイレのドアをスライドさせて、便座の前で恭子は必ずトイレットペーパーで便座を拭こうとする。「ママ、ここはお家だから拭かなくていいよ」と言い聞かせてパンツを膝まで下ろす。すとんと便座に座って、恭子はほっとして一息つく。おしっこが出ると満足そう。自分で下の始末をして、お水を流し、パンツを上げて、出口付近の小さな手洗いで手を洗おうとするのを、私は制する。

「恭子、お外の広いところで手を洗おうね」。トイレから出ると、正面に大きな鏡のある広い洗面台がある。その自動給水で丁寧に手を洗った恭子の手を、左側に掛けてあるタオルに誘導する。そうして、正面を向かせて鏡に映った二人を眺めながら、「べーっ」と私が声をかけると、恭子はあかんべーみたいに舌を出して、ちょっと困惑した風情で小首を傾げる。にっ。私たちは、満足して、また、「よいしょ！　よいしょ！　よいしょ！」。ベッドにゆっくり倒れ込むと、恭子は「あーっ」とほっとしたため息をついて、ご満悦！　恭子が痛がったり苦しがったりしていない限り、私は恭子の入院生活を陰鬱なものにはしたくなかった。むしろ穏やかで温かなものにしたかった。

歯磨きをしてあげて、「パパもお風呂に入ってくるから、待っててね」「はい。いってらっしゃい」「すぐ傍にいて離れやしないよ。恭子と一緒のお部屋にいるんだよ」チュッ！「はい。わかりました」。徐々にろれつが回らなくなる恭子。

午後十時頃就寝。私の分担する一日はこの繰り返し。ただし、やり方や形は両親と話しながら、恭子の状態やみんなの疲れ具合に合わせて、その時々で変更や工夫を重ねた。

五里霧中の試行錯誤。

七月四日。たくさんのお見舞いの方々が来てくださった。両親には本当に申し訳ないことをしているのだけれど、私が連絡をした方々だ。恭子が最期にお会いしたいのではないかと、最近恭子の口から出て、お名前を存じ上げている方々。お陰で母親は接客に大忙し。

さっちゃんはもちろん、高嶋先生ご夫妻をはじめ合唱団の仲間が三々五々お見舞いに訪ねてくださる。

恭子が二十代の頃からの親友の永井さんも見舞ってくれた。永井さんは心得ている。この病棟に入院する者が徐々にどのようなものが必要になってくるのかを。手始めにこの日は私が元気を出すようにとパンの差し入れをしていただく。

携帯電話のカメラで一緒に写真を撮ろうとして、「わたしわからない」と恭子が言うから、看護師さんに撮ってもらったらしい。それでも弄っているうちに、永井さんを恭子がパチリ！ピンボケのナイスショットが恭子の携帯に残された。そのとき、恭子が永井さんにこう言ったと、のちに永井さんから聞くことになる。

「もう、開き直ったから、わたし、大丈夫よ」

「そう？」

「自分は寝ているだけでいいから。でも、周りが大変なのよ」

「うん」

「とくに両親がねー、……」

「うん……」

してみると、恭子は混乱して物事をまともには考えることすらできないような頭の中で、自分がどうすれば両親が自分の死をより穏やかに受け入れることができるだろうかと、密かに心を砕いていたのだ。混沌とした意識のうちで。ひとり、ひっそりと。奇跡的なことだ。

永井さんはベッドの横に置いてある椅子には腰かけないで、常に中腰で恭子の顔の高さにご自分のお顔をもってきて、目線を合わせて、話しかけたり耳を傾けたりしてくれる。配慮の人だ。恭子はいつも、「わたしのお友だちの中で一番美人な人よ」と言っていたが、容姿のことばかりではない。この日、恭子は起き上がって永井さんを見送ったらしい。

それにしても、私には恭子の言葉が、にわかには信じられなかった。いつの間に、どのような葛藤や怒りや悲嘆を乗り越えて、「開き直ってしまった」というのだろうか。私にさえ、失望や苦しみや恨みや無念さの一言の愚痴も泣き言も言いもしないで。ひとりですべてを飲み込んで、すべてを受け入れる気持ちになれる人間が世の中にいるのだろうか？　人間のなせるわざだろうか？　恭子という人間はいったいどこから来たのだろう？　何者なのだろう？

この日、初めての痙攣発作が認められたらしい。私は不在で、看護師さんがトイレに連れて行ったときに起こったために両親の目には触れなかったようだ。不幸中の幸いだ。抗痙攣薬の投与が始まる。胃薬、制吐剤、抗痙攣剤、甲状腺ホルモン剤、たくさんの内服が必要。可哀想にと思うが致し方ない。薬が嫌いで、頭痛薬くらいしか飲まなかった恭子が、乳がんになってたくさんの薬を飲まなくてはならなくなったのが不憫で仕方がない。

翌五日には、失礼も顧みず私は川田先生ご夫妻のお見舞いをこちらからお願いする。私にとって、人生の大切な出会いとなった先生だから、ご夫妻で、恭子が生きて、正気が残っているうちにご挨拶をさせていただきたかったのだ。奥様からは、恭子に会いたくてたまらなかったけれど、ご本人からすれば、弱ってしまった自分を見てほしくないという場合もあるだろうから遠慮していた、とお心遣いの言葉をいただいた。

六日。病棟主催の「七夕祭り」で院長の中谷先生と看護師さんたちの二、三人が仮装して各部屋を回ってくださる。恭子のところに院長先生たちが巡って来られたところに、半ドンの水曜だったため、私の歯科医院のスタッフ全員がちょうどお見舞いに居合わせて、ベッドの端に座っている恭子や両親、院長先生たちを取り巻いて賑やかな記念撮影になった。私は例によって銀行に行ったり雑用をしたりしていて、いない間だった。残念!

七日。恭子のベッドには長男から送られてくるふなっしーがどんどん増えていく。私は人の目など気にせず、折角の別荘の個室なのだから、恭子を取り囲むように並べ立てる。恭子はふなっしーに自分の眼鏡をかけてみたり、私が携帯電話のカメラを向けるとおどけて両手でピースサインをしたりしている。明日の金曜は仕事が終わってから、長男が帰ってくる。恭子は心待ちにしている。

八日。恭子が待ちに待った報せが舞い込む。次男の就職が内定したのだ！　これを知ることができるとできないとでは、恭子にとっては大きな違いだと思う。一区切り。一安心だ。二人の息子の就職が決まって頑張ってくれるだろうということを、知ると知らないとでは、恭子にとっては雲泥の差がある。それを知るために命を永らえ最後のしんどい治療を受けた甲斐があったといっても過言ではないかもしれない。

義母が「就職のお祝いはまだ早すぎるかね？　まだ内定が出たばかりで実際に就職したわけではないんだから」と皆に言うと、恭子が、

「ううん。帰ってきたら、みんな一緒になって、お疲れさん！　をしてあげないと」

「そうだね。お祝いをしようね」と、私。

ちょうど私が昼休みを病院で過ごしていたときに、合唱団の武田さんご夫妻がお見舞いに来てくださる。武田さんは広間で目ざとく電子オルガンを見つけて、あれを恭子の部屋へ持ち込んでよいかと交渉してくれる。「もちろんいいですとも」と、看護師さんの三人が運び込むのを手伝ってくれる。武田さんの奥さん、幸子さんはピアニストだ。プロの演奏が聴けて看護師さんたちも喜ぶだろうと思っていたら、運び込みを終えると看護師さんたちは、さっさといなくなってしまう。患者の希望には極力協力するけれど、むやみに患者の「家庭」には立ち入らないというけじめなのだろうと感心する。

幸子さんがモーツァルトの曲のさわりを何曲か披露してくださる。ピアノとはタッチが違うから、苦労されている。グレゴリア聖歌も弾いてくれたので、武田さんと私もうろ覚えの歌詞を付けて小声で歌った。恭子はとても感激して、拍手しながら身体を起こして、「わたし、もう、治りました！」。恭子一流の取り繕いだ。

夕方、今日は幸子さんのピアノ演奏が聴けて良かったねと言ったら、「そうだったかね？」とお二人のお見舞いのことを覚えていない。構うもんか。恭子が覚えているとかいないとかいうことは大切なことではない。記憶に残っているかどうかではない。確かに恭子が感動して、喜んだ時間を過ごしたという事実そのものが大切なのだ。私たち残る者にとってというのでもない。誰かにとっていう人間に対してではない。純粋に事実のみ。そのことがあったということだけが、重要なのだ。

深夜、長男帰省。ベッドをファーラー位くらいの斜めに起こして、ちゃんと眼鏡もかけ、腕時計もして、両手で両ほほを挟む恭子のよくやる仕草で、長男と何かしきりに話し込んでいる。長男も穏やかな表情で母親の話に耳を傾けてくれる。和やかな福音に満ちた時間。有り難い！感謝！


九日。満を持して、次男が飛んで帰ってくる。恭子も次男もこの日をどれほど心待ちにしていたことか！　夕飯は次男の就職内定のお祝いも兼ねて、中華料理を持ち帰りにしてもらった。どっさり食べ切れないほど買ってきて、恭子のベッドの傍に運んだテーブルに並べ、恭子を取り囲むようにして祝杯を挙げた。恭子は酢豚が美味しい美味しいと言って、母親に食べさせてもらっている。おじいちゃんたちも嬉しそう。皆で話が弾む。

次男は長男とは違った優しさの表現をする。スキンシップも苦手だし、どちらかというと寡黙で穏やかな話しかけをする。しかし、長男は、自分や私があたふた慌てふためいても、次男が最後にどっしり構えているから、我が家は安泰なのだと言う。

次男がはにかみながら内定した会社の紹介をする。ネットで見せてくれたり。恭子もよかったよかったと繰り返す。恭子の子どもたちの就職活動に対する姿勢は一貫していてぶれることがなかった。就職の事情を知らない親は、子どもの就職にけっして口を挟んではいけないというのだ。先輩や友人や大学に任せておけばいい、と。親が自分の価値観で横から雑音を入れては、邪魔になるだけだ、と。子どもたちも私たちに何も頼ることも尋ねることもなく、自分の責任において就職先を決めてくれたから、きっと頑張って働いてくれるだろう。

恭子を取り囲んでの記念撮影。恭子は携帯電話がうまく使えなくなってきていて、それを弄り回しながら記念写真に納まった。パチリ！

翌日、十日の夕飯はちらし寿司。これも恭子の大好物。義母が丹精込めて作ってくれた。さやえんどうの緑にこだわる恭子のちらし寿司は、当たり前のことだけれど母親譲りだったのだ。錦糸卵を山のようにお寿司の上に散らすのも。しっかりお食べよ、と言う母親に、「なんでも、食べるよ」と少しろれつの回りにくくなった恭子が応える。笑いが起こる。我が家の親子四人、両親、これがこの一族のすべてだ。恭子が一人欠けたら、寂しくなる……。

夕飯の後、長男は帰っていった。土日を潰して、翌日からの仕事はきつかったようで、次回の帰省から工夫するよ、と言う。

七月半ばまで、ビーフリード補液とグリセオール三〇〇×二の点滴で恭子の容態は安定していた。制吐剤、胃薬、抗痙攣薬、甲状腺ホルモン剤、入眠剤は経口摂取している。思考の混乱や記銘力の低下、意識の混濁はあるが、顔色もよくどこかが痛いと訴えるでもなく、比較的よく食べて、すやすやとよく眠っているので、引きも切らずに訪れていただく見舞い客も意外だという安心した顔で、緊迫感のない和やかな雰囲気でお見舞いをしていただいているようだ。大笑いしながら陽気に比較的長時間見舞うグループもあって、両親が半ば呆れることさえある。

火曜日と木曜日はお風呂に入れていただく。大切なことだ。がんなどの大きな手術をされた患者さんが、口からの食事とお風呂に入るのを許されると、ああ助かった、これで家に帰れるかもしれないという気持ちになってほっとされる、という話を聞いたことがある。

恭子は足元が危なっかしく自立歩行が困難だから、手慣れたテキパキとしたやり方で介護の方にベッドからストレッチャーに移乗させてもらって、ストレッチャーに横になったままでお風呂に入れていただくストレッチャー浴というやり方でお風呂を使わせてもらっている。気持ちよさそうにお風呂から帰ってくる。病棟でもお風呂に入ることを重要に考えてもらっていることがありありと感じられる。お風呂の日は、バスタオル、ボディータオル、寝巻などの洗濯物が山とできて母親が大奮闘で洗濯をしてくれる。夏のことだから洗濯物の乾燥が速いのは有り難い。

週末は家族水入らずがいいと配慮してくれてのことと思うが、さっちゃんはウイークデーのみほぼ毎日恭子に会いに来てくれる。永井さんに、「両親は、自分のことを受け入れられないだろう」と話したことがあったそうだ。なぜ、恭子は自分以外の人の心配ばかりできるのだろう。自分の心中はどうだというのだろう。混濁した意識の海を漂いながら、傾眠傾向もあるが、時折、一時的に清明な意識を取り戻して、このように両親の心配を口にしたりするのだ。

恭子の様子を見ていれば、CTなどの画像診断を見ずとも、頭蓋内で乳がん細胞が暴れまわっているのは見て取れる。これだけがんが脳に侵襲を加えていれば、血液脳関門も破壊されているのではないか、という考えが私の頭の中に浮かぶ。そのことを中谷先生に率直にお話しして、経口の抗がん剤を試していただくわけにはいかないだろうかとお願いすると、真剣に受け止めて聞いてくださる。普通のがん治療の現場では、絶対にありえないことである。素人の勝手な思いつきだと一笑に付されるか、場合によれば患者の家族が医学的に踏み込みすぎたことを言うといって、激怒されたり、無視されたりしても仕方のないことを私は口にしたのだ。中谷先生は「できるだけのことはさせていただきます」とおっしゃってくださった。私が一瞬耳を疑ったほどだ。「お薬は何がいいと思われますか？」と中谷先生は続けられた。私は、「S－1かカペシタビンがいいのではないかと思います」と答えた。しばらく考えられて、「カペシタビンがいいかもしれませんね」と中谷先生。「浅間先生とも、よくご相談してみます」とまでおっしゃってくださった。

　この話を高嶋先生にお伝えしたら、何日かして、患者のご家族の立場に立てばお気持ちはよくわかるけれど、医者の立場としては許されないことかもしれませんね、とやんわりとお叱りを受ける。やはり一般の医療現場の常識からは、患者の家族として逸脱した行為だと思われても仕方のないことなのだ。

　恭子がお風呂に入っているすきに、私の思いと考えを両親に説明する。母親は戸惑っている。迷って、決断ができない。耳の遠い父親は私の言葉を細大漏らさず完璧に聞き取って理解している。そうして、決然としてこう言う。

「わたしは、万に一つでもある可能性なら、是非試してほしいと思います。奇跡ということがあるから、それを信じたい」と。

　七月十六日、土曜日。午後七時を回ったところだ。私は食事を終えて、焼酎でほろ酔い。静かな、穏やかな二人っきりの夜。外は夏の夕暮れ、人々が暑い日中を乗り切ってほっと一息ついている頃だろう。この、私たちの別荘は、日常からは切り離されている。

　恭子は脳の思考力が緩慢に、しかし、確実に壊されて、まるでモルヒネでも使用して鎮静のかかったかのような、のっそりとろれつの回らないしゃべり方になってきた。脳の破壊が神仏の加護でエンドルフィンでも出すようにいい塩梅に起こっているように思われるほど、悲しいほどに、無垢な幼子に戻っていくみたいだ。恭子は穏やかではあるが茫漠とした顔つきになってきた。悲しい。可哀想で悲しい。穏やかで幸福そうなのに、……だからこそ悲しい。

「ペンギンのね、ペンギンの格好をしたふなっしーのこと、あなたわからなかった。ペンギンふなっしー。これ、誰――？　って言ってた」

私が語りかけると、

「いいよー」と、ちょっと大儀そうに恭子が応える。

「？？　ママ、ちょっと台所で洗い物をしてくるよ」

「おねがい、いたします」心の意識は保たれている部分がある。

「はい」

どこの世界に、もう自分の命が尽きようとわかっているのに、配偶者に向かって「お願いいたします」などという美しい日本語をきちんとしゃべる人間がいるというのだ！　悲しすぎる。

トントンとノックの音。今晩の夜勤は師長さんだ。

「寝る前のお薬お持ちしました」

「ありがとうございまーす」ろれつの回らない恭子。

「机の上の、この辺りに置いておきますよ」

「はい、あいがとうございっまーす」

恭子が対応している。ちゃんとお礼を言っている。

台所にいる私に、恭子がひそひそとしゃべっている声が聞こえてくる。

そっと覗いてみると、お見舞いの方にいただいたぬいぐるみに向かって何かしきりに話しかけている……。


「これ、なんて書いてあるの？」弱々しいけれど、ちゃんと私に尋ねる。

「これ？」

「うん」

「これはね、何でもここに書いてねって書いてあるんだよ。恭子さん頑張って、とか、ママ頑張ってって書くようになっているんだよ。このぬいぐるみのシャツにね」

「ふーん」恭子の心には思考力も、弱まりながらも残されている。

「ふーん。たいへんな思いしてるんだね」

「そうだよ、みんな大変な思いしているんだよ。有り難いことだよね」

「ふーん」

ふあーっと、静かに大きなあくびをする恭子。

「パパがもう壊れているって、岡が言うんだよ」

「誰が？」あまり興味もなさげに、のっそり。

「オカ！」

「なんで？」

「ママの心配をしすぎてー」

「ふ、な、ば、ふにゃにはいってるから？」

「ふなばし？？」

「うん」混乱する思考。

「そうだね……。ママ、ゴミを捨ててくるからね」

「おねがいします」

「すぐ帰るからね」

「はーい」力なく、弱々しい返事。

「ママ、ただいま！」

「お帰りー」

「ゴミ捨てて、帰りましたっ」


部屋は照明の音が聞こえそうなくらい静まり返っている。

「もう、お風呂入れようかな」

「おねがいします」

「ママが、もうもどさないのがわかったら、寝る前のお薬を飲ませます」

「はーい。飲んでません？」

「うん？」

「飲んでませんてこと？」

「うん」

お風呂にお湯を張って戻る。

「恭子。頑張れよ」

「うん」

「パパも頑張るからねー」

「うーん」

ひっくと恭子はしゃっくりをして、うふ、と笑う。

「ふふ」と私もつられて笑う。

「パパー」

「うん？」

「あしがね、こだわらないように、きちとして」混乱する思考。

「足が？」

「うん」

「足が出ないようにしてってこと？」

「うん」

「足が落ちるんだろ？」

「うん」

「じゃあ、もっと上に上がりなさい。ここまで、上がりなさい。もっと、頑張れー、頑張れー、恭子」

恭子の身体を引っ張り上げてベッドの頭のほうに移動させる。うーん、うーんと声をあげながら、頑張ろうとする恭子。

「はい、よく頑張った」

「はい」

「これで、足、伸ばしても落ちないよー」

「すいません」

「ねー、伸ばしてごらん、落ちないでしょー?」

「はい。おねがいします」

「はーい。お願いしまーす。ママがいなかったら、パパひとりでは生きていけないから」

すでに涙声の私。恭子の心の感情はやはり混乱している。

「ふーん、うふ」笑う、恭子。

「ママがいなくなったら、パパも一緒に死んでしまう」

「こうやって、や、ふにゃふな、うーん」


「たいへんだから、パパ、かく……して」

意味がよく聞き取れない。恭子の身体を軽く手のひらでなでる。

「うん?」

「頑張らないから！」と、私が言うと、

「なに？」と、わりとはっきりとした声で恭子が尋ねる。

「ママがいなくなったら、頑張らない！」

「どうして？」

「ひとりじゃあ、できない」私は鼻をすすっている。

「それ、むずかしい」と急に冴えた思考を踏まえて、ささやくように恭子が言う。

「ママがずっと頑張ればいい」

「こわれるっ」とささやく。

「パパはね、もう、壊れてるって言った」

「ふーん。だれが？」

「オカ！」

「おかくんが？　パパもうこわれてるよって？」

「……」

「どうして？」

「ママのこと心配しすぎて……」

「きのう？」

「今日だよ。今日岡と楠が来てくれたんだよ」涙声。

「じゃあね。ママがね、おかくんにてがみだしてあげるよ」

「……」

「パパはだいじょうぶ。ふーん。うふふふふ、おかくんらしいね」笑っている!!

「……」

「だいじょうぶ、ママが一緒だから、もう寝なさい」

「コウちゃんは?」

「明日帰ってくる」涙声の私。

「ふーん」

「おじいちゃんも、帰ってきます」鼻をすする私、涙声。

「ふーん。よくわかんないけど、みんなかえっちゃうんだ」

「みんな帰ってくるよ、恭子のために――」ぐすん。

「ママが、こーして、あげるのに、ねえー」とぬいぐるみに話しかける恭子。

おじいちゃんはじつは喪服を取りに四国に帰って、長男の部屋の開かずの間のクローゼットに隠して置いていたのだ。のちにわかったことだ。私と子どもたちも私たちの寝室の奥のタンス部屋に、喪服を準備して隠していたのだった。

ごめんよ、恭子！


「よいしょっ」

「なにっ？　それ」

「パパのふ・と・ん」

「ふーん」

「ママのふとん、出してぇ」

「ママ、もう、ふとん着てるじゃないか」

「ふーん？　ママのふとんなくなった！」

「なくなったんじゃないよ」

「ふーん」

「着てるよ、ちゃんと」

「ママのふとん、どこ行った？」

「ここに、あります。あります！」

「ママのふとんどこ」

「ここにあるじゃない」

「ふーん」チュッ‼

「どこ行ってたの？　ママのふとん」

「ここにあるよ。これだよ」

「これ？　はやくしなさい。ふーん」

「今、着てるじゃないか、おうちのふとんを」

「ふーん」


「むにゃむや、いいよ、いいよ」意味不明。

「ふーん」繰り返す、恭子。チュッ！

「あのね、どろぼうしなくてね、ママのことききかれたらね」

「うん？」と、私。

「ママがいなくなったってこたえなさい」

「嫌だ！」半べその私。

「うん⁈」驚いたような、恭子。

「ママはいなくならない！」

「ふんー」

「ママがいなくなったら、パパもいなくなるよ」

「ハハッ」笑っている！「アハハハハン」

「それは、たいへんなことだ」恭子。

「そうだよ。だから、いなくならないで」泣きべそをかく私。

「あれは、どこだっけ」……心が、感情が、緩やかに崩壊している。


「さあ、お薬飲みますよ」

「うん」

「あーっ、三つもある」

「ママのおともだちいっぱいいる――」

「いっぱいいるよ。いっぱい、来てくださったじゃないか」

お薬を飲ませる。誤嚥に気を使いながら、

「お茶。はい、これ薬だよ。お水がいくよ。ごほんとならないように、上手に飲むんだよ」

「それで、飲み込んだの？　すごいな、上手だね」

……

「もう、おわった！」

「まだまだ。まだ、いっぱいあるよ。これは、チラージン。チラージン飲まないと生きていられないよ」

「チラージン、ママのんでる」

「これだよ。はい、いい？」……

「むにゅむにゅ」お水が少しこぼれて、手を出そうとする恭子。

「大丈夫だよ。こぼれたって、お口の下にタオルをひいてあるから」

「明日の朝、服を着替えようね。これ、気を付けて、今度はおっきな薬だよ。これも大事なお薬だから。しっかり飲んでねー」……

「ああ、もう飲んだの？　飲んだ？」

「うん」

「恭子、上手だね、お薬飲むの」

「こわい」？？？

「これも飲みなさいって。ちょっと、どんな味？」

ごくん。

「お水飲む？　下剤だね、これは」

「ママね、もともとのおくすりのことね、なにもしらない」

「知らなくていいよ。ママ、お顔拭くよ」

「し・ら・ない！」

「知らなくて、い・い・よっ」


お風呂場に行って熱いお湯にタオルを浸して、しっかり絞る。

「さあ、恭子、熱いタオルでお顔を拭いてちょうだい」

「ああ、こわいよ。こわいよ」

「恐くないよ」

タオルで顔を拭く恭子。

「こわい」

「なにが恐いの？　パパが恐い？」

「わからない」感情の混濁。

「さあ、恭子、帽子を代えようね」

「いやん、いやん。だいじょうぶ？」

「大丈夫。これを被ってれば、わからないからね」

恭子の髪は薄くなっている。

「わたしね、どっかね、外国いってみたい」

「外国行きたいね。二人で、外国行くかい？　恭子」

「うーん」

「もう、死んでもいいから……」

「うーん」

「パパとママ、アメリカとカナダには行ったんだよ」

「そうだったけ？」

「デンリーとかジーンのこと覚えてないの？」

「おぼえてない」

「あららら、デンリー覚えてませんか？」

「うーん」

「デンリー大好きだったのに」

「でんりー、だいすきだったの？」

「デンリーはジェントルマンだったからねえ」

「ママねー、あたまのなかぐちゃぐちゃになった」

「それがね、お薬飲めば治るからね。それまでの辛抱だよ」抗がん剤に本気で期待する私。

「頑張ってしっかりご飯食べるのが、恭子のお仕事なんだよ」

「うーん」

「恭子が頑張ってしっかり食べたら、体力つくから、先生たちがお薬を出してくださるよ」

「よくわかんないけど」

「よくわからないの？」

「じゃあさあ、しっかりおくすりのむようにー」

「お薬や、ご飯をしっかり食べればいいんだよ」


「このへんにねえ、きょうのくすりがあった？」

「うんん。全部上手に飲んだよ、恭子。偉かったよ」

「ふーん」

「頑張ったよ」私は終始涙声……。

「こういうのを、書こうとおもうんだけど。ママがくすりをしっかりのんだか」

「大丈夫だよ。パパが見といてあげるから」

ちょっと恭子に私が手を触れると、

「ひやー、びっくりしたよ！　こわいよー」

「パパだよ。ごめんごめん」

「こわいよー」

「ごめんごめん。痛かった？」

「うん、いたかった。いやだー、よー」

「大丈夫。パパの手。パパの手」

「それでね。ママのね……。こわい！」

「こわくない。パパだから」

「ふーん。ふーえ・たー」？？？

「びっくりした？」

「うん」

「ごめんごめん」

「ママのねえー」

「うん」

「セーターってある？」

「セーター？　あるよ」

「おいといてね。それとね、ママのかおとかにつける、くすり、ある？」

「クリーム？」

「ふん」

「あるよ。毎朝、パパがお化粧してあげているよ。口紅も塗ってあげてるよ」

「いいかどうか、わからないんだけど。ママのおくすりに、こういうつごうが、あるからつけてねって、かこうとおもう」

「書かなくていいよ。パパもうわかっているから」

恭子がふたたび、ひそひそとふなっしーやぬいぐるみにしきりに話しかけている。思考力の低下する恭子。智恵子になる恭子。


「歯磨き、しますよ」

「はーい。パパ、もうさりげなくしたの？」

恭子の言う意味がよくわからないままに、お口の中をきれいにする。

「さりげなくした？？　さりげなくしてないよ。パパ、もうへとへとなんだって」

「でも、ねえ……」

「パパがねえ。へとへとに見えるんだって」

「ふーん」

「オカが言うにはー、楠は黙って微笑んでばかりだったけど……」

「ふーん」

「パパね、壊れてるって！」

「はーん」と大きな声で恭子が笑いながら言う、「ママといっしょだね」

「パパもう壊れてるって」

「ふーん」

「じゃあ、ママといっしょじゃん」

「そうだよ」

「どうする?」

「何もしないよ。あーん、して」

お口に抗真菌剤を塗りながら、

「どうでもいいんだよ」と、私。「人がどう思おうと、関係ありません」

「うん」

「でも心配して言ってくれているんだよ。オカはー」

「うん」

「ぼくはもう病気になってるよーって」

「うーん」

「それ以上、病気になっちゃあダメだよーって。パパね。ママのこと心配して、やせ細ったの」

「ふーん」びっくりするほど大きな声で恭子が言う。

「みんながね、患者さんたちが、痩せすぎておかしいよーって」

「ふーん」大きな声。

「人生に、なんか疲れ切ってるよーって」

「あー、はあー、はあー」笑う、恭子。「あほじゃん」

「そうだよって」

「なにー？　あん、いたい」歯ブラシが痛かった。

「ママがいなかったら、人生なんてつまんないよ」泣きながら言う、私。

「ふー、うーん」

「ママがいなかったら、パパなんて生きていたって仕方ないよ」

「こわい」

「ここ汚れてるよ」

歯磨きに真剣な私。「しっかり、うがいしなさい」

「いたい！」

「お口の中、きれいにしとかないと大変なことになるんだよ」

「いたい！」

「引っ張るから起きて！」

「あああ、いたい、いたい、いたい」

「ここにつかまってて」

恭子にベッドの手すりを捕まえさせておいて、コップに水を入れてくる私、

「しっかり、お口すすいで」……コップをもう一度、口に近づける。

「もういっかい？」

「うん」

上手に水を口に含む、恭子。上手にガーグルベースに吐き出す。

「もう一回！」しつこく言う、私。

「もういっかい？」ぐじゅぐじゅ、ぺっ。

「ハーイ。上手でした。よくできました」

「あー」っと、ほっとして満足そうに声を漏らしながら、ベッドに倒れようとする恭子。頭を支えて恭子を横にさせる。

「もうちょっと、上に、上に上がりなさい。よっこいしょ」

うーん、うーんと頑張って身体をベッドの上に動かす恭子。わずかな動きに、努力が必要。

「うーん」

「あとは、おしっこ行くとき起きればいいです」

「はーい」

「お薬も飲んだシッ」

「ちょっと、ちょっと、あでいきマス」?.?.?.

「おしっこ?」

「うん?」?.?.?.

「明日、みんなに会うしねー」

「えらいねー」

「うん?」

「みんな、えらいねー!」

「ママも、偉いよ!」

「ふーん」弱々しい声で、肯定も否定もしない。

口腔ケアグッズを洗浄する私。

小声で、ひそひそとふなっしーたちになにやら話しかけている恭子。恭子の心の意識レベルは下がってきている。

「ママ。パパお風呂に入ってきていい？」

「はーい」

「寂しくない？」

「はーい」

「寂しくない？」

「なにが？　よくわからない」

「じゃあ、お風呂に入ってきます」チュッ！

永井さんから、看取った経験を重ねた方にしかわからない配慮の行き届いた品々をいただく。一度洗濯を済ませたバスタオル、フェイスタオル、お風呂用の薄手のタオル、野菜にドレッシング。お風呂の日にはバスタオルを何枚も使うから、いくらあってもいいと知っておられるのだ。

脳外科の浅間先生が飄々と恭子の病室に入って来られて、恭子にひとことふたこと声をかけられて、様子をちらりとご覧になって、帰られる。帰りがけのドアのところで、独り言ちるように「抗がん剤を使うかのう」とぼそりと言って、立ち去って行かれた。

二十日。恭子は寝てばかりいる。傾眠傾向だ。中谷先生が私に恭子の血液データを見せてくださる。肝臓にやや負担のかかっているようにみえるのはステロイドのせいで、おおむね問題のないデータだから、「明日からカペシタビンを服用していただきましょう」と言ってくださる。

最後の頼みの綱、恭子への抗がん剤の投与は、しかし、半日であっけなく中止となる。朝、カペシタビンを服用した日の午後に二回ほど軟便の下痢があって、カペシタビンのせいかもしれないから、と中止されたのだ。下痢は午後に二度あったきりで治まったけれど、中谷先生は私を部屋に呼ばれ、「けして無理は致しませんので」とおっしゃって中止を宣言される。これ以上は、私からもう何も言えない。抗がん剤を断念せざるを得ない。万事休す。ここでは、ちょっとした判断のミスが直に患者の死というかたちをとって跳ね返ってくる。当然のことだ。予後の不良な、望みのない人々がより良く死を迎えるための施設なのだから。私はこれほど患者に起こった些細なことが医師を含めたすべてのスタッフに即刻に伝わり、的確に共有される病棟を知らない。感謝すべきなのだ。抗がん剤をただの一度でも試していただけたことを。

二十二日。軟便で午後三度ほどトイレが間に合わなくて、ベッドサイドにポータブルトイレが用意される。トイレの前の洗面所の鏡に向かっての「あかんべー」はできなくなってしまった。永井さんが前開きの木綿のネグリジェを二組買って来てくださる。そのほうが都合のよい時期が近づいたとわかっておられるのだ。確かに好都合。ポータブルに座らせて用をたすには、ズボンを下ろす手間がない。おむつだけ、ずり下ろせばいいから。着替えさせるにも、身体を拭いたりするにも、便利だから。……

二十四日、日曜日。その朝は恭子と私の二人っきりだった。午前七時、それは私が恭子をベッドサイドのポータブルトイレでおしっこをさせた直後に起こった。

向かい合わせに抱きかかえるようにして便座から立ち上がらせた途端に、恭子がエビのように自分の頭を後方に反り返らせた。帽子がすっぽ抜けて、薄くなった頭髪の一部、やや長めの髪を振り乱しながら。私は危うく恭子を抱きとめた。白目を剝いて、顔がみるみる緑色になった。最初、私にはなにが起こったのかわからなかった。息が止まるのかと一瞬思って、しまった！　両親は間に合わないかという思いが脳裏をかすめた。一呼吸おいて、違う！　これは痙攣発作だ、と思った。とっさに東洋医学に詳しい中川先生から、意識喪失が起こったときにといつか教えてもらったとおりをやった。左手一本で恭子の反りかえった身体を支え、右手の人差し指の爪で人中《じんちゅう》のツボを力任せに押した。「い・た・い」とうめき声をあげたかと思うと、恭子の顔面に血の気が回復して、全身の硬直がとれた。恭子を抱きしめ、身体の向きを九十度変えて、ベッドに寝かせた。呼び出しのボタンを押して看護師さんに報告した。駆けつけた看護師さんとしばらく様子をみたが、痙攣発作の残存も再燃する気配もなかった。

その後はけろりとして、夕飯には中華料理を買ってきてみんなで食べた。恭子は八宝菜が美味しい美味しいといって食べてくれる。食べることが好きな人なのだから、喜んで食べてくれれば本望だ。

子どもたちはほとんどの週末に、新幹線にそれぞれ二時間と四時間ばかり乗って恭子のもとに帰ってくれる。有り難くも、頼もしい。

入れ替わり立ち代わり、お見舞いの方々が来てくださる。さっちゃんは、淡々と恭子に会いに来る。お見舞いではない。どちらかというと、遊びに来てくれているのだ。友だちだから当たり前だ。恭子が「あそぼーね」と言っていたのだから当たり前だ。

両親と私の目下の最重要課題は、恭子にいかにしてご飯をしっかり食べさせるかということだ。手を代え品を変え。眠るばかりで目を覚まさないときは、配膳車がすっかり片づけられたのちに、やっと恭子が口を開けてくれることもしばしばだ。頑張って食べて！　とみんなが言うから、恭子は仕方なしに頑張って食べているのかもしれないと感じるときがある。美味しいとか、食べたいとかいうのではなく、自分の好きな人たちが食べてくれと懇願するものだから、一生懸命食べているのではないかと……。

二十五日には買ってきたアナゴ弁当を美味しい美味しいと食べる。これは、本当に食べたくて美味しくて食べたのかもしれない。

二十六日。恭子の心の意識は朝もやのようにぼんやりと覚醒したり、夕闇のように閉ざされたりを気まぐれに繰り返している。私が恭子の紙おむつを下ろしてポータブルトイレに座らせるやいなや、恭子は勢いよく排尿する。きれいに拭いて、おむつを引き上げ、排尿後にベッドに横たわらせるときの「ああー」という満足げなため息。あたかも熱い湯船に浸かったときに図らずも漏らすため息のように。

私は恭子より背が高いが、恭子をポータブルトイレに腰掛けさせるとき、お互いが抱き合って顔と顔が同じ高さにくる一瞬がある。その日、その高さにお互いの顔が向き合った瞬間に、恭子が私の首筋に優しく優しく口づけをしてくれる。まるで祈るかのように。ピエタのごとく、まるで十字架から降ろされたキリストをかき抱く慈愛に満ちたマリアのように……。私はいたく感動する。心が温かく幸福感を覚える。

しかし、この行為には後日譚があって、同じことを恭子にしてもらった看護師さんがいたそうな。恭子の慈愛は私ひとりに向けられたものか、すべての人々に向けられたものか？　どちらでもいい。どちらにしても恭子の心の純真な愛が思考や意識を超えて溢れ出ているのだから。

恭子の頭蓋の中の乳がん細胞は己が生き延びながらにして、恭子の息の根を止めるほど恭子の脳を破壊し尽くすことはできない。恭子の呼吸が止まってしまえば、がん細胞といえど酸素の供給が絶たれ、死なねばならないのだ。まだ恭子の心には記憶や思考や感情の痕跡が残っていて、ふとした瞬間にその活動が息を吹き返すことがある。

二十七日。二人っきりの夜、恭子の意識がふうっと立ち返ったときに、レークプラシッドで過ごした私たちの新婚の頃の写真を見せた。

私は結婚直後の恭子を伴って米国、ニューヨーク州北部の小さな街、レークプラッシドにある細胞科学研究所に二年ばかり留学していたことがあった。二人だけの異国での新婚生活は心細くはあったが、もちろん私たちにとってかけがえのない幸福な記憶である。そのときの写真の一枚を恭子に見せてみたのだ。**恭子は力ない指先でその写真を弱々しく指し示しながら、「若い！」とささやくようなひそやかな声で言った。今生私の最期に聞いた意味のわかる恭子の声**

だった。

翌二十八日には、食事の経口摂取、服薬のすべてを諦める決断が中谷先生によってなされた。両親も恭子の口に食事を運ぶことが窒息や誤嚥につながるのではないかと、こわごわだったのだ。点滴の水分のみで恭子は生きることになる。

表面的には昏睡かと思われるような深い眠りにつく。

恭子の容態に変化が現れてくる。二十九日、手で股間をしきりにさすりながら、おしっこしたい、おしっこしたいという意思表示を、目を閉じたままに延々と続ける。私も両親も病院のスタッフも、「紙おむつだからそのままおしっこしていいよ」と耳元で繰り返すのだけれど、どうしてもおしっこできない。見ていて不憫になる。仕方なく、転倒のリスクをおして皆で担ぐようにしてポータブルトイレに座らせてみるのだけれど、おしっこを出せない。恭子は尿意を盛んに訴えても、自分で排尿することができなくなっているのだ。看護師さんたちが相談して、膀胱にバルーンカテーテルを入れて導尿に踏み切る。七〇〇cc！　の排尿がある。一挙に楽になった恭子はすやすやと深い深い眠りにつく。**この先、恭子がはっきりと覚醒することは二度となかった。**

使い捨てパンツはいわゆる使い捨ておむつに替わる。面倒なパンツの上げ下げは無意味なのだ。恭子はおしっこをしないし、うんちもほとんど出ない。看護師さんたちが毎朝、おむつを開いて陰部の洗浄をしてくださるのに紙おむつが一番都合がいいのだ。

三十日、土曜日。こんこんと眠り続ける恭子は昏睡に陥ったかに見える。しかし、その判断は明らかに間違っていた。それは、夕刻に訪ねてくれたさっちゃんが証明してみせてくれた。さっちゃんの呼びかけは親しみがこもっていて、懐かしくて、切なくて、その呼びかけを延々と十回、二十回と繰り返す。「クーちゃん、クーちゃん、クーちゃん」と。どうしてお返事してくれないの、と。お返事してよ、と。**そうして、とうとう奇跡のような光景がわれわれ家族の目の前で起こる。なんと！　恭子は呼びかけに応じて右腕をゆっくりと持ち上げる。さっちゃんがすかさずその手を握る。その手をとって、胸元にふなっしーを置いて導いていくと、愛玩するようにふなっしーを両腕で抱きしめて、右の手のひらでふなっしーをよしよしとなでる。恭子の手は、大きな長い手のひらだこと！**

その夜、ベッド上の恭子を抱きしめてキスをする。恭子の好きな耳にも。すると、**恭子が自分の腕を私の背中にまわして抱き寄せてくれる。夕刻にふなっしーにしたみたいに。**恭子の心はちゃんと思考の片鱗を残して、ちゃんとした意志を持って、意識した行動ができるのだ。間違いなく、感情も……。**完璧な心の状態だ。昏睡状態などではない。**

中谷先生もおっしゃられる。「奥様は瞬時に忘れてしまわれるのでしょうが、聴覚は健在で、ご主人の言われることがわかっておいでだと思いますよ」と。

三十一日の未明からゴロゴロ、ゲボゲボと喀痰が多くなる。師長さんがたくさん吸引してくださる。**死前喘鳴が始まったのだ！**

日勤帯はすやすやと眠っているだけだ。私はこの日の夕食に、義理の妹が届けてくれた鰻を食べる。何も食べることのできない恭子のそばで食べることは憚られて、申し訳なくて、少し離れたところでこっそりと食べる。ごめんね、恭子、許しておくれ――。

八月一日。私が中谷先生の部屋に呼ばれて、先生が申し訳なさそうにお話をしてくださる。「奥様の状態は一週間は難しいのではないかと思われます。しかし、ここ一日、二日ということではないと思います」と厳しいお話をしてくださる。私は覚悟はしていたから、有り難く拝聴する。「血圧が下がってきて、おしっこが出なくなったら、一日、二日でしょうね」とも。「先生も歯科のほうを休診されるタイミングではないでしょうか……」。私は、丁寧にお礼を述べて部屋を辞した。

余命一か月ですと以前言われたことと、一週間でしょうと言われたことは、お話ししてくださったお医者様のおっしゃられることはまったく同じだと思う。同じようなトーンで同じような厳しいお話をしてくださったのだ。

しかし、ここでは私たちが受け止めて、心を決めて、決断したり行動したりしなくてはならないことが、とてもゆったりとした時間の流れの中で考えることができる。なすべきことはそれほど複雑でも多くもないから、その猶予が十分に残されている。私たちは追い詰められているのではなくて、どうやって残された恭子との時間を穏やかに豊かに過ごそうかと思案すればよい。恩寵に満ちた時間にしなくてはならない。そして、何より違っていることは、今回は恭子自身がこの厳しいお話を知る必要があるかないかという判断に迷う必要がないということだ。

両親と子どもたちに先生の言葉をそのまま率直に伝えた。子どもたちは、母親の死が近いという事実をとても冷静に受け止めてくれた。長男は「最悪の事態は常に想定しているから」と言ってくれた。次男は「すでに腹は括っている」と。両親も取り乱したりはしなかった。恭子はすやすやと眠っているし、顔色もよく、なんの苦痛もなさそうだから、「本当だろうか」「そんなことはないように思う」と繰り返した。恭子の太ももや臀部の肉は削ぎ落されたように痩せ細っていたが、不思議と顔はふくよかで肌も日に日に艶やかになっていたのだ。しかし、両親はようやく主だった親戚に電話で事情を説明し始めた。

朝に、昼に、晩に、血圧測定、畜尿量の確認、血中酸素飽和度のチェックが私の日課になった。痰の吸引も中谷先生の許可をいただいて看護師さんが忙しそうなときは私がおこなった。口腔内の細菌を減らすための保清とカンジダのコントロールは私の仕事だと決めていた。

ここにきて、恭子に残された奇跡のような力を引き出してみせてくれたのは、やはりさっちゃんだった。さっちゃんが遊びに来てくれて、根気よく呼びかけつづけると、**恭子が残った力を振り絞って、最後に自らの手を動かした。ゆっくりと右手を持ち上げて、たゆたうように左右に手を振る動作をする。続いて、両の手のひらを胸の上で静かに合わせた！　さよなら、ありがとう。…………**

恭子は親孝行な娘だ。午前一時辺りになると決まって喘鳴が始まって私を寝かせてくれないのに、昼間はすやすやと「おりこう」に眠るばかりなのだ。両親は私が夜半の苦労を説明しても、「パパばかりに甘えて」と口では言うものの、死前喘鳴そのものがピンとこないふうだった。見たこともないのだから仕方がない。

永井さんの親御さんもやはり午前一時頃から喘鳴が酷くなって、眠らせてもらえなかったと言われるから、ステロイドの効果の切れるタイミングで喘鳴が始まるのかもしれないと思案したりする。師長さんに相談すると、深夜帯にステロイドの追加を試すことが可能か先生にお尋ねしてみます、とすぐに反応を返してくださる。有り難い。普通の病棟ならとり合ってもらえず一笑に付されるだけだと思う。

看護師さんたちは昼夜を問わず体位変換、痰の吸引、褥瘡のチェックなどを明るく恭子に話しかけながらしてくださる。定時の体温、血圧、血中酸素飽和度などバイタルサインのチェックは当然のこと。ベッドのシーツの皺一つ、足の組み方一つも細かく見てくださる。褥瘡を警戒していただいているのだ。

私も尿量を少しでも多くしたくて、膀胱を軽く圧迫して、ハルンバックに繋がるチューブ内のおしっこをバックのほうに流し込む動作をしきりに繰り返す。膀胱からチューブにちょろちょろと尿が続けて流れ出てくれると、ああ腎臓は元気だとほっとする。何より、**チューブの内側を流れる恭子のおしっこが手に温かいのが嬉しい！**

二日の夕刻、恭子の意識が少し戻る！　恭子はまだ昏睡になど陥っていない！

義理の妹が夕飯にいろいろなお店のお弁当を届けてくれるようになる。義母は夕飯の心配をしなくていいだけでどれほど救われることか！　ありがとう。

四日。母の弟と妹、恭子の叔父と叔母が遠いところお見舞いに駆けつけてくださる。二人の感想はやはり、いったいどこが悪いの？　顔色も良さそうだし、痩せ細ってもいない、すやすやと眠っているだけに見えるのだけれど、というものだった。危篤を宣告された者には見えないというのだ。お二人には不要な切迫感をもたずにお見舞いをしていただけたと有り難く思っている。

恭子は予定どおりお風呂にだって入れてもらう。危篤状態とても日常の生活を続けるということがこの病棟では当たり前のことなのだ。

もう一つの恭子にとっての大切な日常、さっちゃんが遊びに来てくれた夕刻には、恭子はさっちゃんの呼びかけに応じて右手を持ち上げ、さっちゃんがさっと手を握ってくれる。日中昏々と眠り続け、未明には死前喘鳴で私を寝かせてくれない恭子にとって、夕刻はさっちゃんとの交歓のために意識を取り戻す奇跡の時間帯なのかもしれない。微かに残った恭子の魂が目覚める時間なのではなかろうか？

夜勤帯に入って、ちょうど私がとくに頼みに感じている看護師さんが担当の夜のこと。その方に恭子の絶唱をCDで聴いていただく。二人一組で私たちの部屋を訪れ、尿量、血中酸素飽和度のチェックや体位変換をされて、ベッドのシーツの整理をされている途中で、「家内の絶唱を聴いてもらえますか？」と切り出すと、快く承諾していただいた。「是非、聴きたいです」と。四月二十四日の私たちの合唱団のおさらい会を録音したCDの最後、恭子がメンバーにほだされ舞台に上がり、椅子に腰かけて歌ったあの「群青」である。

楽曲が始まると二人の看護師さんは凍り付いたようにベッドメーキングの手を止めて中腰のまま聴き入ってくれる。私は、その様子を見ながら涙が止まらず、部屋の奥のほうに顔を向けて、声を殺しながらむせび泣いた。曲が終わると、看護師さんも涙をぬぐいながら、「涙腺にきちゃいました」と。患者さんの死には慣れっこになっているだろうに、有り難かった。

五日、金曜日。午前八時頃、恭子は痰が多く血中酸素飽和度が八九％に低下する。相当に低い値だ。肺でのガス交換がうまくいっていない。大急ぎで看護師さんを呼んで痰の吸引を繰り返してもらう。ゴロゴロという痰の残存を示す荒い呼吸音が改善せず、なかなか酸素飽和度の値も上がってこない。しばらく悪戦苦闘していた看護師さんが「入った！」と叫ぶ。吸引カニューレの先端が気管内に入ったということだ。施設によれば、また、患者の意識レベルによれば、気管内吸引は患者の苦痛を伴うから禁じ手とされる場合もあるだろう。恭子も苦しそうにいやいやと首を左右に振る。しかし、大量の痰が引けて、呼吸音が落ち着き、マスクによる酸素投与下ではあるが、血中酸素飽和度が九十八％に改善する。ホッとする。

午前の中谷先生の回診のときも、師長さんが覗いてくださったときも、呼吸は落ち着いていて、師長さんが「静かですね」と言いながら痰を吸引してくださったそうだ。

私が、昼休憩の際に戻ったとき、十二時半頃、呼吸も荒く、収縮期血圧の低下が認められた。普段は一三〇から一四〇台はあるのが、一一九、一〇三、一〇九と測り直してもやや低下傾向を示す。脈拍は安定していたが、念のために歯科の午後の診療を休診として様子を見ることにする。子どもたちにも週末の帰省を促す。だが、十三時半頃、自力で咳をして痰を出してから、一二〇台後半に血圧が回復し、午後七時前には一三〇台後半で安定する。子どもたちに〈言うタイミングが早すぎたかも〉とラインで知らせる。

六日は打って変わってほとんど痰が出ない。昨日とは全然違う。土曜というのに午前十一時頃に回診してくださった中谷先生も、「いいですね！」とおっしゃられて、肯かれる。

恭子は、うっすらと目も開けて問いかけに頷いてくれる。「お口を開けて」と言うとあーんと口を開けてくれる。昏睡状態ではない！

七日。二十四時間尿量は九三〇ccで、血圧も時に低い値を示すことがあっても測り直せばほぼ安定していて申し分ない。**恭子が薄目を開けたとき、「パパからのプレゼントだよ」と言って花束を見せると、小さく頷いてくれる。**マッサージをしてくださっていた理学療法士さんも驚いて「肯かれましたね」と嬉しそうに声をあげる。

夕刻、さっちゃんが遊びに来てくれたときには、もちろん、意識が戻る。

「おかしいね、クーちゃん。何にもお化粧とかしていないのに、どんどんお顔の肌がつやつやしてきて、赤ちゃんのお肌みたいよ。綺麗な肌してるよね」と、さっちゃんが恭子にとも、私たちにとも、独り言ともとれるように話している。恭子は何も答えない。けれど、言われていることはわかっているのだと思う。答えが難しくて言葉にはならないのかも。

恭子の魂は点灯したり、消えかかったりを繰り返している。

それは、昏睡とはいえない！

子どもたちも相次いで病院に駆けつけてくれて、長男はお盆休みにかけて母親の傍にいてあげなさいと社長さんから声をかけていただいたようだ。

ところが、八日のバイタルサインは安定しきっていた。二十四時間尿量一〇〇〇cc、体温三七・五℃、最高血圧一四二、最低血圧七八、脈拍六七、血中酸素飽和度一〇〇%。家族の言葉にはほとんど反応しないのに、**さっちゃんの呼びかけにほだされるように手を振ったり、ふなっしーを抱きしめたりする。そのときには、もちろん「パパ」もわかる！　私どもにはそれが奇跡に見える。さっちゃんの来る時間帯、声のトーン、諦めない呼びかけが恭子の魂をよびもどし、さっちゃんが遊びに来てくれたことへの喜びと感謝を表したいのだろうか？**

　九日も同様に恭子は落ち着き払っている。以前、賑やかに長時間恭子のお見舞いをしてくださって両親をちょっと驚かせたお友だちが、また見舞ってくださった。今回は三人は恭子の前でおいおいと涙を流して泣きながらお見舞いしていただいたようだ。安定はしていても、誰の目にも恭子が弱ってきていることが明々白々なのだ。

　子どもたちは少し時間を持て余しているようだ。

　十一日、未明に恭子は三十八度一分の発熱があり、顔面が紅潮し、呼吸が弱々しい。看護師さんに伝えて解熱剤を静注していただき、ほどなく体温が下がる。

　ついに恭子の母親がダウンしてしまう。腰を痛めて起き上がることもできない。中国整体の中川先生の施術を受けて、「頑張りすぎたのですから、二、三日はゆっくり休んでください」という優しい声をかけてもらった。母親は恭子のことを心配しながらも言いつけを守り、丸二日安静にして死んだように眠って休憩を取ってくれた。

一方、**恭子も深い深い眠りに陥って、ついに、さっちゃんの呼びかけにも反応しなくなる。それでも、さっちゃんは遊びに寄ってくれるのだけれど……。**

山の日のこの日は、バイタルサインに明らかな変化はみられないが、呼吸が弱々しかった。夕方の体位変換により呼吸状態がましになった。体位変換の枕の下敷きとして、長男が最初に送ってくれたふなっしーのぬいぐるみが大活躍する。枕の片方を高くして角度をつけるのに丁度よい大きさなのだ。

十二日はとても安定していた。中谷先生が「いい息をしておられますね」と嬉しそうにおっしゃってくださる。

私が子どもたちを呼び戻してから、ずっと恭子と過ごしてくれた子どもたち。私と一緒に夕飯を食べ、窮屈な簡易ベッドでずっと恭子から離れなかった。それなりに恭子が小康を保っているので、十三日にひとまず次男が大学に戻ることになった。修士論文のための作業を進めなくては卒業できない。

恭子が視力が落ちてきたと気にしていた右目は閉じられたままになっている。視神経ばかりではなく、顔面神経も侵されているのだろうか？　その代わりに左目が半開きになっていることが多い。黒目がゆっくりと内側に移動して、すっと目じりの方向に戻り、またゆっくりと内側に動くという眼振を繰り返している。小脳テント下で小脳や脳幹部にがん細胞が充満しているせいだろうか？

それと、恭子は顎が外れるんじゃないだろうかと思われるほど大きな口を開けて、野性的な大あくびをしょっちゅうしている。そのたびに酸素マスクが外れそうになる。**長男と一緒に恭子の顔を眺めていたら大あくびをして案の定マスクが外れかける。すると、なんと、恭子が自分の右手を口元までもっていってマスクのずれを正そうとする！　長男と驚きの声をあげる。頑張っている恭子！　無意識に生きようとしてくれている。**

看護師さんに話すと、ではと言ってカニューレによる酸素投与に変更してくださる。

翌、十四日には盆休みが終わる長男も早朝に職場のある街に帰ることになった。

「これだけママと一緒に最期を過ごせたのだから、万が一のときに間に合わなくても悔いはないから」と言い残して……。夜は恭子と二人っきりに戻るわけだ。

十五日。一昨日頃から小刻みにわずかに頭部を振動させる振戦が一時間ばかり続いて治まるということが繰り返される。そう頻繁ではないが。当直の先生は痙攣の一種かもしれませんとおっしゃる。「苦しそうでしたらお薬を使いますが、呼吸抑制が出るかもしれません」と説明されるので、ご遠慮する。

混濁する意識の中で恭子が左の半眼を開くことが多くなる。閉じさせても、すぐに開く。どろんとしたまなこは怒りに燃える広目天のそれのように厳しく私たちを睨んでいる。動けぬ我が身を赤子のように扱うわれわれに対する憤怒の表れでも、優しいばかりではない厳格な恭子の一面が埋火のように生き残っているようにも見えて、私は慄然とする。

脈拍がやや低下傾向であること以外はバイタルサインも終日安定している。

十六日。早朝、呼吸状態が悪く努力性となる。体位変換で一時的に改善するが、すぐ荒い呼吸になるので、学生の次男に帰省を促す。長男と電話で話す。会社に迷惑をかけすぎてはいけないので、もう少しねばりたいと言う。「お盆の間に十分お別れはしたので、もしものことがあっても悔いはないから」と。

痰の吸引を頻繁にしていただくが、下顎呼吸になり、すぐ舌根が落ちてしまう。若い看護師さんが吸引しても呼吸状態が改善しない。私が下顎を引っ張り上げて呼吸音が楽そうになっても、手を離せばすぐ舌根が沈下してしまう。手を離せない。師長さんを呼んでいただいて、体位変換でなんとか呼吸を改善させるのがやっと……。

　中谷先生にネイザルチューブを入れていただいてはどうかとご相談すると、すぐに試みていただくが、**チューブを鼻腔のごく浅いところにしか挿入していない状態で、恭子が嫌がって手で跳ね除けるような仕草をする。**「ああ、大変な間違いをするところでした」と先生はチューブの挿入を即刻中止される。「奥様は痛がっておいでです。やめておきましょう」と。一も二もなく同意する。**恭子はいまだ昏睡には陥っていないのだ！**


　十七日。二十四時間尿量は九〇〇ccだからそう悪くはない。しかしこの日は一日中呼吸が荒々しかった。これまでにない変化としてバイタルサインのうちで血圧が時折高くなって安定しない。最高血圧が二〇〇を超え、最低血圧も一二〇台だったりするときがあった。血中酸素濃度は下がっていない。一日中、ゴーゴーと荒々しい呼吸を全身でしている。ラストスパートをかけている。どのように体位変換しても、痰を吸引しても、あまりに呼吸が大儀そうなので、中川先生に相談する。先生はすぐ駆けつけてくださり、当分の間呼吸が楽になりそうなツボを何か所か押さえていただくが、効果がない。「わたしにできることはありません」とすまなそうに先生が帰られる。

　それでも、夕方さっちゃんが来ると呼吸音が穏やかになる。ベッドサイドに腰掛けたさっちゃんが次男と何やら話をしていると、恭子の右目からつーッと一粒の涙が零れ落ちて頬を伝う。驚いたさっちゃんが、「クーちゃん、どうしたの？　何が悲しいの？」

その涙が何であったのか、私たちには計り知ることはできない。次男とさっちゃんの会話に参加できない自分が寂しかったのかもしれない。大あくびをした直後で自然と流れ出た涙なのかもしれない。それとも、それから五時間余り先に起こることを悟っていて、私たちにさよならを言ってくれたのかもしれない。私たちは、何も知らない。

十八時頃、中谷先生が回診してくださる。特段のお言葉はない。


「旦那さん、奥さんの脈が弱くなっているんですよ」と、例の厚い信頼をおかせていただいている看護師さんが私に呼びかける。跳ね起きた私は恭子の腕をとって脈を診ようとする。橈骨動脈は触れない。とっさに、マウスツーマウスの人工呼吸を試みる。ダメだ、と理解する。次男も恭子の傍に駆け寄ってくる。ボコボコと水の中に空気を通すような感触がする。「おじいちゃんとおばあちゃんに電話して！」と次男に頼む。恭子は眠るような穏やかな顔をしている。当直医は脳外科の浅間先生だった。眠そうなお顔で駆けつけてくださる。恭子の首筋に手を当てて、「三十くらいかな」とおっしゃっていただく。知らぬ間に両親が駆けつけている。それでは、というタイミングで浅間先生が、看護師さんにライトか何かあるかと尋ねられる。私は次男に私が恭子の口腔ケアのときに使っているペンライトを取ってくるように言う。浅間先生にお渡しして、先生が恭子の瞳孔に光をあてて、その散大を確認される。

「十一時二十分、ご臨終でございます」と言って、頭をお下げになる。

平成二十八年（二〇一六年）、八月十七日、午後十一時二十分に、**私の恭子が他界する。**

別の時空に旅立って行ったのだ‼

行年五十八歳。若すぎる……。

第七章　別れ

葬儀

　そのとき、私が恭子にすがりついて声をあげて泣いていれば、その流れでその場の雰囲気はもっと違ったものになっていただろうが、私は泣かなかった。意図的にそうしたわけではないが……。「浅間先生に最期を看取っていただいて家内も喜んでいると思います。ありがとうございました」とお礼を申し上げた。先生は黙って軽く会釈をされた。それから、おもむろに恭子の顔や手を撫でながら、よく頑張ったね、と声をかけてやった。**穏やかな綺麗な顔をしていた。**両親は、「恭子！」と言って絶句した。

「これ！　まだ温かい」と母親が恭子の手に触れながら言う。

「恭子、よう頑張ったのう」と、父親が悲しげに言った。

母親のことを長男に知らせるように次男に頼んだ。覚悟はできていたので悔いはない、翌日、一番の新幹線で戻るとのことだった。まず家に寄って、もう一台車があったほうが何かと都合がいいだろうから、車に乗って病院にやって来ると、冷静に長男らしい配慮の言葉を述べた。

例の看護師さんがそれはそれは丁寧に恭子の身体を拭き清めて、死化粧をしてくださった。相当に長い時間をかけて。「口が開かないようにしていただけますか」とお願いすると、心得ておいでだった。丸めたタオルを下顎の下にあてがってくださったのだ。

「何かお着せになられたい服装がありますか？」と尋ねられたので、「はい。家から取って来ます」と私は答えた。入院の最初の日に看護師さんから説明を受けていたので、合唱団の演奏会で女性が身に着けるブラウスと巻きスカート、コサージュ、それにウィッグと恭子の愛用の靴を準備してあった。

看護師さんが申し訳なさそうに「五時の退院でお願いしたいのですが」と言う。悲しんでいる暇もなく、私たちは慌ただしく退院の準備に取りかかった。長男に退院の時刻を知らせた。退院までには間に合わないだろうから。

私たちに別の意味での厳しく消耗する数日間が始まろうとしていた。

義母が、祖母のときにお通夜と葬儀までに日にちがなくて大慌てで大変だったと言う。じっくり時間があるほうが準備もできる、と。水曜の夜中、もう木曜といってもよい時刻に恭子は他界したので、土曜日にお通夜、日曜の午前に葬儀でどうだろうかと葬儀社の担当の方に相談したら、いいと思いますが、奥さんが頑張ってくれるかどうかということはあります、と言う。どういうことかと詳しく尋ねたら、この暑さですからお顔やなんかがが少し変わることがありますと言うのだ。ドライアイスとクーラーで冷やして、あとは奥さんの頑張り次第です、と。決定は喪主さんがしてください、と言う。

そうか、私は喪主さんになったのか、と思った。

ひと悶着あったが、恭子の遺志だからと押し通して香典は一切いただかないことにした。香典返しも大変だからねえ、と両親は私の考えとは違った受け止め方をした。私は遠路高い交通費を払って駆けつけてくださる方々もあるから、もうそれ以上の出費をしていただかなくてもいいのではないかという単純な気持ちからしたことだった。後日、ご会葬いただいた方々にだけでなく、お花をいただいた方、弔電をいただいた方、お手紙をいただいた方、お見舞いに来ていただいた方などに、私は香典返しの手間暇以上をかけてできる限りの感謝の気持ちをいろいろなかたちでお伝えしたつもりでいる。恭子のためだから、何ということはない。

お陰で恭子と私は二晩、一緒に苦労して築いてきた我が家の同じ部屋で寝ることができることになった。退院にバタバタして一睡もしていなかった私のところに葬儀社の担当の方が来られて、通夜や葬儀の打合せを長々としなくてはならなかった。方々から電話やなんかも入ってくるから、木曜の夕刻には私は幽鬼のようになって、フラフラでくたびれ果てていた。二十二℃の寒い部屋で、何キロものドライアイスのブロックを胸の上や身体の周りに積まれている恭子のことを思えば、倒れたら倒れたときだと開き直っていた。

夕飯に酒が入って、やっと緊張が少し取れた。私は倒れなかった。クーラーががんがんに効いた部屋で恭子と寝ている私のことを心配して周りの者が騒いでいる。大丈夫だろうか、風邪をひきやしないだろうか、お布団をもう少し厚手のものにしなくては心配だ、と。私は恭子の傍を離れるつもりはなかった。私に暖かい毛布を掛けてくれたり、両親にも感謝している。

恭子の他界した翌日の午前中に、何か虫の知らせがあって心配で病院に駆けつけてくださった合唱団の本山さんが、呆然としたお顔で我が家を訪ねてくださった。一度はそのままお引き取りいただこうかと思ったけれど、考え直して、恭子に会っていただけますかとお願いした。顔の覆いを取ると本山さんは恭子の顔を撫でたりつくづく眺めたりしながら、「綺麗よ、恭子さん。本当に綺麗……」と言いながら、涙を流してくださった。人からのこのようなご厚情が一番胸を突かれる。私もとめどなく涙を流した。流れるままにしたかった。

そのほかにはさっちゃんご夫妻が会いに来てくださった。さっちゃんのご主人のお父様の一周忌と恭子の通夜、葬儀が重なってしまったので、通夜には出られないけれど、葬儀までにはとんぼ返りしてご会葬いただけることになる。そのほかの弔問の客は親族が中心だったと思う。記憶が定かではない。


葬儀の遺影を決めるとき、私の中では二枚の写真に絞られていた。けれど、一応両親と子どもたちにはほかの数枚の候補も見せた。結局、私の意見を尊重してもらった。だが、葬儀社の担当の方に二枚を見せると、これはダメですよ、といきなりの返答だった。両親もダメだと言っていた、恭子と私が二人で写っている写真だった。恭子の笑顔が半端ではなく、溢れんばかりに笑みが咲きこぼれていたから、それにしたかったけれど、どうしてもダメだと言うのでもちろん諦めた。初めから断られることはわかっていた。

もう一枚の笑顔も素晴らしかった。あまり普段見たことのない、童女のような可愛らしい笑顔だった。両の腕を大きく広げて、幸福に満ち溢れた笑顔。顔を中心にしてその一部を切り取って使うという。義母は帽子を被っていることを気にしていたが、担当の方が、「最近は、散歩の途中の様子みたいな気取らない普段のままのご遺影も多くなってきておりますので、まったく問題ありません」と説明してくださって、義母も胸のつかえが取れたろうと思う。

「ご香典をいただかないのならば、ご挨拶のはがきは要りません」と担当の方が言う。今度は私がどうしても譲らなかった。「ご香典に対するお礼が会葬御礼ですから、ご香典をいただかないのであれば会葬御礼は要らないのです」と担当の方が言う。「いや、どうしても皆様にお伝えしたい気持ちがあるのです。ご挨拶と清め塩だけを準備してください」と、私。「わかりました。文章はお決まりですか？」「ここにあります」とお見せすると、文字数を数え、「三行ほど削っていただけますか」と言うので、その場で私が修正して、印刷にまわしていただくことになった。お通夜や葬儀の喪主の挨拶についても、入れないほうがいい内容などを教えていただいて打合せした。


「ありがとう。よく頑張ったね、これからもずっと一緒だよ」

じぶんのことで人様に迷惑や面倒を掛けることを極端に嫌う人が、私の最愛の妻恭子でした。どんな人にも配慮を忘れず、誰からも好かれる優しく聡明な女性でした。しかし、子どもたちには厳しい一面をもち、彼らが良識を持ったどこに出しても恥ずかしくない立派な「普通」の青年に育ったのは恭子のお陰です。私がなんとか社会性を保った一端の社会人として生きてこられたのも恭子の力によるものです。

「私が本当に恋に落ちると定められていた運命の女性、私の人生に意味を与えるために生まれてきてくれたたった一人の女性」が恭子でした。このたびの病は、十二分に警戒していたのですが、不運が重なり、私たちを襲ってきました。

しかし、最初から最期まで、恭子は取り乱したり絶望したり泣き叫んだりすることはありませんでした。私たちのために懸命に病魔と闘ってくれた恭子は、私より少し早く、手の届かない場所に旅立ってしまいましたが、居心地のよさそうな石に腰かけて、私がすぐに追いついて行くのを待ってくれているものと思います。

最後になってしまいましたが、生前は恭子に多大なるご厚情を賜り、深く感謝申し上げます。

本日は突然の報せにもかかわらず、お忙しいご予定のなかご会葬いただき、本当にありがとうございました。

略儀ながら書状をもちまして厚く御礼を申し上げます。

葬儀社の担当の方が翌日刷り上がった「ごあいさつ」を見せてくださった。

「奥様を、愛しておられたのですね……」と担当の方が言われた。

二十日、土曜日の午後六時からお通夜。二十一日の十一時からの葬儀となった。よく晴れた暑い日曜日だった。

お通夜にも葬儀にも声をかけそびれていた方々もたくさんお参り、ご会葬いただいた。葬儀場の玄関に大きな文字で書かれていた恭子の名前を、たまたま通りかかった子どもの同級生のお母さんかどなたかが目に留めていただき、伝わった方々が加わって、伝聞で聞きつけてくださった方々も加わって、椅子が追加されるほど予想を超えた方々にご参集いただいた。有り難いことである。恭子の人柄ゆえだと思う。

恭子の葬儀で合唱団の高嶋先生にお願いしておいたことがひとつあった。それは恭子が大好きだったMonteverdiのEcco mormorar londeを合唱団のメンバーで歌っていただくことであった。何年か前の合唱団の演奏会のステージで恭子がこの曲の紹介をしたことがあった。そのせいで想い入れが強くなったのか、それとは無関係に恭子がこの曲を気に入ったのかは定かではないが、そのときにこの曲を紹介している恭子の肉声もＣＤとＤＶＤに残っていた。

葬儀が進み、ご住職が退席されたのちに、恭子がこの曲を紹介する肉声を会場に流していただき、恭子の横たわる棺の周りを合唱団のメンバーが取り囲んで歌っていただいた。恭子と私がともに手を取り合いながら酷く苦しまずに乳がんとの闘病ができたのは、この合唱団で二人して歌えるという喜びがあったればこそできたことであった。音楽そのものの力ばかりではなく、温かい合唱団のメンバーの方々のお気持ちが二人を支えてくださったのだ。そのメンバーの歌声の中で恭子を送れることは本当にありがたいことであった。

この五月頃からだったろうか、恭子は毎日欠かさず続けてきた習慣を変えて牛乳を飲まなくなった。ヨーグルトはかろうじて食べたが、青汁の粉末を混ぜ込んでヨーグルトとは別物として食していたように思う。口にこそ出さなくても自分の命を奪おうとしている乳がんをそれほどまでに憎んでいたのだ。当たり前だ。怒りを爆発させたってなんの不思議もないところだ。恭子が荼毘に付されるとき、恭子は我が身を紅蓮の炎に焼き尽くされながら、心底憎らしいがん細胞の亡骸をも、憤怒の思いを込めてもろともに道連れにしているのだと思った。

焼き残った灰と化した恭子の遺骨は、がん細胞を跡形もなく焼き殺した勝利の証のようにさえ見えた。頑張ったね、恭子！　君の勝ちだよ！　がんが宿主を死に至らしめたとき、自らの血液供給も絶たれて死なねばならない。そののちにも火の地獄が待ち構えているのだから、がんとは阿呆な病だ。遺骨は勇ましい恭子の勝ち戦を讃えるように、私たちの目の前で生前の身体の位置をきちんと保ちながら横たわっていた。

「なるべくたくさん骨壷に詰めてください。なるべくたくさん」

「そのほうが故人も喜んでくださる」

そう言いながら、住職が竹箸で骨壺の中の遺骨を砕いている様子に、私は我に返った。母が、「こんな姿になって……」と嗚咽を漏らしていた。私と長男は食い入るように恭子の遺骨を目に焼き付けながら、黙々と骨壺に骨を収めていった。続いて皆が順繰りに何回も何回も遺骨を骨壺に収めた。それが勇ましい恭子の闘いぶりをねぎらうために我々にできるせめてもの作業であるかのように……。

翌日、居間で四十九日までの仮の仏壇に安置された恭子のお骨と遺影を眺めていると、窓の外ではつくつく法師が鳴いている。庭のむくげが盛りである。両親に毎日の水やりをお願いしていた六つのプランターに植え付けた里芋の茎は見事に太く、大きな葉が生い茂っている。毎年のこの頃と変わらぬ光景だ。

みんなが寄って集って、恭子の人生が短かすぎた、あまりにも早くに逝きすぎた、私を残して、今からが二人でゆっくりと楽しいこともいっぱいあるのに、と言って騒いでいる。私があまりにも可哀想だと、哀れんでくれたり……。言っていることは間違いじゃないし、そうなのかもしれないけれど、私は必ずしもそのようには感じていない。

二年間も治らないとわかり切っている治療を、それも、相当につらい治療を続けてきた恭子は、ほっとして、やっと安心して穏やかな気持ちでいるに違いない。さっちゃんに会えなかったり、永井さんとおしゃべりできなかったり、いろいろな不便はあるだろうけれど、それを差し引いても、今の状況のほうが居心地いいに決まっている。私の傍にはいつだって恭子がいるし、いつでも恭子の温かさと優しさを傍に感じられるって、いったいどう説明すればいいのかわからないけれど、そう感じている。恭子はいつでも私と語らったり、意見を交わしたり、お説教をしてくれたりしているのだ。身体があって、目に見えて、物質として存在することは、あまり重要なことではないみたいなのだ。恭子は成仏なんてしないで、いつまでも私の傍にくっついていてほしい。どう言えばいいんだろう。例えば、遠い距離を隔てた街に自分の大切な人が無事で生きていると、どうして断言できるだろうか？　そう信じているだけで、本当のところはわからないんじゃないだろうか。信じるか、信じないかみたいな。

子どもたちがそれぞれのいるべき場所に戻り、二十四日の水曜日から私は仕事に復帰した。滑り出しとしては比較的冷静に仕事ができた。両親はしばらく留まってくれている。義母は家を掃除して、買い物に行って当面私が困らないようにさまざまなものを買い置きしてくれている。義父は庭の草をきれいに引いて見違えるほどになった。荒れ果てていた庭がすっかりきれいになった。それができる時がきたら、徒長した庭木の枝を掃うのは私の役目だ。

さて、といった感じで、一人になって大変だろうけれど、自分たちも家に帰って自分たちの家を片付けないといけないからと、名残は尽きないけれどと言い残して両親が帰っていった。

二人の生活、ふたたび

恭子と二人の生活が始まる。二人の生活が戻ってきたと言ってもいいのだろう。やらなくてはいけないことは山のようにあって、どこから手を付ければいいかすらわからない。思いつくことから順番にこなすしかない。

私は、恭子が私の傍にいつもくっついていてくれていると信じている。だけど、本音を言えば今現在の私には、じつは恭子が私のどの辺りにくっついてくれているのかが、いまひとつ定かではない。遺骨が寒々として真っ暗な寂しい山の中のお墓に納骨されてしまう前に、仏壇にずっと置いておくための小さくて綺麗な骨壺と、私の首に常に掛けておけるペンダントにこっそり遺骨を取り分けてみたが、ペンダントの辺りに恭子がいるようにも思われない。時間をかけて、きっと恭子が隠れているところを突き止めるつもりでいる。かくれんぼしている恭子を捜すみたいに……。

二月に乳がん脳転移の髄膜播種が原因の水頭症の緊急手術をして、最期が近づくにつれ、三月から六月までの家での闘病、緩和ケア病棟でお世話になった六月三十日から五十日間の闘病を通じて、いやその以前の転移性乳がんと診断され、共に治療を受け続けた二年前からの闘病をも含めて、恭子という人間をつぶさに見ていて、この人は普通の人間ではないという思いが次第に強くなり、確信となっていった。

どこの世界に、自分ががんでとうてい長生きはできないと薄々感じながら、怒りを露わにもせず、絶望で捨て鉢にもならず、泣きわめきもせず、落ち込んで鬱的にもならず、周りの人々への配慮を忘れず、自分や身内の自慢はけっしてせず、がんに敢然と戦いを挑み、子どもたちを愛し、夫に寄り添い、両親を慈しみ、友人を大切にし、知人に礼を尽くし、声楽のレッスンに挑戦し、音訳に情熱を傾け、合唱に魅了され、夫との日々をいとおしみ、夫との会食を喜び、人々に愛され、人々に愛を届け、静かにひっそりと微笑みながら佇んでいることのできる人間が、いるだろうか？

どのような偉大な力の差配によるものかは定かではないが、恭子は結果的にがんによる痛みに苦しむことはなかったし、最期を迎える時期にもこの世に別れを告げることへの悔恨や苦しみからはおおいに解放されて、あらゆるものに対する感謝と慈しみという純粋なもののみが恭子のうちに残されることになった。

私の愛読する米国の作家ポール・オースターがその著書の中で述べている一文がある。「人間にとっておそらく、終わりに至って愛すべき人間であることこそ最高の達成だろう（柴田元幸訳）」と。

恭子は緩和ケア病棟のベッドで過ごした最期の五十日間、誰に対しても笑顔と感謝を忘れず、泣き言や恨みや怒りなどのこもった言葉をとうとう一切口にすることはなかった。涙を流すことすらほとんどなかった。終始穏やかにお行儀よくベッドで過ごしきった。**恭子はいともたやすくオースターのいう「人間としての最高の達成」を成し遂げたのだ。**

初めに、恭子は天使か妖精だったに違いないと信じた。つまり、人間として生を受ける以前は、妖精だったに違いない。人間として他界したのちに、元の妖精に戻り私の周りをふわふわと漂ってくれているのだ、と。

私のこんなふうな言い方を幼稚な誤魔化しやすり替えだといって笑う人は多いかもしれない。しかし、たとえば東日本大震災で子どもを亡くした夫婦や、夫を亡くした妻などが、あたかも失った家族が傍にいて話したり相談したりすることを当然のことのようにテレビで語っている場面を見ることがある。不幸にもかけがえのない家族を受け入れ難いかたちで失った人々が、例えば、大自然の猛威であっという間に最愛の家族を奪われたり、早すぎる死であったりしたときに、他界した魂の音をとても身近に感じ取ることができるのは至極当然なことのように思われてならない。

常識や科学というものや人間の知恵をあまり過大評価しないほうがいい。宇宙や地球や物理的な法則や、人体やその病気のことについて、私たちは知らないことのほうが多いのだ。東日本大震災のときに人間がいかに無力で、知恵や知識の乏しい生き物であるかを思い知らされた、と私は感じている。四十五億年前に地球が誕生して、四十億年から三十五億年くらい前に最初に誕生した生命には死というものがなかった。そうしてやがて有性生殖の細胞分裂をする生命の誕生とほぼ同じ頃に、生物に死というものが備わることになったらしい。限られた大地や海しか持たず、限られた資源や栄養補給の能力しかない地球上に、なるべく長く生命が生き延びるためには、死はとても合目的的だと誰にだって納得がいくはずだ。

しかし、なぜ性というものがあるのか？　有性生殖の細胞分裂では、なぜ染色体の数が半数になるのか？　なぜわれわれは老化したり、がんになったり、死んだりするのか？　私たちには何もわかっていないのだと、ユニヴァーシティ・カレッジ・ロンドンの遺伝・進化・環境部門プログラムリーダーのニック・レーンが著書『生命、エネルギー、進化』の中で述べている。

百歩譲って、私が恭子のことを妖精だというのが単なる妄想であったとしても、そのことをもあまり過小評価しないほうがいい。それについては、とても興味深いことを著しておられる方がいる。「母語」としてのイディッシュ語で作品を書き続けたポーランド出身のユダヤ系作家であるアイザック・バシュヴィス・シンガーは一九七八年にノーベル文学賞を受賞した。私は二〇一三年に出版された『不浄の血』（河出書房）というこの作家の作品を読んだことがある。訳はそのとき立命館大学教授の西成彦《まさひこ》先生。先生は作品の「解題」の末尾にこう記されておられる。

作家の脳裏には、人間ばかりではなく、ユダヤ教やカバラー思想が積み上げてきた天使や悪魔に関する空想、東欧のユダヤ世界が隣人として身近に付き合ってきた家畜たちの映像が、とびまわり、かけめぐっていた。その光景は、ときとして幻想的で、時代錯誤的であるかもしれない。しかし、そうした妄想の力こそが、ひとの生を下から支え、ひとの性欲や感情をぐいぐい引っぱり、突き動かしているという現実を、われわれは直視しなければならない。バシュヴィス・シンガーの偉大さは、幻想や妄想こそが「現実的＝リアル」だということを徹底的に描くことのできた、たぐいまれな二〇世紀作家のひとりだった点にある。

同じようなことを『これからの本屋』（二〇一六年 書肆汽水域）という著作の中で北田博充という方が述べている。

空想は現実の反対側にあるものではなく、空想の延長線上に現実がある。

私は山積みにされたなすべきことを猛然とこなし始めて、日に日に疲弊していった。そうして恭子が私に注意を促す。間違ったやり方をしているよ、と信号を送ってくるのだ。私は一日の診療が終わりかけた頃にばたばたして、呼吸がうまくできなくなる。パニック寸前だ。早く家に帰って、酒を煽って生き延びねば！ 恭子が怒っている。なぜ、もっとゆっくり物事をこなしていかないのか、と。私は気がついて、ペースを緩める。呼吸が楽になる。物事はゆったりした気持ちで整理すべきなのだ、と恭子が教えてくれている。

私は日々惑っている。
夫婦は「互いが空気のような存在だ」とたとえられることがある。普段はその有り難さがわからない、と。しかし、それは空気が存在しているという前提に立てる場合のお話で、本当に空気がなくなったときには呼吸はできず、苦しくて苦しくてとても生きてはいられない。逆説的に夫婦の互いの大切さを言い当てたようなものだろうか？

当然のごとく私は恭子が人間として傍にいないことに打ちのめされ、働く意欲はわかず、呆然と雑務をこなしているにすぎない。恭子が私の周りを妖精としてふわふわしていてくれるのになぜしゃきっとしないのかと私は自分を責める。挙句には恭子が妖精だなどというのは、自分の思い過ごしに過ぎないのではないかと、心が揺らぐ。

「寂しくなられましたねえ」と人にお声をかけていただくと、「いいえ、恭子は私の傍にいるような気がして、寂しいというのとはちょっと違います」と口では答えながら、自分は無理に寂しさを否定して強がりを言っているだけなのではないかと、惑うのだ。一方で、私がよろよろとではあっても、現にこうして生き続けられているということは、とりもなおさず恭子が妖精として傍にいてくれるからではないかと思ったりもする。

「恭子がいなくなったら、パパひとりでは生きてはいけないから」と恭子に言った私自身の言葉を、忘れてはいない。私は一人で生きていけるほど強い鈍感な人間ではない。

九月の早々に合唱団の練習に久しぶりに参加してみることにする。

恭子が助手席にいない運転にはあまり慣れていない。助手席を見やりながら恭子がうつらうつらするお決まりの光景を脳裏に思い浮かべる。都市高速に入る直前で急に不安になって安定剤を飲もうとしてパニックになる。しかし、もう車は目的地に向かっているのだから仕方ない。高嶋先生はじめメンバーが取り立てて恭子の話題に触れるでもなく、いつものように当たり前に淡々と接してくださるのが有り難い。庭で採れたマスカットをお礼の気持ちを込めておみやげにした。皆さん美味しい美味しいと言って喜んでくださった。少しずつ分けて持ち帰ってもらった。合唱にはのめり込むことができたが、むしろ休憩時間の茶話会のほうが苦痛だった。みんなにはこれまでどおりの心地よく忙しい時間が流れているのだ。当たり前のことだ。私は相変わらず非日常を生きている。練習の終盤で声の調子が崩れて、一気に気持ちが落ち込んだ。上着を一枚脱ぎ、スリッパを脱ぎ、心をなんとか鎮めて、最後まで歌い切った。爽やかな達成感があった。ああ、これからもこの合唱団に助けられながら生きていけるのかもしれない、と思った。

私が間違えていたのだ、なすべき事柄の手順を。恭子の預金が残っているある銀行のホームページを見ていて、相続の手続きがさほど煩雑なことのようには書かれていなかったので、つい電話をして相続手続きをしたい旨を伝えてしまった。担当の行員が代わって電話に出て、「相続人全員の方の自筆での署名と実印の押印、それと被相続人の方の生まれてから亡くなられるまでのすべての戸籍の写しをご準備いただかなくてはなりません」と事もなげに言う。相続手続きに慣れてしまったのちになれば、なんということのないお決まりの手続きが、恭子が他界して一月も経っていないそのときの私には途方もなく気の遠くなるような手続きに思われた。恥ずかしい話だが、私はそんなに大変な手続きなら今の段階で申し出る訳がない、ホームページにあまりに簡単に書いていたからつい電話してしまったのだ、ホームページにもっと詳しく書いてくれていれば電話などしなかったのに、と銀行側の不親切をなじった。

銀行の手続きは優先順位の高い事柄を片付けてからゆっくりすることに決める。恭子がそれでいいと言うので。

それにしても、大学院生の次男は実印など持っていようはずがない。次男の現住所はこちらになっている。この際実印を作っておくことにする。早晩必要になるものなのだから。実印を作ってもらい、役所で印鑑登録の手続きと印鑑証明をもらおうと電話すると、

「ご本人の自筆の委任状が登録の際と印鑑証明を取る際の二通必要です。それと、運転免許証か健康保険証の実物が必要です」と言う。

またか！　と私は頭にくる。

「学生ですから、運転免許は今取得中です。健康保険証の実物が要るのですか？」

「そうです」

「健康保険証がこちらにあるとき、病気になったらどうするんですか？」

「十割負担していただいておいて、あとから戻してもらえるんじゃないでしょうか」

「そんなバカな……。わかりました」と憮然として、私は電話を切る。

銀行や役所の理不尽さを長男に愚痴ると、長男が恭子の代わりをちゃんとしてくれる。

「それはパパのほうがおかしいんだよ。大切なものなんだから、相手のほうからすれば当たり前の要求だと思うよ」

と、あっさりと言われる。もうひと押し、パンチが飛んでくる。

「パパ。ママを失って自分だけが不幸なんだって、被害者面してちゃあだめだよ」

恭子が長男の口を借りて言っているのだ。


最初の月違い命日、四つ七日の土曜日に岡が泊まりに来てくれる。華道を京都の池坊の大学で修業されたおばあちゃんがお茶に招いてくださり、岡と一緒にお宅にお邪魔する。私の患者さんだ。ご主人が一昨年亡くなられて、山懐に住まっておられるので足がなくて困り切っておられる。ご主人はプランターでの里芋作りの私のお師匠さんだ。美味しい里芋の種芋はご主人からいただだいたものだ。世話ができないからといって一切処分されたらしいから、私が種芋を大切に守っていかねばならない。水屋から汲んだ井戸水を鉄のお釜に入れて、炭火で沸かして待っていてくださった。薄茶を二杯いただだいたのちに、鉄瓶で沸かした白湯は本当に美味しいからと言って勧められて、いただく。美味しい。さらに茶室から食卓に場所を移して、番茶をおあがりなさいという。満足をやや超えたか……、超満足。

翌日、私が選んだ仏壇が我が家に運び込まれる。前の日に仏壇の入るスペースを決めたり、家具を動かしたり、掃除機をかけたり、岡が甲斐甲斐しくてきぱきと手伝ってくれたので準備はできている。あいにくの雨だったが、仏壇屋さんは手慣れたもので、ちゃんと仏壇を濡らさないように安置してくださった。仏壇に入れておくものの配置やら、仏飯のあげ方、お花の供え方、文机のおりんや香炉の位置、住職のお座りになる二種類の座布団の説明、果てはお霊供の配膳の仕方まで手ほどきを受けた。手取り足取り、手慣れたものだと感心する。

九月十九日。葬儀で導いてくださった御住職にご足労いただき、お霊供を供えた仏壇の釈迦如来の開眼供養、入仏式を執り行っていただいた。岡は昨日帰り、弟夫婦に同席してもらった。義理の妹は私の身体のことも気遣ってくれて、果物をどっさりお供えしてくれた。感謝するばかりだ。

涙がとめどなく流れるのは、思いがけない方からお手紙をいただいたりして、人様の思い遣りに触れたときだ。さっちゃんが何かにつけて家に立ち寄ってくれる。部屋に入るなり居間の出窓に飾ってある恭子の遺影と骨壺めがけて駆け寄って、感極まったやや上ずったソプラノで、「クーちゃーん」と、嘆息とも懐かしさへの喜びともつかない声を発せられると、私の涙腺から流れ落ちる涙はとめどもない。人様の優しさが最も涙腺を刺激して仕方ない。

九月二十七日。二十九回めの私たちの結婚記念日は、子どもたちからメールで祝福され、家族四人でお祝いをした。

十月二日、日曜日。子どもたちと恭子の両親と私の父親が足を運んでくれて、弟たち夫婦も時間を割いてくれて、ぱっと一瞬の賑やかさの中で四十九日忌がお寺で営まれた。恭子の両親は後ろ髪を引かれるようにしいしい帰って行った。何事もなかったかのような日常の中へ……。本当のところ子どもたちはどうなのだろう？　心優しい長男は仕事に没頭しながら母親のことを思っているのだろう。心優しい次男は寡黙で何も言わないから、黙々と勉強しているのか？　私はといえば、やはりまだ非日常を生きている。やっとの思いで……。まだ、生き続けていく決心はついていないが、だからといって死ぬわけではない。死ねば子どもたちや親たち皆を悲しませ、不幸のどん底に突き落としてしまう。何より、子どもたちのために生き抜かねばならない。

そんなことを考えていると、おまえ！　本気で恭子が妖精だと信じているのか？　信じるのなら、もっとしゃきっとしろよ！　という別の私自身の声が聞こえてくる。


目に見えるものと、目に見えないものはどっちが大切なのだろうか？　いやいや、それはちょっと正確さを欠いた問いかけだ。目に見えるものと、目に見えないもののどちらに、大切なものが属していることが多いか？　あるいは、大切なものは目に見える場合と、見えない場合のどちらのことが多いか？　命、これは見えるといっていい時と、そうでもない時がある。心、目に見えない。優しさも、素直さも、およそ人のもつ性格的な美徳といわれるものは、相手が実感はしても、目には見えないことが多い。愛も見えない。恋も見えない。風も見えないといっていいことが多いし、時も見えない。やかましく鳴いていて、その季節に起こった大切な事実の記憶を呼び起こすことのある、つくつく寒蟬《ぼうし》やカワズやコオロギや山鳩などの声も、目で見えていることは少ない。

今、恭子も見えない――。恭子はその在りようを変えただけで今までどおり私と一緒にいてくれている。以前よりも近い距離にいるとさえいえる感じで……。キリスト教では肉体は滅びても魂は不滅だと考えるのだとあるクリスチャンの友人が語ってくれた。そうかもしれないが、そういう感じ方は恭子に対する今の私の感触とは少し違うように思う。それは単なる言葉の綾の問題なのかもしれないが。ただ、恭子が私の中でますますその存在感を大きくして、私にくっついていることは、紛れもない事実である。私のごく個人的な真実なのである。

恭子がいつか言っていたことがある。「わたしが死んだら、パパはそのうちにわたしのことは忘れてしまうよ」と。私は一生涯をかけて、その恭子の言葉を否定し続けようと考えている。それには、工夫と努力が必要なこともなんとなく予感している。恭子のさまざまな表情やさまざまな時代の顔を写した写真を日ごろから目に付くようにしよう。撮りためたビデオを頻繁に見よう。なるべく毎日、恭子の声を、私がこっそり合唱団の練習や二人の生活のやり取りを録音してきた恭子の肉声を、聞こう。恭子がますます私の中でその存在感を新たにして、大きな意味をなすように工夫に努めようと思う。私が死んで追いついて行くまで、恭子がしっかりと私の傍で在り続けてくれるように、祈ります。

二人の息子たちは家を離れてそれぞれの場所で頑張ってくれているから、私と恭子の新しい関係性の中で二人水入らずの生活をしている。さまざまなことを考え、さまざまな思い出がよみがえってくる。それは、日常のなにげないふとした瞬間に懐かしく立ち上ってくる。

朝、顔を洗っていると、恭子が本当に真剣に長い時間をかけて顔を洗っていたことを思い出す。あまり何度も延々とお水を顔に持っていくので、私がにやにやしながらその様子を眺めていると、恭子は恥ずかしがってか、嫌がってか、あっちに行っててと言ったものだ。女性はみんな、こんなに一生懸命顔を洗うんだろうかと不思議でならなかった。

恭子は食べることが大好きで、好物もたくさんあったが、とりわけ白いお米のご飯が大好きだった。炊き立ての湯気の立ったご飯をおひつに移すときの真剣で幸福そうな表情は忘れられない。何か、お米を慈しむみたいにしていた。一人になって、お昼のお弁当は恭子の見よう見まねで、一合のご飯をおにぎりにする。炊き立てのご飯をゆっくりかき混ぜながら粗熱を取り、塩をふって、食品用ラップを広げた上に大きな海苔を敷いて、六割ほどのご飯を広げ、紫蘇昆布やおかかを載せて、その上に残りのご飯をかぶせて、ラップの四隅を折りたたむようにしておにぎりにする。しっかり握って、お昼に食べてみると、恭子のとはどこか美味しさが違う。ある日、おにぎりのご飯が固すぎることに気がつく。お米を潰すほど握ってはいけないのだ、と。もっと優しくふんわりと握らないと。そういえば、恭子がご飯をおひつに移すときに本当に丁寧に優しく、切るみたいにご飯を扱っていたことを思い出した。お米の一粒一粒を傷つけないようにふんわりと扱うことに気を配って、緩めにおにぎりにしてみたら、その美味しいこと。いまだに恭子に教わっているのだ。

恭子がお風呂から上がってくるときの情景も懐かしく思い出す。まだ生乾きの髪、粗拭きした身体を半分のぞかせて、お風呂場の電気をさっと消して、傍にかけてあるバスタオルを浴室に引っ張り込んで、真っ暗なお風呂場で身体を拭いていた。そのほうがあったかいし、何より私にさえ明るい脱衣場で裸体を見せないようにする恥じらいをもった女性だったのだ。

恭子が最期を素晴らしい緩和ケア病棟の部屋で過ごせたことは、恭子本人にとってばかりでなく私たち家族にとっても大きな幸運だったとつくづく思う。至れり尽くせりで、心のこもったナースやスタッフやドクターにしていただいたことは、ここで逝かせてもらえるのなら文句を言ってはいけないとまで思わされるものだった。恭子本人と家族や見舞い客まで、魂をもったひとりの人間として扱っていただいたことは、何物にも代えがたい恩恵であった。

私は、すべての医療がかくあるべきだなどとは思ってはいない。この病棟は「看取ること」に特化した特別の医療現場だから、患者が次々に押し寄せて戦場のように忙しく追い立てられている大病院のスタッフに、同じようなゆとりや心配りを要求することはお門違いだと思う。

お医者様や病院側としては受診してくる患者を拒むことはできないだろう。そこに多くの問題を孕んでいると思う。大病院に患者が過度に集中しないような工夫は各所でなされているが、十分な効果は得られていないのが実情だろう。恭子との闘病を通じて、大病院のお医者様に、この病院でなくてもどこどこの病院で同じ治療が受けられるからそちらで治療されてはどうでしょうかと、患者や家族に提言することがせめて許されるような仕組みがあってもよいのではないかと感じた。そのためには、お医者様が患者や家族にしっかりと向き合えるような時間的な余裕やネットワーク作りが必要である。最低限、医療の質が担保されていなくてはならない。膝を突き合わせて、厳しい会話を交わし合って、しかも患者や家族のきちんとした理解や協力がなくてはできないことだ。その結果、納得がいけば患者は別の病院を選択しても構わないと思う。大病院のお医者様だって、ゆっくり、じっくりと患者に向き合いたいと思われておられるに違いないのだ。

患者が理屈に合わない身体に認められた不調や兆候を訴えたときに、お医者様は一笑に付して無視したり、腹を立てたりしないでいただきたい。医者の端くれの歯医者の私だってやってしまいがちなことだけれど、こと命に関わる疾患を見つめておられる場合は、お医者様が「じゃあ、一度いらっしゃい」とか「もう一度、診てみましょうか」とかおっしゃってくださるだけで、患者の運命が違ってくることだってあると思う。

更年期障害のホルモン療法をなさるお医者様にお願いしたいことがある。患者がホルモン感受性の悪性腫瘍を身体のなかに抱えているかもしれないということを、きっちりと否定してから、治療に臨んでいただきたいと思う。患者の予後に重大な影響を及ぼすことがあり得るのではないかと思うからだ。

十一月半ばの土曜日に思い切って長男の住む街を訪ねた。電車や新幹線に平常心で乗れるだろうか、家を離れて恭子が寂しくないだろうか、と子どもじみた心配をしながら。骨壺からコバルトブルーの眩しい卵くらいの大きさの焼き物の骨壺に分骨した恭子の遺骨をカバンの底に忍ばせて出かけた。一年で最大の繁忙期を終えた長男は少し痩せていた。会社の同僚みんながこの時期には体重を減らすらしい。長男と一緒に夕飯にビールが入って、やっと肩の力が抜けた。長男は忙しい毎日のハードな仕事の話をしてくれた。食べっぷりが逞しい。かつて、大学受験や大学生活がなかなか自分が思うようにいかなくて、何をしていいかが見つからず、ひ弱に迷いあぐねていた同じ青年とは思えないほど、見違えるように生命力に溢れていた。恭子もさぞかし安心していることだろう。

翌日、電車に乗ったり降りたりして、二、三の寺で見事な紅葉を愛でながら長男といろいろな話をした。長男が先を歩いて、私はやっとの思いで付いていった。紅葉の美しさに心洗われ、長男とゆっくり過ごせることを有り難いと思いながら、しかし、私の足取りも心も重かった。恭子と必ず訪れた蕎麦屋での昼食も、食欲は湧かなかった。心底ものごとを楽しむことはまだできないのだと思い知らされた。お香や便箋などを扱っている私のお気に入りの店に立ち寄ろうかという長男の誘いを断って、私は早々に帰路につくことにした。電車の改札口で私を見送る長男が、私を気遣って言った。

「パパ、年末には帰るから、もうすぐだからね」……

私は有り難く思いながら、可笑しくてならなかった。苦しかった大学時代、長男のアパートに泊まりに行って、やはり私が帰るのを改札口で見送っていた長男の顔には心細さがにじみ出ていた。哀れにすら見えた。今では、長男が私を憐れんでくれて励ましてくれている。同じつらいなら、こっちのほうがいいに決まっている。逞しく力強くなった子どもに励まされるほうが、逆よりはずっとましだ。

帰りの新幹線のシートに身を沈ませながら、私はささやかな満足感を覚えていた。小さな旅行ができたことを子どものように喜んだのだ。やっとできた、と。

十一月二十五日は恭子が他界してから百日目。関西では逮夜といって前日を大切にするらしく、二十四日が百日忌ということになる。そこで二十三日の勤労感謝の日の休日に、さっちゃんと永井さんにご足労いただき、百日忌の法事の代わりに仏前で恭子の思い出話をしていただくことをお願いしてみた。二人とも喜んで引き受けてくださった。お霊供《りょうぐ》を供えた。

その席で私は思いがけない話を二人から聞かされることになる。

朗らかで思いやりがあって誰からも好かれた恭子は、本当に楽しく充実した大学生活を送っていたとさっちゃんが語ってくれた。ほとんどなんの悩みもない大学生の恭子にはただ一つだけ悩みがあって、それは私がなかなか恭子の私に対する想いに真剣に応えてくれないことだったというのだ！　恭子が私に恋愛感情を持ってくれたのは、「大学生になる前からだと思うよ」と。大学の構内で偶然私に会ったときに、恭子の目がキラキラと輝くのがいつも隣で見ていてすぐにわかったよ、と。

私は頭をガーンと殴られたような衝撃を受けた。恭子の思いがいじらしくて愛おしくて、涙が止まらなかった。「鈍感な青年」だった私は、恭子に好感を抱きながらも交際を申し込むような自信も勇気もなかった。何より、私はほかのこと、勉強や合唱や友情などにばかり気を取られて、恭子の想いをしっかり受け止めることさえできない愚鈍な青年だったのだ。ありがたくて、もったいなくて涙が止まらない。恭子は私と結婚するまで十年間も心細く迷いながら、私のことを大切に思い続けてくれたのだ。もったいなくて涙が止まらない。「さっちゃん、なぜ、そのとき僕に言ってくれなかったの？」と卑怯な私は尋ねてみた。さっちゃんはにこにことほほ笑むばかりだった。

恭子は大学卒業を目前にして、何の気なしに受けた健康診断で股関節が思いのほか悪化していることが判明して、配属校まで決まっていた教職に就くことを諦めて親元に帰省した。永井さんは整形外科医のご主人が片田舎の出張病院に出向を命じられて、恭子の住む街にやってきた。そのときの茶道教室で二人は知り合いになった。「恋人が卒業した大学の大学病院にいるのよ」と嬉しそうに話していたそうだ。私のことだ。私はそんな恭子の真摯な想いに真剣に向き合っていたとは、とても言えない。

恭子と両親は迷いに迷って、私たちの卒業した大学病院で股関節の手術を受けることを決断した。そのことで、私と恭子は再び繋がることができた。恭子が田舎で教職に就いていたら私たちの絆は途切れていたかもしれなかった。股関節の手術をほかの土地の病院で受けていたら、やはり私たちは結婚できていなかったかもしれない。離れ離れになりそうな運命を乗り越えて私たちはきわどい繋がりを保つことができて夫婦になれた。大学在学中に恭子の想いを真剣に受け止めていれば、もっと早くしっかりと結びつくことができたのかもしれない。手術後のリハビリを受けるために小さなアパートで一人暮らしをしていた恭子を一人ぼっちになんかさせずにすんだかもしれない。恭子に寂しい思いをさせた私はなんという情けない男だったのだろう。恭子の想いが、有り難くて、もったいなくて、いじらしくて、私は本当に後悔した。泣けて泣けて仕方なかった。

時期を一にして、高校で私と恭子の同級生だった女性が恭子の訃報を聞いて電話をかけてくれた。お悔やみの挨拶も早々に、同じような話が出てきた。彼女は事も無げに私に言った。

「クーはあなたが受験する同じ土地の大学を受験したのよ、あなたに合わせて」

なんということだ！　「知らなかったの？」……

恭子の一途さが愛おしくて、私は恭子との二度目の恋に落ちていった。憐憫からではなく、本当にやむにやまれぬ理屈抜きの真剣な思いのこもった恋だ。恭子がほかの時空にいることとどなんの障害にもならないどうでもいいことだった。私は人生二度っきりの恋に、同じ女性と落ちていったのだった。

何気なく覗き込んだ普段あまり見ることのない箪笥の引き出しに、不思議なものを見つけた。桃色の美しい織物の地に金糸銀糸の艶やかな刺繍の施された握り拳ほどの大きさの巾着袋だった。中には大きな印鑑が二本納められていた。押印してみると、なんとも解読不能な印鑑で、実印にしてもいいくらいの立派なものだった。最初に思いついたのは、恭子が二人の息子のために実印用として準備してくれていたものだろうか、ということだった。しかし、長男が就職して実印を作った際に恭子は何も言っていなかったし、どうみても私たちの苗字とは読めなかった。次に恭子の両親が結婚のときに持たせてくれたものではないかと考えた。さっそく両親に電話して、このようなものが出てきたのだけれど思い当たる節がありますかと尋ねてみたが、父は何も思い当たらないという。

二、三日後に父から電話が入る。

「あとで、ゆっくり思い返してみたのだが、そう言えば、恭子から縁起を担いで印鑑を作ろうと思うのだけれどと相談されたことがあってね。思いが叶う印鑑を。高く売りつけられる商売だから、やめときなさいと言ったんですがね」と言う。

じっくり、押印のかたちを眺めていて、一つは確かに恭子という文字をくずして装飾したものに違いない。もう一方はわからない。

年末に子どもたちが帰省した際に意見を聞いてみた。長男と私の見解は違っていた。恭子に対する恋慕の情の強い私には、どうしても私の名前に見えて仕方なかったが、長男は恭子の旧姓の苗字に違いないと言う。

「パパは、話の流れからママがパパの名前を刻印してくれたと思うんだから、そう信じてればいいんじゃないの」という幕引きになった。恋は盲目だ。

年が改まって早々に、ドイツ在住の恭子の親友、スミレさんからお手紙をいただく。スミレさんには昨年の春に、恭子に残された時間が少ないことをメールでお伝えしておいたので、その後毎日のように携帯にさりげなく恭子を励ますメールを送ってくださっていた。八月に他界したときも、その日に横浜に住まわれているスミレさんのお母様にお電話を差し上げ、ドイツのスミレさんにも即座に伝わったのだと、手紙にも記されてあった。恭子のことを毎日毎日思い続けてくださって、やっと手紙を書く気になられるのに四か月かかったのだ。思い続けてくださったその時間と筆を執ることのできなかったお気持ちと、やっとの思いで手紙を書いてくださったそのお気持ちを思うと、有り難くて涙が止まらない。折あしく、その手紙を開封して読んだばかりのタイミングでさっちゃんから電話が入った。いつまでもめそめそしているいい年をした男のことを、さっちゃんはきっと呆れたに違いない。本当にばつが悪かった。

恭子にとってスミレさんは初めての大親友だった。中学一年生というまだあどけない年頃ではあっても、二人の出会いは奇跡だったとスミレさんは書いてくださっている。そうして、それぞれの親の転勤に伴い、二人は絶望的に引き裂かれることになる。二人は知恵を絞り、話し合って、二人だけでアパートを借りて残るわけにはいかないかと親たちに懇願する。許されない。二人で微笑ましくも「心の会」というものを作った。残された時間、クラスを愛し、花を絶やさなかったそうだ。二人で話して話して話して、「心の会」をそれぞれが新しい土地で広めていくことが自分たちの使命だという結論に辿り着いた。そこに、別れて別々の土地に行くことの意味を探り当てたというのだ。まるで宣教師か修道女のように。

　私は、幼い子どもの友情の物語に過ぎないなどとはけっして思わない。それどころか、恭子と三十年近く夫婦として過ごし、恭子を傍らからつぶさに見ていて、ああ、この人との出会いこそが恭子の人生の原点だったのだと思った。まさに恭子は「心の会」を広める使命を感じながら人生を歩み続けたように思う。恭子の優しさ、恭子の人々に対する配慮、「自分の今なすべきことをしなさい」と繰り返し続けた言葉の源流はここにあったのだ、と思った。

　今、恭子とは別の時空で歩み始めた私の使命もそこにあるのかもしれない。私と恭子が人間としては離れ離れになった意味を感じなくてはいけないのだろう。

恭子の魂

　恭子や子どもたちなど家族とはまた違った意味で、音楽や美術や文学とりわけ小説は、私の生を支えてくれるよすがである。つまり、私は音楽や美術や小説の力というものを信じる者なのだ。ある日本人作家がこんなことを書いていた。小説には悲しみや寂しさが必ず含まれていて、それを読む人は悲しみや寂しさをもった人たちだ。悲しみや寂しさなどとは無縁だという人は小説など読む必要はない、と。

一月の恭子の五か月忌の頃、運命的な出会いを感じながら前年の暮れには読み終えていた『すべての見えない光』という本の題の意味があるときすとんと理解されて、その日を境に妖精の恭子は「見えない光」となった。その想いが腑に落ちて合点されたのだ。


アンソニー・ドーアの手になる『すべての見えない光』は、二〇一五年にピュリツァー賞を受賞してあらゆる方面からの注目と賞賛を浴び続けている作品である。主人公のひとり盲目の少女マリー＝ロールは波乱万丈の人生を生き延びて老境に達し、あるとき孫と散歩に出かけて、ゲームに熱中している孫の携帯電話の機械を出入りしている電磁波にふと思いを致す。

現在の地球上では激流のような、携帯電話での会話ややり取り、テレビ番組や、Ｅメールなど、さまざまな電波や光が、それは何億とも何十億ともつかないおびただしい天文学的な数の電磁波で、天空を飛び交っている。国境を越え、山脈を越え、大海原を越えて……。

マリー＝ロールは思う。いや、アンソニー・ドーアが信じる。

「魂もそうした（電磁波の飛び交う）道を移動するのかもしれないと信じるのは、それほど難しいことだろうか」と。※（　）内筆者付記。

中島みゆき作詞・作曲の「この空を飛べたら」を思い出す。

この空を飛べたら消えた何もかもが
帰ってくるようで　走るよ
ああ　人は　昔々　鳥だったのかもしれないね
こんなにも　こんなにも　空が恋しい

松任谷由美作詞・作曲の「FLYING MESSNGER」を思い出す。

いちばん会いたいのは　誰?
もう会えないと　決めてるの?
もしも　あなたが想うとき
誰かも　きっと想ってる
夜明けの前の星灯り
雲の闇間をすりぬけて
私は　空飛ぶ夢の配達人

書かずに　終わった手紙も届けます
恋した　街角　吹いてく風になって
失くした　気持ちを伝えに

武満徹作詞・作曲の「翼」を思い出す。

風よ雲よ光よ
夢をはこぶ翼
遥かなる空に描く
希望という字を
人は夢見　旅して
いつか空を飛ぶ
©1983, Schott Music Co. Ltd., Tokyo

私は、もう少し想像を逞しくする。恭子の魂は光やエックス線のような電磁波の速度をもっているのだと思う。その速度は秒速三十万キロメートル、一秒間に地球を七周半する速さだ。マリー＝ロールがいうように、もちろん、恭子の魂は私のジャンパーやシャツばかりではなく、脳や甲状腺や頸椎や睾丸を貫く。一秒間に七回半も。外国にまた行きたいと言っていた恭子は、ハンガリーのブタペストやチェコのプラハやギリシャのミコノスやクロアチアのドブロブニクやフランスのニースやスペインのバルセロナなんかの上空をあっという間に通過して、見下ろしているのだ。一秒間に七回半、私の身体を貫通するということは、私たちの時間や空間の認識からすれば、常に私と共にいるということと同義だ。しかも、同時に地球上のあらゆる場所にいるのだ。人間の目には、そこら中を恭子の魂が埋め尽くしているように捉えられるレベルのお話になる。恭子の魂は常に高速で飛び回っている。相対性理論の世界だ。

私は恭子の魂が電磁波になっているに違いないと決めつけようとしたり、それによって現在の状況をなんとか納得しようとしている訳ではない。言葉はどうでもいい。まさに、言語道断。説けば説くほどに、空しく真実からは遠ざかってしまう。

凍てつく冬の晴れ渡った日に、眩しい太陽の陽を浴びながら、突き抜けるように高い紺碧の天空や海の向こうから湧き上がってくる雲の連なり、静かな流れを眺めていると、そこにはいつもの日常とは違った世界や空間が広がっていることが得心される。

真っ青な大空に、ぽっかりと浮いた綿菓子のような白い雲、刷毛でさっと刷いたような薄く細長い雲。もくもくと薄墨色をした雲が絡み合って怪しげな空。そうして、太陽。雲の上から射す太陽の光が薄墨色の雲のふちを銀白色に彩っている。埋め尽くされた雲の上に太陽の影が見える。透けて見はるかす天空の蒼は永遠のように高く高く。じっと上空を眺めていると、雲はさまざまな速さで流れている。そのような大空を、何十億という電波が飛び交っている事実に思いを馳せるとき、恭子の魂がこの同じ大空を飛び交っているという想いに疑問を抱くほうが不自然にさえ思われてくる。

私の恭子の魂はこの大空を飛び回っているのだ！

私は、空ばかり眺めながら日々を過ごしている。とりわけ幻想的なのは西に傾いた太陽の前面に積雲があって、太陽光が積雲の縁のそこここを銀白色に燃やしているさまである。太陽の位置に近い雲の端は真っ赤に焼けた白熱電球のように力強く光り輝いている。時折雲間から地上に太陽の光線が斜めに射すエンジェルズハイロゥは神々しい。その雲と太陽のダイナミックな光景のすき間すき間から真っ青な天空が永遠の高さで眺められ、流れる雲に上空数千メートルもの高みで吹く風の存在に胸がざわついてくる。この果てしない大空を何十億という意味と行先の明確な電波が飛び交っている事実に思いを致すとき、ふたたびそのような在りようで恭子の魂が飛び交っていないなどとは信じられないことに思われてくるのだ。

恭子の魂がこの果てしない大空を光速で駆け巡っているのだという想いは理屈ではなく、身体や五感でありありと実感され、にわかに真実味を帯びてくる。今現在、私が恭子の魂をそんなものとして受け止めているというだけのことだ。それだけの、個人的な想いに過ぎない。
しかし、思い出してほしい。バシェヴィス・シンガーの文学世界を評した西先生たちの言葉を。幻想や妄想こそが人の生をぐいぐい引っ張ってくれる「現実的＝リアル」であり、空想の延長線上にこそ現実があるのだ！

個人の不死性とは、地上であったことを記憶していて、他界へ行っても地上のことを懐かしく思い出す魂のことであると定義した上で、人間の不死性をめぐる省察は、古来からあると博学で知られたアルゼンチンの作家、ボルヘスが語っている。曰く。ソクラテスは、魂は肉体がないほうがよりよく生きることができる。肉体は足手まといになるだけだと言った。曰く。十九世紀のドイツの物理学者、哲学者であるフェヒナーは、死はやがて訪れるもう一つのより十全な生だと言った。曰く。タキトゥスやゲーテは、偉大な魂たちは肉体とともに消滅することはないと考えた。タキトゥスは個人の不死性は少数者のみが受けるに値する天恵だと考えた。つまり、凡庸な魂とは無縁で限られた人にだけ与えられると。曰く。ピタゴラスやプラトンは転生することによって人は不死性を獲得するのではないかと考えた。仏教の輪廻転生の考え方と通じる。般若心経でも、色不異空、空不異色、色即是空、空即是色。私が今ここに生きているということは生きていないということと同義で、なんの意味もない。恭子が生きていないということは、生きているということとなんら変わることのない同義である。

二十世紀の哲学者であるヴラジミール・ジャンケレヴィッチは、死は生を無意味にすることによって生に意味を与える、死は生に意味を与える無意味である、という。死とは人間にとって説明のできない、思考不能の何かであり、だから、意識が肉体を離れて存在するということも確かではないが、肉体とともに無に帰すということも確かではない、ともいっている。

東京大学の医学部救急医学分野教授の矢作直樹先生は、『人は死なない』という著書の最後に、寿命が来れば肉体は朽ちる、という意味では「人は死ぬ」が、霊魂は生き続ける、という意味で「人は死なない」。自分は、そのように考えている、と著されている。魂は永遠であると信じる宗教の議論を先生はされているのではないと思う。多くの命を失う人々や、命を取り留める人々をご自身の目で見つめられた臨床医としての体験と、おびただしい数の文献を精読された結果として、辿り着かれた結論を述べられているのだと思う。

国立がんセンターの総長にまで上り詰められ、あの杉村隆先生の愛弟子であられる垣添忠生先生が、奥様をがんで亡くされた体験を綴られた『妻を看取る日』という著書の中で述べられている。「葬儀の弔辞で、しばしば『天国から見守ってください』という言葉を耳にする。自分が妻を亡くしてみると、あの言葉はそのとおりなのだと思う。妻がどこか上のほうから私を見守ってくれている感覚が、確かにある。こうしてさまざまな場面で妻があらわれ、一体感を感じられたことは、どんなに非科学的な話であっても、当事者には特別な意味を持っているのである。」と。日本のがん研究、がん治療の最先端を走られているお医者様が、非科学的な事象を自らはっきりと肯定されているのである。

さまざまな意味合いにおいて、人は不死性を備えることが可能で、死というものが人を無に帰すものではないと、私も信じている。

「がん哲学外来」の創始者、順天堂大学の樋野興夫先生が言っておられる。人間の一生の評価は最後の五年間をどう生きるかで決まる、と。

恭子は最後の五年間のほとんどを私と二人、夫婦水入らずで過ごした。自分の歩むべき道を探しあぐねていた長男のことは本当に心配していたが、私たちは信じていた。この子はほかの人とは違った時間の流れの中で生きているのだから、ゆっくり模索すればよい、と。

恭子は目の不自由な方々のために、音読の勉強に没頭し、ボランティア活動に情熱を注いでいた。一方で、二人で合唱できる喜びを共に分かち合いながら、生きるための張りをいただいてきた。高嶋先生の合唱団と巡り合ったお陰で、恭子は初めて上手に歌を歌いたいと思ったという。高校からずっと合唱を続けてきた恭子にとって、初めて芽生えた感情だった。音大の声楽の先生のレッスンを受け始めた。合唱団のメンバー二人と三人で、女声三部合唱にも挑戦して、楽しく充実した最後の合唱人生だった。

子どもたち二人を慈しみ、長男の二つ目の学校での文化祭や作品展を見に行くのを楽しみにしていた。次男が全国大会で疾駆する雄姿を誇らしげに眺め、声援した。子どもたちのもとを訪れることは、私たち夫婦の大切な年中行事だった。

親を敬い、人々に微笑みと配慮を忘れず、誰からも好かれる聡明な女性だった。

やがて、ほかの時空に旅立つ三年前に甲状腺がんの手術を受け、二年前に転移性乳がんを得た。恭子の人々に対する姿勢や配慮は微動だにしなかった。私と二人の時間を愛おしむように大切にしてくれた。ドライブに行って山や川に遊び、森で食し、庭でお茶をしながら日向ぼっこをし、華美ではなくても外食を頻繁に重ね、美味しいものをたくさん食べて、音楽を聴き、歌を歌い、おおいに笑い、桜を愛で、人生を謳歌した。

私はこの三年間、心身ともに恭子に捧げ尽くし、できる限りのことをしてきたと思っている。しかし、だからといって、生身の恭子を失った疼きがいささかなりとも癒えるということはない。むしろ、たった三年に限らず、なぜもっと長い時間恭子をもっともっと大切にしなかったのかと、悔やまれるばかりである。

ここ最近撮ったどの写真でも、恭子は静かに微笑んでいる。私はといえば、苦虫を噛み潰したような悲しげな難しい顔をしている。

恭子という稀有な存在に巡り会えた奇跡を思う。

なかんずく、伴侶となることのできた光栄を思う。

私が人生のさまざまな出来事を乗り越え、二人の子を得、自らの人生に僅かでも意味を見出すことができたのは恭子の力によるものである。

そうして、今、現にこうして生きていることも……。

いや、樋野先生がおっしゃられた「自分の命よりも大切なもの」のうちでも、最も大切なものを失ったのだから、私はすでに死んでいるのかもしれない。


すでに死を生きている者の戯言だから、信じていただける方は誰もいないかもしれないが、それは大した問題ではない。私は、恭子は天から使わされて、この地上に舞い降りたニンフ、妖精なのだと考えている。そうして、今は、目には見えない光という姿をとっている。

だから、恭子は私の身体にくっついて常に私と一緒にいてくれるのだと思っている。これまでも、これから先も、ずっと……。

エピローグ　～告白～

恭子と私の二年間に及ぶ転移性乳がんとの闘病の間に、恭子が何度か言ったことがあります。「パパ、もしわたしが死んだらわたしのことを小説に書いたらいいよ」と。そんなことがあるもんか、と否定しながら私は恭子と過ごしてきました。なぜ、小説という言葉が飛び出してきたのかは私たちの家庭の個人的な脈絡ですから、さて置いて。

私は恭子の勧めに従って、この文章を書き連ねてきました。この文章が現代のこの国の医学の現状を著したドキュメンタリーだとは考えていません。それにしては、私はあまりにも専門的な医学の知識を欠いていますし、一時代の治療のガイドラインなりお薬なりは、日進月歩で新しい治療法や薬剤が登場してくる現代の医療において、数年もすれば古い「昔の」治療になりかねません。そのようなことを素人がうんぬんしても何の意味もないことだと思います。

これは恭子と私が治らないがんに向き合った、患者と配偶者という限定された立場の視点から闘病を眺めた先入観の強い文章であると考えています。

視点と記憶はあくまで患者とその配偶者によっていますので、私たち二人の子どもたちや恭子の両親の日から見れば、また、私たちを支えてくださった多くの友人、知人の方々の日から見れば、事実はまた違って見えていて何ら不思議ではありません。子どもたちが言った、両親が言ったという記載すらが事実とは異なることだってあると思います。

恭子が人間としての生を終え、別の在りように姿を移して逝ったその日から三年という時がもうすぐ経過しようとしています。窓の外、生い茂った庭の木々では早朝から蝉しぐれがやかましい。

恭子の闘病記録と手帳に書き残された文章によって呼び覚まされた私の曖昧な記憶を辿りながら、恭子が繰り返し「疲れる」「疲れた」といっているのは、闘病記録のなかの記載が主であって、共に暮らしていた私に対してすら滅多に「疲れた」という言葉を吐くことはありませんでした。いつも笑顔を絶やすことのなかった恭子は、こんなにもどんより、どろーんとつらい抗がん剤治療や最期の髄膜播種の症状に耐えていたのです。

「疲れは、納得できないいまを生きるところにつきまとう感情なのだろう」とどなたかが書かれていますが、まさにそのとおり、恭子は自分の命を奪おうとして苦しみを与え続けるがんという病気の不条理に納得がいかないまま　　しい生を生きていたのでしょう。

恭子の人生がキラキラと美しく輝いていたのは、紛れもない事実ですが、私にさえあまり口には出さずとも、モヤモヤとした倦怠と苦悶に満ちた闘病の日々を送っていたこともまた事実だったのです。それは、闘いながら長く生き続けさせるにはつらすぎるほどの苦悩であったといって過言ではないと思っています。

それでも、信じていただきたい。恭子の青春時代から結婚ののち、二人の子の母となったのち、とりわけ人としての生を全うするまでの終盤に二人で過ごした間も、恭子は喜びと至福に満ちた充実した人生を過ごしていたのです。最期の三年間の二つのがんとのつらい闘病に明け暮れた日々でさえ、満ち足りた人生の幸福を全身全霊で周囲にも振りまいてくれて、爽やかな風をすれ違うすべての人々に届け続けてくれていたのです。

恭子の人生はけっして不運で暗くつらい人生などではなく、明るく穏やかで満ち足りたものだったのです。

その証拠に、人として他界する三か月ばかり前のある日に私が撮影した写真、あの両手を大きく広げて満面の笑みで生きている喜びと幸福と充足を身体全体で表現した写真を残してくれたのです。

あとに残った者の淋しくつらく煩わしい思いを、恭子には味わわせたくありませんから、順番はこれでよかったのだと思っています。もちろん、早すぎますが。しかし、病気で苦しみながらそれに耐えて人間としての生を永らえさせるのも酷でも可哀想でもあります。

つひに自由は彼らのものだ
彼ら空で戀《こい》をして
空を彼らの臥床《ふしど》とする

つひに自由は彼らのものだ
彼ら自身が彼らの故郷
彼ら自身が彼らの墳墓

つひに自由は彼らのものだ
一つの星をすみかとし
一つの言葉でことたりる

つひに自由は彼らのものだ
朝やけを朝《あした》の歌とし
夕やけを夕べの歌とす
つひに自由は彼らのものだ

（三好達治作詞、木下牧子作曲「鷗」から）

私は人生二度目の恋のただなかにいます。後にも先にもたった二度の恋愛の経験しかない甲斐性のない男です。しかも、同じ女性、恭子に、恭子が人間としての生を全うしたのちの三か月ほど経った日に私はやるせない二度目の恋に落ちていったのです。結婚に至るまでの十年の間、時にもうだめかと諦めかけながら、何の取柄もない「鈍感な青年」であった私のことを大切に思い続けてくれたことを突然恭子の親友が語ってくれたのです。そんな恭子がいじらしくて、愛おしくて、ありがたくて、もったいなくて、心の深いところから湧き上がってくる感慨に私は胸の張り裂けるような思いでいました。

近ごろ私は恭子が一緒にいることをごく自然に受け入れています。

　当初は恭子を失った傷みや苦悩が私を襲って、精神的にも本当に不安定で、生きているのか、生き続けられるのか、まったく自信の持てない悶々とした日々を送っていました。ところが、私が間違ったことやろくでもないことを考えたり、思案したりするたびに恭子がそれはだめだよという明確なメッセージを私に送ってくれるということが重なりました。私は次第に恭子がそばにいてくれることを悟っていきました。続いて、どうすれば恭子が私と一緒にいることを両親や子どもたちやほかの人たちにきちんと伝えられるのだろうかと、心を悩ませました。納得させるための理屈を考えあぐねました。無理なことでした。そして、無駄なことでもありました。無意味といったほうがいいでしょうか。


　恭子と二人で過ごす毎日は今でも恭子が中心の生活です。ぶつぶつと恭子に話しかけながら、恭子は時にすんなりと答えてくれ、時になかなか返事を返してくれません。おおむね、否という返事はすぐに返ってきます。

　恭子の好きな飲み物とお菓子、果物を毎朝恭子の遺影と遺骨に供え、生花は絶やすまいと決めています。恭子が好むこと、恭子が喜んでくれることは、大切に守り通したいからです。

　私はいかなる宗教にも帰依していませんが、二人の実家の共通の宗教である臨済宗妙心寺派の教えに沿って恭子の仏壇を誂え、淡々と法要などの行事をこなしながら、ねんごろに恭子の菩提を弔っているといってもいいような生活をしています。釈迦如来に頭をたれ、手を合わせ、線香を絶やさず、お経を唱えているのは、そのような方便を通じて恭子を大切にしているような気持ちになれるからでもあります。心安らぐ日課のようなものです。今現在の恭子の在りようを考えれば、どの行為も本質的な慰めの得られることではないのかもしれませんが、不動の信念や強靭な精神などとはほど遠い軟弱で女々しい心しか持たない凡夫である私のような者が、日課を繰り返すことによって、恭子と二人水入らずの安寧な日々を送られるような気がしているのです。

そして日々の敬虔な仏教徒然としたお勤めの本当の目的は、じつは恭子の冥福や成仏などではなく、恭子と二人して折り入ったお願いを本尊である釈迦如来にしているのです。

読経の中で私たちは祈ります。

「釈迦如来。私と恭子のわがままをお聞き届けください。私と恭子は二人して共に御そば近くに参ります。それまでは恭子が私と共に在りますように。私のそばを片時も離れませぬように。どうぞ私たちのわがままをお許しください。奇跡を続けさせてください」。この望みと二人の子どもたちの安寧が釈迦如来に敬虔に祈りを捧げる本当の理由なのです。

私は仏教徒を気取りながら、じつは釈迦如来に許されざる願いを日々祈り続けているのかもしれません。

現在の恭子の在りようが、私と恭子に新たなかたちの夫婦の関係をもたらしてくれて、私に深い安らぎを与えてくれるからといって、人間としての恭子をあまりにも若くして失った痛みや苦しみが癒えるということはありません。それぞれはまた別の問題なのです。

私はたくさんの恭子の写真に囲まれて毎日を暮らしていますが、時に写真は恐ろしいものです。

二十八歳のあどけない新妻の幸せに満ちた表情で異国の地に立っている恭子がいます。二人の男の子に恵まれて、幸福に輝いて子どもたちを女神のように見守る恭子がいます。自分のやりたいこと、人の役に立つことを見つけて、謙虚に輝いている恭子がいます。病に立ち向かうために、髪を切った決然とした恭子がいます。

歌っている恭子がいます。

クスリで身体がボロボロになって、ウィッグをして、結婚記念日の花束を抱えた恭子がいます。

死を覚悟した、神に近づいた表情の恭子がいます。

死を三か月後に控えながら、両手をいっぱいに広げて生き抜いた時間を、全身全霊で喜ぶ、満面の笑みの恭子がいます。

しかし、もうここには私と同じ肉体を持った恭子はいません。

デパートのエレベーターに乗り込んで、正面の鏡に写った自分の顔を見て、なんと苦渋に満ちた険しい顔をしているのだと、我ながらドキッとすることがあります。

人間としての生を終える時が近づきつつあるときにでも、写真に写っている恭子はいつでもにこやかに微笑んでいましたが、傍にいる私は常に苦虫を噛み潰したような悲し気な顔をしています。

「こんな顔じゃなくて、いつになったら普通の顔に戻れるんだろうね?」と岡に尋ねたことがあります。「もう戻ることはないんじゃないですか」と岡は答えました。

受け入れられないかたちで、例えば若すぎたり、あまりにも突然であったりというかたちで肉親を失ったら、それはけっして癒えることはないというのは本当のことだと思います。震災や戦争で家族を亡くされた方がたが口をそろえておっしゃっていることです。

これは私が自分自身を正当化するための本当に身勝手な考え方かもしれませんが、私は子どもたちに言うことがあります。親にとって子どもは自分の命よりも大切なものだけれど、その親をある意味で捨てて、もっと大切だと思える伴侶や、家庭を作ることが最大の親孝行だ、と。親よりも優先順位が上になるような家庭を作って幸せになることが親孝行だと思うのです。それは子や孫へと順送りに繰り返されることだから、お互いにおあいこです。

子どもには子どもの人生があって、本当に大切な決断の際は親の出る幕ではありません。しかし、伴侶は違います。伴侶の人生はお互いに引き剥がすことはできず、混然一体であります。恭子の人生はまさに私の人生そのものであり、私の人生も恭子の人生と分かち難く重なっています。それだからこそ、その片方を失うということは、自らの身体の一部を失うことです。癒えることのない喪失です。

胸にしみる　空のかがやき
今日も遠くながめ　涙をながす
悲しくて　悲しくて
とてもやりきれない
このやるせない　モヤモヤを
だれかに告げようか

白い雲は　流れ流れて
今日も夢はもつれ　わびしくゆれる
この限りない　むなしさの

救いはないだろうか
深い森の　みどりにだかれ
今日も風の唄に　しみじみ嘆く
このもえたぎる　苦しさは
明日も続くのか
（サトウハチロー作詞、加藤和彦作曲「悲しくてやりきれない」から）

あなたを思い出す　この店に来るたび
坂を上って　きょうもひとり来てしまった
（荒井由実作詞・作曲「海を見ていた午後」から）

「このまま過去のことになって忘れ去られてしまうことが恐い」と東日本大震災でいまだに遺体の確認のできておられないご家族は口々におっしゃるそうです。口惜しいかたちで家族を失った人々の想いは似ています。

恭子の人生という現象を過去のものにするつもりはありません。

恭子の在りようは、私にとって今現在の日々を**真実の現実として共に生きている**大切な「宝物」に変わりありません。

知人である米国人の老婦人が、恭子がいまだにあなたの人生の一部をなして存在していることは、とても素敵なことだ、と言ってくれました。そう考えればよいのだと、教えられました。


空は宇宙と地球の大自然の大いなる力の鼓動を、はるか遠くにではあっても確かに感じることのできる稀有なるものです。

東の遥か彼方の山々の上から雲の湧きおこるさま、南の島々の上空にさまざまな様相の雲が広がっているさま、――積雲、ウロコ雲、刷毛でさっと刷いたような薄い雲、淡い淡い煙のような雲、留まる雲、流れる雲、重なる雲――、西の夕暮れが間近に迫っている山々に雲の架かるさま、このパノラマ、青い空を背景に太陽の光がさまざまに雲に反射するさま、雲間をぬって陽が漏れるさま、エンジェルズハイロゥ、風の頬をなぶるさま、風が雲を流すさま、この天空の広がりそのものが、光も空も風も時もすべてが奇跡の積み重なりで、人の知恵を遥かに凌駕する、時に人の命すらわけもなく奪ってしまう恐ろしくさえある大自然の素顔の一端を身近で感得できるものなのです。この大空を仰ぎながら、その奇跡的な光景を目の当たりにしたとき、私には恭子からの微かではあるけれど確固たる声が、耳をよく凝らして、目を閉じて、心を穏やかにしたとき、伝わってくることが確信されるのです。
「ああー、ありがとう、恭子。パパに信号を送ってくれているんだね」

望みは何かと訊かれたら　君がこの星に居てくれることだ
力は何かと訊かれたら　君を想えば立ち直れることだ
……
朝陽の昇らぬ日は来ても　君の声を疑う日はないだろう
誓いは嵐にちぎれても　君の声を忘れる日はないだろう
（中島みゆき作詞・作曲「荒野より」から）

私は、恭子と好物の果物やお菓子を分け、大好きな生花を絶やさないために働いているのです。私と恭子がなんとか食べていけて、老後の貯えが少しあって、時には子どもたちになにがしかの助けになるくらいの懐の寂しくない程度のものがあれば結構なこと。あとは、恭子が目標としていた「人の役に立つこと」が少しでもできれば、仕事としては十分。

初夏の土曜の夕暮れ時、散歩をしていい汗もかいて、冷蔵庫から食材をかき集め恭子と二人分の夕食の支度をきちんとして、さて、とっておきの焼酎のロック。ほろ酔い加減で眺める我が家の庭。たいしてなにもない庭だけれど、木々や里芋の大きな葉っぱがうっそうと繁ってちょっとした森の中にいるようで、恭子と二人穏やかで静かな夕暮れで、森の中で、背中が深い緑、頭が黒、顎が白、腹が茶の雀ばかりの大きさのヤマガラが三羽、四羽、エゴノキの実を枝にコツコツとくちばしで打ちつけながら、枝から枝に飛び交ってついばんでいる。幸せなひと時です。「ぜいたくな時間だよね」と恭子に語りかけて、私のお気に入りの御線香の香りがして、――金沢の香屋か京都の松栄堂か鎌倉の鬼頭天薫堂か――、はたまた……。酔いの後には、乾いた洗濯物を取り込み、たたんで、開いた物干し竿には新しい洗濯物を干そう。二人の密やかな生活が確実に時を刻んでいます。

恭子の小さな可愛らしい品々を集める優しい心、他人を思いやる配慮が失われたと嘆いたり淋しく思う必要はありません。私の心に恭子の心が指し示して教えてくれる優しい心や配慮が、私を通して生き続けるようにすればよいのです。恭子の心がかたちを変えて、ただ、私の心の中に移り住んだだけなのですから。

恭子が死んだとき、私もまた死んだのです。

「私が恋に落ちると定められていた運命の女性、私が生きていることに唯一の意味を与えてくれるためにこの世に生まれてきてくれた、ただ一人の女性」が恭子だった、と言い切ったのですから、「私が生きているための唯一の意味」を失ったわけですから、私はもはや生きてはいません。

それと同時に、恭子の葬儀の会葬御礼に「これからもずっと一緒だよ」と深い考えもなく書いたことは、じつは大切な意味を孕んでいたのです。

人が生きているということと、生きてはいないということの垣根は意外と低いものなのです。般若心経でも同様の意味のことが述べられているのではないかと思います。生きながらにして死んでいるということが存在するということは、ありがたいことに、死んでしまっても生きているということが存在するということです。

だから、私と恭子はいまだに夫婦という深い契りを結び続けています。

生きていれば結構だし、生きていなくても結構なのです。

恭子が、私が生きている意味を与え続けてくれる存在であることは、以前と何も変わっていないのです。恭子は明らかに今なお私の人生の一部をなしているのです。

幸せです。私たち二人は幸福な時間を共有しています。

リヒャルト・シュトラウスの「四つの最後の歌」がラジオから流れてきます。日が暮れて、庭が黄昏のなかに沈もうとしています。

明日の天気の具合はどんなだろう。

「きょーおっこちゃーん。まーた、あっそぼーねー」


〈了〉

著者プロフィール
架矢 恭一郎（かや きょういちろう）

1959年、愛媛県出身、広島県在住。
広島大学大学院卒業後、広島大学准教授を経て、歯科医院を開業。

題字・ソネット　望月 通陽

君を夏の日にたとえようか

2024年２月15日　初版第１刷発行

著　者　架矢 恭一郎
発行者　瓜谷 綱延
発行所　株式会社文芸社
〒160-0022 東京都新宿区新宿1－10－1
電話 03-5369-3060（代表）
03-5369-2299（販売）

印刷所　株式会社フクイン

ISBN978-4-286-24765-6
JASRAC 出 2309262-301
㈱ヤマハミュージックエンタテインメントホールディングス 出版許諾番号 20230951 P